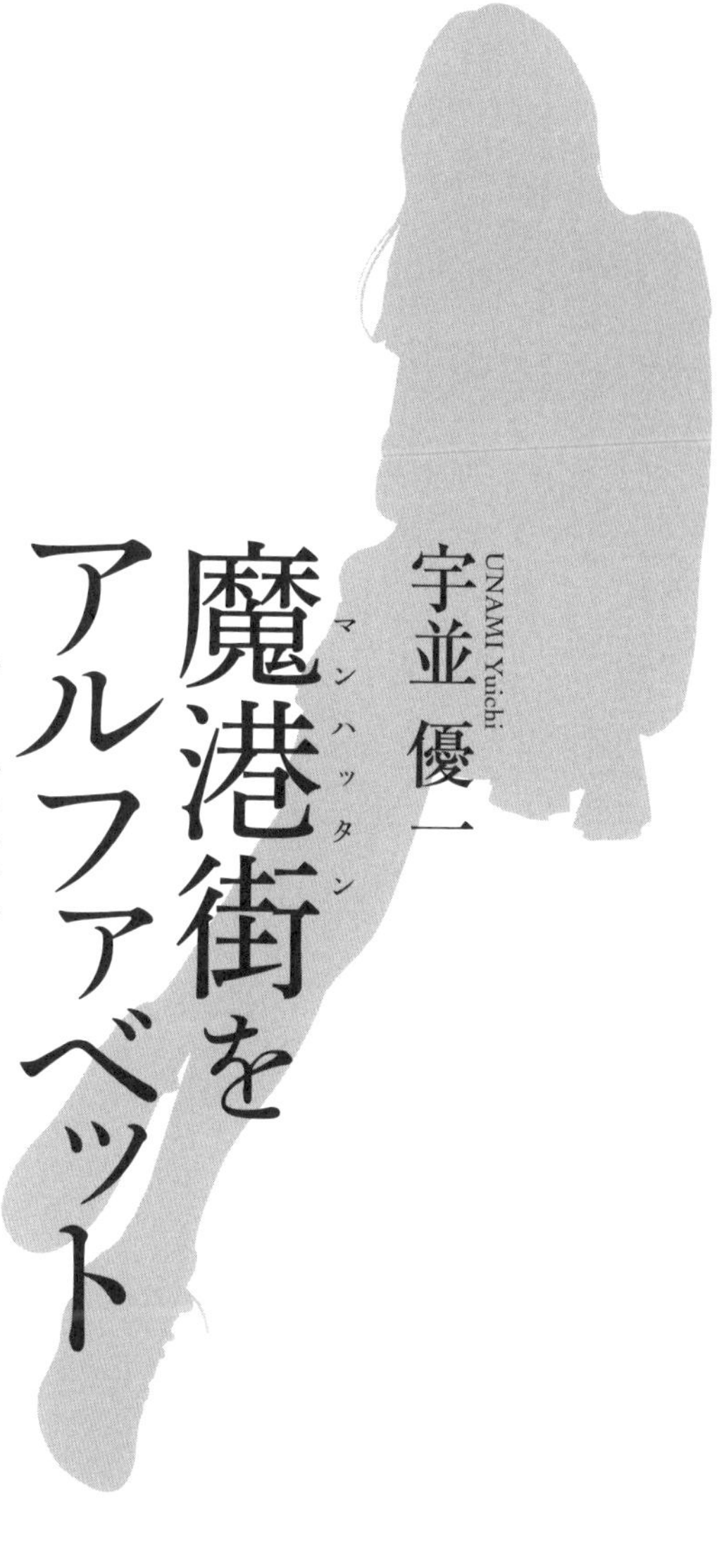

UNAMI Yuichi
宇並 優一

魔港街《マンハッタン》をアルファベットで宝探し

文芸社

魔港街《マンハッタン》をアルファベットで宝探し

魔港街《マンハッタン》をアルファベットで宝探し　目次

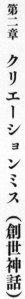

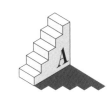

第一章　マンハッタンで宝探し

武蔵野の、国立市中エリアのマンションで一人暮らしをしている、上智大生の江乃木光と河添慶子のカップルと、国分寺市の西恋ヶ窪のアパートで一人暮らしをしている学習院女子大生の早田幸恵。

時空旅行を続けている三人は、その日もいつも通りに、ニューヨークのミッドタウンエリアの、「五番街」の真ん中で、まるで魔法をかけるようにして、三分計の「砂時計」を丁寧に掌の中でひっくり返してみた。

すると、長いマンハッタンへの夢想旅行を終え、無事に自分たちの本拠地である国立市の「大学通り」にある、喫茶店「砂時計」周辺の空間に舞い戻ることができた。

一九二五年から建設を開始した、道幅が四十四メートルもあることから、通称「二十四間通り」とも呼ばれた、国立市の「大学通り」という、武蔵野のど真ん中を走るだだっ広い「車道」の正体は、元々、戦前は日本空軍の「滑走路」だったことを、博学な光から教えてもらって、お慶は驚いた。その「車道」は、戦後は「路面電車」を敷設する予定だったが、世の中がめまぐるしい勢いで車社会になったので、現代のように化けたものらしいのだ。

また、赤い三角屋根の国立駅の駅舎は都内で二番目に古いものだという。設計したのは、株式会社箱根土地の専属建築家だった河野傳。箱根土地は、東京府豊多摩郡落合村（現新宿区落合）につくられた、「西武」グループの基礎となった会社である。河野は一八九六年、宮崎県児湯郡（現日向市）の廻船問屋「河内屋」の長男として生まれ、「京都高等工芸学校」（現京都工芸繊維大学）を卒業した。駅舎はイギリスの田園住宅をモチーフにつくられ、一九二六年四月に完成した。

光の話によると、都内で国立駅よりも現存最古の木造駅舎は、鉄道省技師の長谷川馨が設計して、一九二四年六月に完成した原宿駅の駅舎だけだというのだ。長谷川は一八八六年福井県生まれ、名古屋高等工業学校を卒業して、二代目の横浜駅舎の設計にも携わった。二代目の横浜駅の竣工は一九一六年である。

ちなみに、国立駅から「大学通り」を走り抜け、南武線谷保駅付近から府中まで走るように計画された、滑走路跡だというその路線は、一九二七年に国立駅と府中駅を結ぶ路線として免許が交付された、「路面電車」の「幻の京王国立線」跡だったらしい。

光の話では、多くの歴史的書籍を眺めてみると、世界恐慌が起きたこともあり、実際に「大学通り」を「路面電車」が走らされることはなく、

「まさしく、『京王国立線』は『幻』の路線だった」

と、書かれていたりしているものもある。ところが、江戸時代の寛永年間に国立に移住して来た、谷保の名主の、本田一族の古老である、本田定之《さだゆき》の話を知っている人から光が伝え聞いた話では、やはり実際に「大学通り」を「路面電車」は走っていたらしく、多くの写真も残されているというのだ。本田定之は、元々は医者で、馬医として群馬県の渋川に居を構えていたが、江戸時代の寛永年間に国立に移住してきた。

「あの有名な土方歳三と、谷保の名主の本田一族は、親戚らしいね。今でも本田覚庵邸には、当時の谷保の名主でもあり、書家でもあり、医者でもあった本田覚庵のところに、土方歳三が漢学と書道を習いに行っていた記録が残されているらしいよ。また、実際には、ここに路面電車が走っていたのに、いろいろな本では、走っていなかったようにカムフ

ラージュされて書かれているのは、その『京王国立線』の車両が、以前、僕らをニューヨークの『魔港街』に連れて行ったような、訳ありの怪しげな路面電車だったからに違いないね。その路面電車は、絶対に『時空旅行』ができる電車だったんだよ……」

と、声を潜めて、光がお慶に笑顔でささやいた。

また、現在は「大学通り」になっているその「滑走路」は、日本空軍の「滑走路」として使われていた歴史があるだけではなく、「西武」グループの基礎となった会社である株式会社「箱根土地」の「滑走路」としても、使われていた歴史があったらしい。しかし、光の話を聞きながら、軽井沢という町自体も「箱根土地」の堤康次郎が開発してつくられたのだから、国立と軽井沢間に航路が存在していたことは、とても自然なことのようにもお慶には感じられた。

さらに、一九二七年八月十六日から一九二九年の夏までは、新鮮な魚を届けるために、日本海軍から払い下げられた、三菱重工業製の「一〇式艦上偵察機Ｃ１Ｍ」の定期便が、「午前九時に『国立飛行場』を出発すると、軽井沢の『馬越飛行場』に、午前九時五十分には到着していたみたいだよ。軽井沢の『馬越飛行場』が一九二五年につくられて、軽井沢と国立間の定期便の路線が、一九二七年から一九二九年の間に存在していたということだね。この航空便が中断された原因の一つは、一九二九年九月四日にアメリカで始まった、『世界恐慌』が挙げられるかもしれないね。巡航速度は約百五十キロメートル。飛行時間は片道五十分だったらしいよね。

この飛行場は、その後、東、西、北、押立、入山の六コース、百八ホールもある『軽井沢72ゴルフ場』に姿を変えたんだ。

あー、そういえばこの飛行機は、座席が二つしかなかったから、パイロットとお客さんの二人しか乗ることができない飛行機だったらしいんだよ。確かに、飛行機を飛ばす目的が、避暑地の軽井沢に新鮮な魚を届けるためだけだったとしたならば、二つの座席で十分だったかもしれないけれど、でも、僕は、その飛行機の存在自体が、もっと違う目的のために、飛ばされていたような気がしてしょうがないんだ。

もしも、『一〇式艦上偵察機Ｃ１Ｍ』の操縦席には、パイロットじゃなくて妖精しか乗ることができなくて、妖精たちの手で軽井沢まで飛ばされていたから、軽井沢の街が今みたいな、避暑地に変身することができたならば、素敵だよね。いやいや、もしかしたら、今でもまだ軽井沢の街には、世界中から様々な空を飛ぶ交通機関を使って、季節を問わずに数多くの妖精たちが飛来して来ているのかもしれないね」

という光の話を聞いた時、お慶の胸は軽やかにときめいた。

日本海軍が初めて保有した航空母艦「鳳翔」が、無事に一九二二年十二月二十七日に竣工し、その「鳳翔」に載せる偵察機として、国産のものとしては同様に初めて開発され、一九二三年に採用されたものが、日本海軍の主力偵察機の「一〇式艦上偵察機C1M」だったと光が言う。しかし、翌一九二四年十一月からは、後継機の三菱重工業で製造された「一三式艦上攻撃機」が偵察機も兼ねるようになったから、「一〇式艦上偵察機C1M」は、たとえば、測量、通信などで使うために、「箱根土地」のような民間企業に払い下げられるようになってしまったらしいのだ。

「『一〇式艦上偵察機C1M』は二人乗りだったけれど、それと比べると、『一三式艦上攻撃機』は三人乗りだったから、使い勝手が良かったみたいだよ」

と、光がお慶につぶやいた。

ちなみに、直線距離百キロメートル弱を飛ぶ、「一〇式艦上偵察機C1M」の定期航空路線は、国立の「二十四間道路」飛行場と、軽井沢の「馬越飛行場」の間を一日置きに飛ばされていたようなのだ。

ただし、それ以後も、軽井沢の「馬越飛行場」から飛び立つ航空機は、「国立飛行場」への便以外では使用されたらしく、特に第二次世界大戦の後、日本にやって来た米軍の将校たちが、避暑で軽井沢に来るために、一九五二年四月二十八日まで、たとえば、「横田空軍基地」「横須賀海軍基地」などの各米軍基地から、「馬越飛行場」まで、定期便として飛ばされていたようなのだ。

また、たとえば、「立川陸軍飛行場」を前身とする、アメリカ空軍立川基地と軽井沢の「馬越飛行場」間の定期航空便や、「立川陸軍飛行場」の付属施設としてつくられた、「多摩飛行場」を前身とする、アメリカ空軍横田基地と軽井沢の「馬越飛行場」間の定期航空便は、一九六二年までは運用されていたらしい。

「そうそう、戦後、米軍が避暑のために使っていた、軽井沢の飛行場の滑走路は、その軽井沢の『馬越飛行場』の滑走路じゃなくて、北佐久郡軽井沢町にあった、『旧軽井沢ゴルフクラブ』の六番コースそのものだったって言うから、驚きだよね」

と、光から説明されて、お慶は驚いた。

「えーっ、その時代は、軽井沢の『馬越飛行場』が滑走路だったというよりも、『旧軽井沢ゴルフクラブ』のコースが、『馬越飛行場』の滑走路そのものになっていたの……」

令和の現在でも、

「北海道の新千歳空港の博物館内に、国立の『大学通り』に飛ばされていたものと同型の『一〇式艦上偵察機Ｃ１Ｍ』が、一機展示されているんだよ」

と、光が言うから、いつかお慶は見学に行きたいと思った。

「史実がこんがらがっちゃうといけないから、もう一度整理するけれど、国立の、通称大学通りの「二十四間道路」飛行場と、軽井沢の「馬越飛行場」間の定期航空便が飛び始めたのは、一九二五年十一月九日から。ただし、国立の大学通りを『一〇式艦上偵察機C1M』が飛び始めたのは、一九二七年。国立の『大学通り』が滑走路として使われていたという話はつくり話で、一度も飛行機なんか飛ばされたことはないという噂もあるらしいんだけれど、谷保地区の古老たちの話では確からしく、『大学通り』の上を舞う偵察機の写真も数多く残されているんだよね。だから今は、かつての滑走路跡が『大学通り』という立派な直線道路に姿を変えて残されているんじゃないかな」

と、光が言うから、お慶は驚いた。

しかし、都区内から軽井沢まで航空路線をつくるという話が持ち出された大正時代には、軽井沢の「馬越飛行場」から、軽井沢の「箱根土地」のホテルまで通じる道路がなかったらしく、一九二〇年に現在の「プリンスホテル」の「箱根土地株式会社」が、軽井沢駅の南側にある道路建設用地を買収して、飛行場開設と同じ年の一九二五年に、県道四三号「下仁田、軽井沢線」の約二キロメートルの道路も開通させた。

そんな曰く付きの北佐久郡軽井沢町の「馬越飛行場」だったが、飛行場が閉鎖された後、

飛行場跡地に、全六コース、計百八ホールもの広大な「軽井沢72ゴルフ」という、西武系列の「プリンスホテル」のゴルフ場が、

「一九七一年にオープンしたんだよ。ちなみに、『西コース』が、父親のロバート・トレンド・ジョーンズの設計。『北コース』『南コース』『東コース』が、息子のロバート・トレンド・ジョーンズ・ジュニアの設計らしいよ」

と、光が言う。

「たとえば、一九一七年六月十六日に岐阜県各務原市に『各務原陸軍飛行場』として開設された空港が、一九二二年十一月十日に『立川飛行場』に移築されたらしいんだけれど、それが、かつての日本陸軍の『立川飛行場』らしいんだ。あっ、こんな話も有名だよ。以前は、『要島』と呼ばれた出洲《でず》になっていた東京湾の一部で、その後低湿地になっていた、江戸時代後期の羽田村沖の干潟を、当時の羽田の名主鈴木弥五郎が中心になって、一八一五年に、新田にするために造成された埋め立て地が、現在の『羽田空港』エリアだよ。ちなみに、その後、一九三〇年一月から造成工事を始めて、一九三一年八月二十五日に草地の飛行場として開港した『羽田空港』だけれど、一九三三年に全面的に日本航空輸送が『羽田空港』に移転するまでは、東京発の民間機は、この『立川飛行場』から飛ばされていたらしいよ。また、この千五百メートルほどの長さがある、国立の『大学通り』には、

色んな伝説が残されていてね。たとえば、一九七七年十一月三十日に米軍に返還されるまでは米軍の『立川基地』だった日本陸軍の『立川飛行場』だけれど、第二次世界大戦中、米軍から十三回も空襲を受けたから使用不能になっていた時に、この国立の『大学通り』が、日本軍の滑走路として使われていたというから、驚きだよね。そもそも、民間機を飛ばす場合にも、『ジェット機を発着させるには、最低千五百メートルの長さの滑走路が必要』というルールがあったから、国立の『大学通り』は千五百メートルの長さになったらしいよ。だって、『大学通り』と『立川飛行場』は、たった、四、五キロメートルしか離れていないんだから、当然、代替空港として使えたはずだよね。そして、そのころは国立駅の周りなんか、百万坪にも及ぶ、『ヤマ』と呼ばれていた一面の雑木林だったからこそ、滑走路もつくることができたんだよね」

と、光から補足されて、お慶は驚いた。また、光は、こうも言った。

「しかし、国立の大学通りを定期航空便が飛んでいたのが、一九二七年から一九二九年まで。そして、国立の大学通りを路面電車の『幻の京王国立線』が走り始めたのが、一九二七年からだという話は、矛盾しているよね。だって、滑走路になっている大学通りの横を、路面電車が走れるわけないもんね。そもそも、国立の滑走路沿いの『幻の京王国立線』沿いに、関東大震災直後の一九二七年四月一日に、現在の一橋大学、当時の東京商科大学の商学専門部商業教員養成所、国立仮学舎が移転してきているんだからね。いくらなんでも、大学生たちが通学する脇を、もしかしたら、飛行不能になって落下するかもしれない飛行機を飛ばすわけはないもんね」

　と光が言って笑った。と言いながら、すぐにまた、こうも光は訂正してみせた。

「いや、いや、待てよ。お慶、前言撤回だ。道幅が四十四メートルもある『大学通り』ならば、線路の上を『幻の京王国立線』と、滑走路の上を『一〇式艦上偵察機Ｃ１Ｍ』が並列して、走るのは難しいことじゃないし、鉄道や飛行機が走ったり、飛んだりしている国立の大学通りの脇を、学生たちが歩いていたとしても、危険じゃないぞ」

と……。

　ちなみに国立の街に、東京商科大学の本科の学舎や事務部、図書館が本格的に移転してきたのは、一九三〇年九月のことらしい。

「今、国立の大学通りに残された桜は、二百十一本あって、国立の大学通りやさくら通りに残された桜は、四百本あるらしいよ。そして、当然のことだけれど、関東大震災がなかったら、一橋大学は今でも千代田区内に存続し続けていたから、この綺麗な桜並木は、国立に存在していなかったということだよね」

　と、光が言い、微笑んだ。

「もう一つ、日本人の多くが知らないこと。そして、一橋大学の学生たちも知らないことだけれど、旧東京商科大学学舎の、一九二九年につくられたアーチ型の対面の柱頭部分や、一九三〇年に竣工した『本館』の車寄せの部分や、『図書館』前の噴水は訳ありのシロモノらしいよ。同様に、一九二七年に竣工した、『兼松商店』の創業者兼松房治郎の遺訓に基づいて、彼の寄付金五十万円でつくられたという、一橋大学の『兼松講堂』という建物も訳ありのシロモノらしいよ。兼松房治郎は、『日豪貿易のパイオニア』と言われて、一八八七年に買収した『大阪日報』を翌一八八八年に『大阪毎日新聞』と改称して、今日の『毎日新聞』の基礎をつくったと言われている人物なんだけれどね。なぜ、それらの建物が訳ありのシロモノなのかと言えば、特に、一九二九年に竣工した『東本館』正面部のデザインのファサード（正面から見た外観）や、対面のアーチ型の柱頭部分。本館の車寄せ部分や、正面の車輪型の窓。エントランスのひさしの下や、噴水の小プールの飾りなどに、獅子、虎、犬、鳥、双頭の龍や、その他の様々な『妖怪』のレリーフが施されているから、油断していると、我々も『兼松講堂』の階段の手すりの『妖怪』たちを見過ごしてしまうけれどね。怖い、怖い……。兼松房治郎の遺訓に基づいて『兼松講堂』はつくられたんだけど、設計したのは東京帝国大学出身で教授になった伊東忠太だ。日本建築学、西洋建築学の大家だよ。彼は建物に幻想動物を取り入れるのが特徴で、一橋大の学生は妖怪に囲まれて過ごし、無意識のうちに影響を受けたんじゃないかな」

と、光から補足のように説明されて、お慶は驚いた。

東京帝国大学の造家学科の工学博士である伊東忠太は、一九〇三年から一九〇六年まで、文部省（当時）の派遣留学生時代に、中国から陸路でミャンマー北部のバーモに入り、その後、汽船バンガラ号でインドに調査旅行に出かけたという。旅行中、カリカットやカルカッタ（現コルカタ）、コナーラク、ブバネーシュワルなどに行き、カリ寺院、ジャガンナート寺院、リンガラージャ寺院、ムクテスワル寺院、ラジャラニ寺院、ウダヤギリ石窟寺院、カンダギリ石窟寺院などを訪ねたらしい。

「待てよ。さっきは一度、『伊東忠太悪魔説』を否定したけれど、訂正。訂正。彼はやはり、悪魔だったんだね。インド旅行中、その際見事に、悪魔に魂を食べ尽くされてしまって、帰国後、伊東忠太は『妖怪』のレリーフを使って、特に、国立に移転した後の、一橋大学の学生や国立市民に訳ありの芸術作品を見せ、呪いをかけ続けていたに違いないね」

という話を光から聞いて、お慶は驚いた。

また、西武王国の街づくり戦略の名の下、「東京女子体育大学」「東京女子体育短大」が開学した。この二校は、一九〇二年に「東京女子体操学校」として、小石川区上富坂町に設立された後、一九六二年九月に、現在の国立市富士見台にあたる北多摩郡国立町に移転してきて、その時に名称変更したという。

さらに、「国立音大附属幼稚園小中高校」や、「国立音大」の前身の「東京高等音楽院」は、一九二六年四月に四谷区番衆町に開校した後、同年十一月に、都心から国立大学町に移転してきたという。そして、その後も一九四九年に「国立音大附属中学校」、「国立音大附属高等学校」が設立。一九五〇年に新制大学として、「国立音楽大学」が発足。同年、「国立音大附属幼稚園」も設立。一九五三年に、「国立音大附属小学校」も設立されたらしい。その他にも、一九二六年に「国立学園小学校」、一九四〇年に「都立国立高校」、一九四八年に「桐朋学園中高校」など、数多くの小、中、高校などが都心から移転してきたり、新しくできたりして、おしゃれな国立の街並みができていった。

ちなみに、「国立音大」の前身の「東京高等音楽院」が移転してきたという。その後大学の名称が変更された一九五〇年二月から、立川市柏町の現在の所在地に移転する一九七八年四月までの間、名称通りの、「国立音大」が国立に存在していた印象が強いせいか、地方の高校生の中には、現在は、「国立音大附属中学、高校」の住所である、国立市の大学通り沿いの、国立市西のエリアに、まだ「国立音大」が存在していると思っている者も多いらしい。

「そうそう、おしゃれな大学通り沿いに、『国立音大』が存在していると思っていた音大入学志望生が、入学後はおしゃれな国立市で講義が受けられると思い込んでいて、入学後に立川市柏町の田舎に国立音大があることを初めて知って、超ガッカリするらしいんだよね。実際は、多摩湖のすぐ近くの、西武拝島線の玉川上水駅もしくは、多摩都市モノレール線の玉川上水駅にしか、今、『国立音大』は存在していないんだけれどね。だから、大学の名称は『国立音大』じゃなくって、『多摩湖音大』か『ベルーナドーム前大』に変えないと。もう一つ、『国立音大』という校名の影響なのか、この大学を国立大学だって思い込んでいる、地方の高校生や保護者が多いんだよね。私立大学なのに……」

と、光がつぶやいた。


ただし、現在でも昼夜を問わず、国立の大学通りからは、始発は午前四時半過ぎから、最終は午前○時半過ぎまで、武蔵野から都心まで続く中央線の流れを見ることができて、とても美しいとお慶は思う。

国立の大学通りは、武蔵野の春の季語になっている「大学通りの桜」と、秋の季語になっている「大学通りの銀杏」の、二色の樹木帯になっていて、とても綺麗だ。

「この桜並木は、谷保村青年団の手で、一九三三年十二月二十三日に現上皇が生誕されたことを祝して、一九三四年から一九三五年にかけて約一・三キロメートルの緑地帯に植えられた、百六十九本の桜が基になっているらしいよ。また、大学通りにあるフランス製の街路灯は、一九八五年に、従来の街路灯に替えて設置された、レンツ社製のものらしいよ」

と光がお慶に、大学通りに関する「神話」を教えてくれた後、今度は、新しい鉄道に関する「神話」をまた一つ教えてくれた。

光の話では、横浜港と東北地方、北陸地方を結ぶ「日本鉄道品川線」が、一八八五年三月一日に、まず、品川駅と赤羽駅の間で開業した。そして次に、横浜港と常磐線を結ぶ「日本鉄道豊島線」が、一九〇三年四月一日に、池袋駅と田端駅の間で開業した。

「実は、あの山手線は、上野駅を起点にして、終点の青森駅まで至る鉄道路線を建設するための、『資材運搬用』として敷設されたのが始まりだったらしくて、一八九一年九月一日に、上野駅から青森駅までの線路が開通したって言うから驚きだよね。つまり、山手線も、東北本線も、人間じゃなくて、貨物を運搬するための線路だということだよね。そして現在も、東北線の上を走っている列車は、あくまでも、『資材運搬用』の貨物線を間借りして走っているものだということだね。こんなことを知っている人は、少ないんじゃないかな。ちなみに、山手線が今のように環状運転を始めたのは、一九二五年十一月一日のことらしいよ」

　と光が付け加えた。

　また、明治維新の時期に、現在の東北本線、常磐線、高崎線の路線の建設運営などを手掛けて、一八八一年八月一日に、日本国初の私鉄である「日本鉄道」の設立に多大な影響を及ぼしたのは、西郷隆盛、木戸孝允と並んで「明治維新の薩摩の三傑」と讃えられた大久保利通の息子の、大久保利和だという。すぐに大久保利和はその後に岩倉具視らと、東京駅から青森駅までの鉄道建設計画にも参加したらしい。ちなみに前述のように、この「日本鉄道」が敷いた線路を基にして、現在の「ＪＲ東日本」の、山手線、東北本線、高崎線、常磐線ができているということを知り、改めてお慶は驚いた。

　お慶と光が通学用に使っている中央線のルーツと言える、一八八九年四月十一日開業の私鉄「甲武鉄道」は、

「鉄道国有法で国に買収された私設鉄道の一つだったんだよ」

　と、光が言うから、お慶はまたまた驚いた。

「えーっ、東北本線だけじゃなくって、山手線も、中央線も、そのルーツは私鉄だったの……」

光の話では、一九〇六年十月一日に、私設鉄道から官設鉄道になった会社としては、日本鉄道、甲武鉄道、山陽鉄道、北海道炭礦鉄道、岩越鉄道、西成鉄道、九州鉄道、北海道鉄道、京都鉄道、北越鉄道、阪鶴鉄道、七尾鉄道、房総鉄道、総武鉄道、徳島鉄道、関西鉄道、参宮鉄道という、十七社の名前が挙げられるそうだ。

現在のＪＲの路線名の中に中央線は入っているが、その路線は、大久保利和の手で新宿駅と立川駅の間で開業した「甲武鉄道」が基になってつくられたことを光から聞いて、お慶が驚いたわけだ。

「でも、そのころＳＬ列車が走っていた、『甲武鉄道』開業時の新宿駅と立川駅間の停車駅は、中野駅、境駅、国分寺駅の三駅だけだったらしいから、驚きだね。たとえば、一八八九年の四月に立川駅が、一八八九年の八月に八王子駅が、一八九〇年の一月に日野駅が、一八九一年の十二月に荻窪駅が、一八九五年の五月に大久保駅が、一八九九年の十二月に吉祥寺駅が、一九〇一年の二月に豊田駅が、一九〇六年の六月に柏木駅こと東中野駅が、一九二二年の七月に高円寺駅と阿佐ヶ谷駅と西荻窪駅が、一九二六年の一月に武蔵小金井駅が、一九二六年の四月に国立駅が、一九三〇年の六月に三鷹駅が、一九六四年の九月に東小金井が、一九七三年の四月に西国分寺駅ができたらしいね」

と、光が笑顔でつぶやいた。

中央線沿線では、最も美しいと評価されている国立駅の大学通り周辺の風景を目にしつつ、駅の南口から徒歩五分ほどの国立東一丁目のエリアにある、喫茶店「砂時計」に、江乃木光と河添慶子のカップルは今日も足を運んでいた。朝八時から夜十時までが営業時間の純喫茶だけあって、そのメニューにはアルコール類は載っていない。

ところが、夜十時の閉店時間が過ぎた後、常連客である上智大生の江乃木光、河添慶子。学習院女子大生の早田幸恵。大東文化大生の岐部則夫。実践女子大生の木村昭子。中央大生の八木田政道。青山学院大生の貴田久子らのメンバーたちが、店の奥の冷蔵庫や収納庫の中からアルコールを勝手に引っ張り出してきて飲むことは、暗黙の了解のようでもあった。

「『純喫茶』が、『準喫茶』に変身しちゃう時間帯だね」

と、その時、二つの「純」と「準」の違いを理解させるために、極端に強調して光が口にしてみせたから、お慶は大爆笑した。

そんな時、かつては東京学芸大学教育学部の教授として、主に夏目漱石や内田百閒の研究をしていたが、今は悠々自適に喫茶店経営をしているという、マスターの内田道雄は、

「もう、店の営業時間は終わったから、あとは好きにしろ」

という感じで、若者のルール違反に目を背け、サッサと店の中二階に引っ込んでしまって、自分一人で酔い痴れるのだった。

常連メンバーの、青山学院大の貴田久子の同級生の中山寧寧が初めて来店していたこともあって、いつも以上に店の雰囲気が華やいでいることを感じていた光とお慶だった。

「岐部君と、昭子ちゃんは、珍しく来ないわね。岐部君は大東文化大のお友達と、昭子ちゃんは実践女子大のメンバーたちと、打ち上げでもしているのかもね……」

と、お慶が言うと、岐部則夫と木村昭子の二人が来店しないことは、まるで関係ないことのようなふりをして、光が話題を変えて、

「でも、昭子の筆跡は、正しいクラシックバレエの訓練を受けたような、鋭く透明な芯が通っているような筆跡だもんね。常連客だけで飲むようなことがあっても、昭子が酔い潰れる姿を見たことがないもんね。筆跡とは関係ない話かもしれないけれど、ある意味、飲んでいても、美人は疲れるだろうね」

と、自分の彼氏の光が妙にしんみりとした表情で昭子の綺麗な「筆跡」や、おとなしい「酔いどれぶり」について分析してみせたので、嫉妬することもなくお慶は吹き出していた。

今日、それぞれの大学の前期考査を済ませて、「砂時計」にやって来ていたメンバーたちは、明日から約七十日間の長い夏休みを迎えるということもあって、普段にも増して良い感じで酔っていた。

ニューヨークの「魔港街」からの、お慶や幸恵との冒険が済んだばかりだというのに、

「もしかしたら、また、国立『大学通り』の桜並木が消えて、幻の『京王国立線』路面電車が走り出して、『魔港街』までの旅行が始まるかもしれないね」

と光は一方で冗談混じりに、また一方で真剣にお慶に話しかけていた。

その時、光、お慶、早田幸恵が三人で盛り上がっているテーブルに、中山寧寧という青山学院大生が乱入してきた。中山寧寧が持つ独特の華やかさを目にして、メンバー全員が思わず笑顔になっていた。

それでも、押し売りのような妙なおしゃべりを口にせず、空気のような軽やかなトークを口にする中山寧寧は、すぐにメンバーたちに溶け込んだ。ちなみに彼女は、青山学院大学を出た後、マンハッタンにダンス修業に行く予定であることを知り、テーブルのメンバーたちは全員、彼女に優しい笑顔を向けていた。

「光君。じゃあ、寧寧ちゃんも、私たち同様に、『魔港街』で活躍する妖精になる資格が

あるということね」

　と、早田幸恵が光に小声で話しかけてきた。

　その時突然、勘の鋭いお慶が、光、早田幸恵、中山寧寧に注意を促した。

「ちょっと待って。さっきから何となくおかしいと思っていたんだけれど、今日の『砂時計』はヘンよ。ここは国立の『砂時計』じゃないわよ。建物の造作やテーブル、お店の備品、照明なんかは全部同じ物で、配置もいつもと同じだけれど、何かが違うもん。第一、窓の外の景色が全然違うじゃない……」

　と……。

　確かに意識して窓外に目を向けると、お慶に指摘された通りで、国立の「大学通り」がそこにはなく、どこか港町の下町風の、狭い路地の姿だった。急に酔いが醒めてしまい、目の前に広がる空間そのものが、薄気味悪く感じ始めた四人だった。観察力が鋭いお慶が改めてつぶやいた。

「ほら、たとえば、この店の黒いオリジナルのマッチ。確かに私たちのたまり場の『砂時計』と、デザインはまったく同じものよ。だけれど、何かが微妙に違うじゃない。待って……、マッチのアドレスを見てみてよ、『横浜市南区東蒔田町《ひがしまいたちょう》』って書いてあるもの」

と……。

そのお慶の話を聞いて、生まれ故郷が横浜だという江乃木光が、

「そうだ！　ここは横浜市南区の『睦町公園』近くの東蒔田町にある、喫茶店『砂時計』さ。浜っ子の僕には、どちらかと言えば、国立の『砂時計』周辺よりも、横浜の『砂時計』周辺の街の匂いの方が、慣れ親しんでいるから。でも、もし、ここが横浜市の東蒔田町の『砂時計』だとしても、最寄り駅の『吉野町』駅から、横浜市営地下鉄ブルーラインと、東急東横線を乗り継いで渋谷駅まで一時間ちょっと。さらに、山手線と中央線を乗り継いで五十分。計約二時間。そうすれば、国立駅まで戻ることができるな。ああ、さっき話した、横浜市南区の『睦町公園』で、昔、焼身自殺をした女性がいてね。今でも、一つのベンチだけが焦げた状態で残されているんだよ。なんでも、霊感が強い人が見ると、そのベンチに女性が穿いていたチェックのスカートの柄が見えるらしいんだよね。怖い、怖い……、『睦町公園の焦げたベンチ』の怪奇譚だね。繰り返すけれど、小さいころから、両親によく聞かされていた怪談だね。『睦町公園』の話だけじゃなくって、横浜市南区の近辺は、お化けの話が多いことは有名なんだよ。そして、この横浜市営地下鉄ブルーライン『吉野町』駅の隣駅の、『蒔田』駅のすぐ近くには、『更級日記』に登場する『あすだ川』。つまり、かつての『大井川』、現在の『大岡川』が流れているんだよ。この川の流域

名の『蒔田』の語源が『あすだ』だったから、『あすだ川』と呼ばれるようになったみたいだよ。『あすだ』という地名が『明日田』に転化されて、さらに、室町時代に、『蒔田』という地名に転化されたみたいだね」

と、光が言った。

「西暦七一〇年ごろ、和銅三年ごろに、『蒔田』という市の『坪』ができているようだね。正式には、正方形の町の区割り単位のことが、奈良時代からは『坊』と呼ばれるようになって、平安時代からはその単位のことが『坪』と呼ばれ始めたみたいだけどね。でも、この時代の『坪』って、現在の土地のような広さを表す言葉じゃなくって、町の区画を表す言葉みたいだったから、『蒔田』坪は、『蒔田』町みたいな意味を持っていたみたいだね。ちなみに、現在の横浜の地名としても、『蒔田』は最も古いものの一つのようだよ。そして『あすだ川』、つまり『大岡川』は、横浜市内で三番目に高い、磯子区の標高百五十三・三メートルの円海山の周辺に広がる、『氷取沢《ひとりざわ》市民の森』が源流で、横浜港に注いでいる川のことだね。ちなみに、横浜市内で最も高い山は、栄区の標高百五十九・四メートルの大平山。二番目は金沢区の標高百五十六・八メートルの大丸山だよ」

と、光が言った。

「文学史的に言えば、菅原孝標女が、父親の任地である上総国府から、京都に帰郷するまでのことについて書いた日記が、『更級日記』だよね。でも、『学問の神』の菅原道真の五世孫にあたる、作者の菅原孝標女は『更級日記』の中で、この大岡川のことを、『相模と武蔵の中にゐて、あすだ河といふ』と書いていて、『あすだ川』を武蔵国と相模国の国境を流れている川だと考えていたらしいけれど、実際は、この川を渡っても、まだ国境を越えていなくて、相模国に入ることはできていなかったわけだね。単純に、『あすだ川』を大岡川じゃなくって、隅田川あたりの川と勘違いしていたんじゃないの……」

　と光が言いながら、こう付け加えてみせた。

「また、別の話だけれど、たとえば、国立の『大学通り』が滑走路になっていたことがあるように、横浜市にも第二次世界大戦の後、一九四五年九月二十五日には、横浜市中区若葉町と末吉町近辺の、伊勢佐木町の西側から大岡川にかけての、『横浜駅根岸道路』の上に臨時でアメリカ軍の飛行場がつくられて、軽飛行機のセスナ機やヘリコプターが発着し始めたっていうから、驚きだね。当時の在日アメリカ軍は、車道を滑走路にして使っていたんだね」

　さらに光は、

「そうそう、また話題が変わるけれど、この横浜市中区近辺、南区近辺は、やたらと売春街が多い地域でもあるんだよ。なぜかというと、大岡川より東の関内地区は、戦後は米軍の接収エリアになって、このエリアで燃え残ったビルの店は、日本人立ち入り禁止の米軍人専用の、売春黙認のキャバレー街に化けた歴史があったんだね。その他にも、この川の周辺には、現在の『横浜スタジアム』の場所にあった『港崎遊郭』。現在の関内駅西側にあった『横浜吉原町遊郭』『高島町遊郭』。現在の真金町にあった『永真遊郭』『黄金町の置屋』……。なんていう赤線街、青線街が存在していたことが、今になっても、売春街が多い理由なんだろうね。たとえば、福富町のソープ街、曙町のファッションヘルス街、黄金町のデリヘル……。その中でも、たとえば、そうそう……、『蒔田』駅からも近い、京浜急行の『黄金町』駅周辺と言えば、明治時代の開港以後は、材木問屋や米問屋が建ち並ぶエリアで、太平洋戦争前から、大岡川沿いで船を活用した問屋街として栄えていたらしいよ。関東大震災、横浜大空襲による被害を受けた後、まず、空襲で焼け野原になった空間の、京浜急行の鉄道のガード下にバラック小屋の住居が姿を見せて、次に、そんな小屋のうちの数軒が飲食店に姿を変えたらしいんだね。戦後、あたり一帯は『大岡川スラム』街と呼ばれるようになって、そんな黄金町周辺の店では、関内地区の米軍接収エリアの米軍人専用のキャバレー同様に、自然と米軍人相手に日本人女性が春をひさぎ始めたらしいよ。『黄金町』という地名は、古代中国の淮南王の劉安が、編纂した哲学書『淮南子《えなんじ》』の、『清水有黄金金龍淵有玉英』という一節から、取られた地名らしいね。そうそう、元々、

『淮南子』の本文には、『日本書紀』の冒頭部分によく似た表現が出てくることでも有名らしいね。ただし、どのようにして地名が付けられたかはいざ知らず、引っ切りなしに京浜急行の急行電車と、各駅停車が轟音を鳴り響かせて通過していくそんな場所だったから、逆に売春業には向いていた場所だったんじゃないかな。また、戦後、米軍人がこの街から消えた後も、この黄金町に隣接する、横浜市野毛エリアには職業安定所がつくられて、全国から日雇い労働者たちが集まって来たらしいよ。性欲があり余った訳ありの労働者たちが求めるものは、激安な風俗街と、格安な食堂街。まさにここは、ぴったりの町だったわけだね。そして、ここは、一九六三年に公開された黒澤明監督の映画『天国と地獄』で、犯人の竹内が殺人を犯す麻薬街の舞台になった。また、物騒な横浜の港の、このあたりの闇の部分に吸い寄せられるようにして、太平洋戦争後、黄金町は麻薬密売の温床にもなったんだから、怖い話だね。横浜港に入港する中国船、韓国船の隠された船底の空間には、麻薬が満載されていたということだね。僕らも、幼稚園児のころから、両親の口から出る『ヒロポン』という言葉を絶えず耳にしていたからね」

と言った。

「二〇〇五年一月十一日の、『バイバイ作戦』という県警の集中摘発が行われるまで、大阪『飛田新地』、沖縄『真栄原社交街』と並んで、『日本三大置屋街』と呼ばれていた場所だったけれどね。ただし、その『バイバイ作戦』の摘発で、その手の店は姿を消しちゃったわけだね。でも、二十一世紀になっても、京浜急行の高架下にあった二百五十七店舗の置屋で、八百人以上の売春婦たちが春をひさいでいたことは、事実だったんだよ。煤けた、赤、緑、オレンジ、青色の日よけに書かれた、『太陽』『パール』『楽』『月光』『京都』『富士山』『小百合』『由美』『ヒロミ』『浜』『みや』『サチ』『七』『純』『なな』『菊元』……、なんていう、激安の売春スナックの屋号が書かれた幌《ほろ》が、ズラーッと並んでいたことで有名だった、一階でスナック業をしているように見せかけて、二階、三階で本業の売春をしていたわけだね。そんな『青線街』は、県警の集中摘発の後、居酒屋やバー、英会話教室やマッサージ店、宅配ピザ屋や喫茶店、アトリエ、コインランドリー、コインシャワーなんかに化けて、中には、『一日、三千円のレンタルマンション』『一日、千円のレンタルルーム』に化けている店もあるけれど、今でも相変わらず、もぐりで売春をしている妙な店も存在しているらしいよ。ああ、そうそう、こんな話も聞いたことがあるね。新大久保同様に、『黄金町に、中国人、韓国人の住人が激増している』という話や、『福富町が韓国人街になった』という話を……」

その時、光は自分の少年時代のことを思い出すように、こう付け加えた。

「この横浜市南区の大岡川沿いの空間は、僕らの少年時代にも、明治時代後期に植林された七百本ほどの、五キロメートルに及ぶ桜並木が満開の桜を咲かせていたね。京浜急行線で黄金町駅の隣は日ノ出町駅。日ノ出町駅近く、大岡川沿いの、一九六四年に完成した『野毛都橋商店街ビル』は、緩やかにカーブした二階建て。六十ぐらいのスナック、小料理屋群で、各店三坪、カウンター席が五つぐらいしか存在しない、雰囲気がある飲み屋の集合体だったね。ちなみに、一九四五年五月二十九日午前九時二十二分ごろから、横浜の市街地が、実に五百十七機もの、B29による空爆を受けたらしいよ。その時に、黄金町駅に非難していた六百人以上の市民が被災した。近くに『野毛山動物園』があって、その敷地内には日本初の近代水道浄水場『野毛山配水池、浄水場』があった。そこには、一九四四年末につくられた、十二センチ高射砲六門、八センチ高射砲十二門という日本軍の高射砲台があったんだよ。それで攻撃されたんだ。『黄金町』近くの大岡川に逃げ込んだ横浜市民にも大量の焼夷弾が落とされたから、そこで数千人の死者が出て、今でも救いを求める幽霊が、大岡川に姿を見せることがあるそうだよ。実は、僕も小さいころ、両親と一緒にここで、戦時中に亡くなって成仏できていない幽霊の姿を見たことがあるよ。『黄金町の大岡川の幽霊』だよ……。いやいや、でも、お慶。こんなスリラー、ホラーがらみの話があった方が、僕らの『魔港街』ファンタジーの冒険は盛り上がるというものだよ。世間一般の人が味わっている海外旅行で、僕らの冒険が終わったんじゃ、当たり前過ぎてつまんないぞ。怪しげな異空間からの誘惑があった方が、楽しいっていうもんだよ。僕らが最近続けている、あの『新しい扉を開けると、マンハッタンだ』という冒険をまだ続けなきゃ、面白くないもんね。さあ、新しい物語の始まりだ」

ふと光は、黄金町が、若者の文化的な「京急高架下芸術活動スタジオ」に急激に化けた流れと、東京や横浜で日頃遊んでいる街から自分たちが、「魔港街」の魅力あふれる街へ急激に投げ出されたような流れが似ていると思った。

実は、黄金町という「闇」の部分である高架下の置屋群とは対照的に、高根町という「明」の部分である整然と並んだ「横浜橋通商店街」という商店街も、横浜の南区にはあって、そのコントラストがお慶には面白く感じられた。

「『横浜橋商店街』の最寄り駅は、京浜急行の黄金町駅じゃなくって、横浜市営地下鉄の阪東橋駅なんだけれどね。それでも、黄金町駅から『横浜橋商店街』までは、徒歩七分ほどだから、近い、近い」

と、光がお慶にささやいた。

ちなみに、一九五八年四月一日の売春防止法施行前まで、横浜の公認の買春街だった赤線地帯と言えば、「永楽町」「真金町」に存在した「永真遊郭」が有名だったと言い、そして、横浜の非公認の青線街と言えば、鎌倉街道に面した「曙町」の一部や、曙町の「親不孝通り」沿いのものや、「黄金町」のものが有名だったという。

　また中国、韓国、フィリピン、タイなどには、ここ、黄金町同様に、多数の高架下文化コミュニティがあることを、光がお慶に教えてくれた。そして、日本では同様に、一九一〇年にドイツ人のルムシュッテル設計でつくられた「第一有楽町架道橋」という名前の、上野から御徒町、有楽町、新橋へと続く、高架下文化コミュニティの発達した街や、二〇一六年十一月二十二日に、東京メトロ日比谷線の周辺にできた「中目黒高架下」。二〇一八年三月十三日に、池上線大崎広小路駅近くに完成した「池上線五反田高架下」などという高架下文化コミュニティの発達した街があることを、光がお慶に教えてくれた。

「横浜は、単なるおしゃれな港町だって、他府県民の人たちは思い込んでいるけれど、僕らみたいな浜っ子からすると、全然おしゃれな街じゃないんだよね。そこがまた、横浜の魅力だと思うけれどね。実は、こんな街の猥雑さがあるのを知ることも、僕は大切なことだと思うけれどね」

　と、光は付け加えた。

　改めて、ここが国立の「砂時計」じゃなくて、横浜の「砂時計」であったとしても、もしかすると店の奥に、国立の喫茶店「砂時計」の、マスターの内田道雄がいるかもしれないと、四人は楽しく想像してみた。

また、光の話には続きがあって、彼の生まれ故郷の横浜市の南区には、

「ゴーストスポットが多数存在するんだよ」

という話を聞いて、急にお慶の背中に寒気が走った。

たとえば、京浜急行の弘明寺《ぐみょうじ》駅前には、「横浜市南図書館」や展望デッキ、プールなども併設された「弘明寺公園」がある。弘明寺は横浜最古の寺で、国指定重要文化財の本尊十一面観世音菩薩立像を本尊とする。奈良時代の疫病流行の際、太平祈願のため全国を回った行基が結んだ草庵がルーツであり、実際の開山は一〇四四年という。

また、「弘明寺公園」は、春には桜を、秋には紅葉を楽しむことができるという。展望デッキの上からは、三百六十度横浜の街の景色を一望でき、ランドマークタワーや横浜ベイブリッジの景色も堪能することができるそうだ。当然、他府県民の鉄道ファンが、歴史ある赤色の、また、特別塗装の青色や黄色の、「京急」の車両の色や動きを楽しみに来ていることは、言うまでもない。

ただし、光の話では、この「弘明寺公園」では過去に、一九四七年に起きた娼婦のバラ

バラ死体遺棄事件や、一九六三年に起きた十八歳の少年による強盗殺人事件。その他、二〇二〇年に起きた展望台下のトイレでの自殺事件をはじめ、数多くの自殺事件や他殺事件などが起きている場所らしい。また、

「弘明寺駅の踏切での、人身事故が多いことも有名なんだよ」

と光は言った。

そして、兵士の幽霊の目撃談を多く耳にするのが、弘明寺という場所だから、

「昔から弘明寺は、南区屈指のゴーストスポットと言われているんだね」

と、光が言う。

また、この寺の近くにある、一九六七年に建てられた「ガス爆発マンション」というあだ名が付けられた建物も有名だったらしいのだ。実際は、そこでガス爆発は起きていなかったらしいが、建設途中で放棄された建物らしく、二〇〇六年には解体されて、今は新しい大型マンションに建て直されているらしいのだ。ただし、

「住宅街の中のマンションとしてはいかにも不釣り合いのもので、煤けた外観の感じが、いかにもガス爆発したように見えていたから、そんな妙な名称が付いて、呼ばれていたらしいんだよ。噂話の中には、ある女子大の寮として建てられていたものだとか、ある航空会社の客室乗務員の寮としてつくられていたものだとかいうものも、あったらしいね」

と、光が補足説明してくれた。

ところで、行基といえば、残念ながら七五二年の「大仏開眼供養」の三年前に亡くなったらしいが、彼は東大寺「盧舎那仏」建立時に、民間からの資金を募る勧進に尽力した人物の一人だということも光から教えてもらい、お慶は驚いた。

ちなみにその南区の弘明寺には、第二次世界大戦時に奇跡的に戦災に遭わずに済んだ、ノスタルジックな雰囲気が漂う、二百七十メートルのアーケード街「かんのん通り商店街」があり、二〇〇一年にアーケード街が建て替えられた際に、その長さが三百十二メートルに延長されている。その商店街の中には、一九三一年に創業した老舗和菓子店「盛光堂総本舗」や、一九三二年に創業した老舗ベーカリー「デュークベーカリー」や、一九三二年に創業した老舗酒店「ほまれや酒舗」などの、名店があることも光が教えてくれた。


ゴーストスポットといえば、「大原隧道」もある。地下鉄ブルーライン阪東橋駅から徒歩十分ほど、清水ヶ丘公園と南太田の間を結ぶ、全長二五四・一メートルのトンネルだ。関東大震災の復興事業として、公道と水道本管敷設を兼ねて一九二八年に完成した。

赤褐色の煉瓦と、花崗岩を組み合わせた独特のデザインのトンネルで、第二次世界大戦中は、一九四五年五月二十九日の横浜大空襲での、遺体置き場になったという曰く付きの場所らしい。歩行者と自転車も通行できるが、そのトンネルを通っている時に後ろを振り返ると、子供の霊を目にすることがあるという噂だ。

たとえば、弘明寺駅から徒歩九分ほどのところには、「大岡のトンネル」がある。工事中に崖が崩れて人が亡くなったが遺体は見つかっておらず、西側のトンネルの工事は中断されたままだそうだ。戦時中は防空壕として使われていたという噂もある。現在は歩道になっているこのトンネル内の道はなぜか三叉路になっていて、その三叉路もまたゴーストスポットだというのだ。

様々な自分の話に酔っていた光が、そろそろ退屈し始めたようなお慶や早田幸恵、中山寧寧に気を使って、腰を上げると、喫茶店「砂時計」は、いつも通りに光たちの貸し切り状態だったので、

「そろそろ、帰ろうか」

と、気を使って声をかけた。

「でも、自分たちが飲み食いした分の支払いは、済ませて帰るべきだ」

と考えて、光とお慶が何回呼びかけても、店の奥に人はいない様子だった。当然、カウ

ンターの奥にも人の気配はない。

「これじゃ、支払いをしないで、黙って店を出ても問題ないな。そもそも、普段、国立の『砂時計』で、支払いが翌週や翌月になったとしても、マスターからとがめられることなんてなかったじゃない。横浜の東蒔田の『砂時計』も一緒だよ。気にしない、気にしない」

と、光が結論を出してくれたので、お慶も早田幸恵も、中山寧寧も気楽になることができた。

口にし始めたそんな「トンネル」の話同様に、以前彼氏の光から聞いた話の中には、ニューヨークのクイーンズの地下には、「軍の秘密基地」があって、「かつてのソ連との冷戦時代につくられた施設」が眠っているという、都市伝説があったことをお慶は思い出していた。

光によると、また、日本にもそれと同様に、「千代田線核シェルター説」や「有楽町線軍用路線説」という、都市伝説があるそうだ。どちらの地下鉄の路線も皇居や国会議事堂、防衛省などの近くを通っていることから流され始めたという、特に、千代田線の「国会議事堂前」駅は地下三十七・九メートルにつくられたもので、本来の目的としては、皇族や国会議員用の核シェルターとして、深く深くつくられているようなのだ。

地下一階の空間が、千代田線の「国会議事堂前」駅で、地下二階の空間が、丸ノ内線の「国会議事堂前」駅。地下三階の空間が、南北線の「溜池山王」駅と、銀座線の「溜池山王」駅。地下五階の空間は、階段の踊り場。そして、千代田線の「国会議事堂前」駅に至っては、地下六階の空間に存在しているというのだ。ところが、地下四階の空間は、駅の構内図を見ても何も記載されておらず、エレベーター内にもその表示がされていないが、内部関係者だけにはその部屋の名前が知らされている、「換気室」という謎の空間らしいのだ。

「当然、その部屋が『換気室』のわけがないよね。普通に考えれば、その『換気室』の存在そのものが、もしかしたら、『核シェルター』になっているのかもね」

と、光から言われたから、お慶はびっくり仰天した。

また、

「東西冷戦時代につくられた有楽町線の場合は、練馬区の大泉学園町にある自衛隊の『朝霞駐屯地』や、練馬区の北町にある自衛隊の『練馬駐屯地』の近くを通っているからというだけではなく、国会議事堂や内閣総理大臣官邸などの国の中枢である永田町や、市ヶ谷の防衛省や、桜田門の警視庁の近くを通っているから、こんな都市伝説が広まったんじゃないかな」

というのが、光の仮説らしいのだ。しかし、当然、国の重要な施設が数多くある場所だから、万が一、核戦争が起きた時に備えて、皇族や国会議員などのＶＩＰが身を隠すための、広大な地下核シェルターが千代田線の奥に存在していたとしても、何ら不思議ではないような気がしたお慶だった。

その時急に光が、お慶に新しい話題を振ってきた。

「ねえ、お慶、『失われたアーク』って知っているかい。早い話、ユダヤ人たちの『秘宝』の一つ『旧約聖書』の『出エジプト記』に記された、驚異的な力を秘めた『十戒』が刻まれた石板で、ソロモン王が建てたエルサレムの第一神殿に収められていたそうだよ。長さは一・三メートルほどで、幅が〇・七九メートルの、内も外も金で覆われたアカシア製の木箱の中身が、その『失われたアーク』らしいんだよね。木箱のふたの上には一組の『智天使ケルビムの像』が飾られていて、モーゼが神から授けられた二枚の『十戒』を刻んだ石板や、超常現象を起こすことができる『アロンの杖』、黄金の壷などが、木箱の中に収められていたんだって。ただし、モーゼが神から授けられた、その二枚は単純な石板じゃなくて、猛烈なエネルギーを発する、最終兵器にも通じる石板らしいんだよね。つまり、現代社会においては、核ミサイルの存在が、その『十戒』の石板に該当するんじゃないかな。アクスム王国は、今のイエメンあたりで暮らしていたセム系の民族がエチオピアに紀元一〇〇年ごろから移住して栄えた王国で、紀元九四〇年ごろにイスラム王国の侵攻で滅んだキリスト教国家らしいんだ。その中でも、エチオピア北部の街、かつてのアクスム王国の中心地である都市部アクスムで、数回の建て直しがされた後、一六六五年につくられた『シオンの聖マリア教会』に安置されていたものが、『失われたアーク』らしいよ。自称ソロモン王朝の創始者のハイル・セラシエ一世の命令で、一九六五年に同じ場所に新築された、『新シオンの聖マリア教会』の礼拝堂の中に、紀元前十世紀中ごろ、エルサレムの『ソロモン神殿』から、『失われたアーク』はこっそりと移設されたものらしいね。ただし、これはとっておきの秘密だけれど、西暦九四〇年ごろにイスラム王国の侵攻でアクスム王国が滅んだ時、『失われたアーク』は日本に移されて、今、伊勢神宮に安置されているという噂もあるから、怖いよね。ちなみに、『失われたアーク』を日本に持ち込んだのは、『ユダヤの失われた十支族』の、秦氏、物部氏らしいよ。おっと、これは秘密、秘密……」

と、光が口にしたから、好奇心旺盛なお慶の顔つきが変わって、

「駄目よ。駄目、駄目。光君。私に隠し事をしちゃ」

と、唇を尖らせてみせた。

自分たちが始めようと思っている冒険は、ある意味これは、「マンハッタンの宝探し」だと二人は思った。その時、様々な伝承がある「宝探し」を、マンハッタンでお慶と光は、自分たちが楽しく始めたことに気づいた。改めて光はお慶に、

「お慶、『失われたアーク』だけじゃないぞ。元々、マンハッタンは、『宝』だらけの島だもん。今日からあの島で宝探しを始めるぞ。よし、また、新しい旅に出よう」

と、呼びかけると、元々この冒険には参加する予定もないはずの、早田幸恵と中山寧寧も笑顔で応えてみせた。

「おーっ！」

マンハッタンから国立に戻り、通常の大学生生活を取り戻していたお慶と光だったが、実は、以前マンハッタンで「鬼ごっこ」をした時に、光のお姉さんから聞いたことがある、マンハッタンのあちこちですることができる特別な「宝探し」に、二人の興味は向けられ始めていた。お慶の場合の「宝」といえば、光から聞かされた「失われたアーク」の話とも合致しているような気がして、彼女は異常なほどに興味津々になったわけだ。

そうは言いつつ、「失われたアーク」の知識が曖昧なお慶に向けて、突然、光がこんな話を始めた。

「さっきの話の繰り返しになるけれど、『失われたアーク』って何かと言えば、紀元前十

四世紀から紀元前十三世紀に活躍した、預言者モーゼが書いたと言われている五つの書のうち、二番目の書の『出エジプト記』の中に描かれている秘宝のことらしいんだよ。エジプトで奴隷状態だったヘブライ人たちを救い出すために、モーゼは、民を導いて四十年近く荒野をさまよい歩いて、『約束の地』のパレスチナにたどり着くことができたんだね。具体的にその『失われたアーク』の秘宝は何かというと、預言者モーゼが、シナイ山で万物の創造者の唯一神で、ユダヤ教の唯一神の、ヤハウェことエホバから授かったと言われている、さっき話をした『十戒』を記した石板らしいんだよね。ああ、そうそう、キリスト教における『父』はヤハウェ。『子』はイエス・キリストというわけだね。キリスト教の定義で言えば、イエス・キリストの母はマリアで、処女受胎をした人。マリアの旦那であるヨセフと、イエス・キリストは、血のつながりがない親子という定義だからね。また、旧約聖書においては、唯一神として書かれているのが、ヤハウェというわけだね。実は、ヤハウェの名前は、当時イギリス委任統治領だった、パレスチナ自治区のヨルダン川西岸地区で、一九四七年に発見された『死海文書』や、同様に、パレスチナ自治区のヨルダン川西岸地区で、一九五六年に発見された『クムラン写本』にも登場しているからね。そして、ソロモン王が建てたエルサレムの第一神殿にも、『十戒』が刻まれた石板を収めた箱が存在していたことは、有名らしいんだよね。でも、エルサレムが、新バビロニア王のネブカドネザル二世に滅ぼされて、『バビロン捕囚』に遭った時に、『アーク』は行方不明になったという伝説がある。だから、紀元前五八六年以後、突然皆の前から、その秘宝は姿を消したらしいんだね。その石板は、金箔で内側と外側を覆った、アカシアの木でつくられた長さ一三〇センチ、幅と高さが八〇センチの箱に保管されていたものこそが、『アーク』と呼ばれた、古代イスラエル王国三代目の王ソロモン王の支配下でつくられた聖櫃《せいひつ》らしいね」

光によると、「失われたアーク」とは、やはり「旧約聖書」に書かれているように、モーゼがシナイ山で神から授かった約束の石板のことらしい。その「十戒」が刻まれたものを収めた箱もまた、石板同様に「アーク」だと光は言うのだ。そして、紀元前十世紀にソロモン王は、神殿の最も奥の部屋の「至聖所」にそのアークを収めるために、エルサレムに「ソロモン神殿」を建てたと言われている。

光の話では、紀元前七〇一年にセム人の国家であるアッシリアからの侵攻時、ユダ王国の四十六の街が占領されて、アッシリアに多くのユダヤの民が連行されたので、

「ユダ王のヒゼキヤが、『アークに祈った』」

という記録が「旧約聖書」にも書いてあるらしいが、それは、「アーク」の存在を表す

記述でないことは、お慶には容易に想像できた。ただし、最終的には、エルサレムにアッシリアを入城させることなく、ユダヤ人は異民族を撤退させることに成功したらしいのだ。

ちなみにユダヤの治世が怪しくなった時代は、ユダ王国第十三代王のヒゼキヤ王の息子である、第十四代王のマナセ王の時代の、紀元前六八七年から六四二年のころだという。ユダヤ教を否定したこの悪王は、ソロモン神殿の「至聖所」に、異教の樹木神である、仏教の「阿修羅の木像」を安置し、崇拝したとされている。

そして、ユダ王国はマナセ王の後、さらに混迷の時代に突入したそうだ。

やがて、紀元前六四二年にマナセ王の息子であるアモン王が跡を継いだが、光の話では、彼もまた、父のマナセ王同様にユダヤ教ではなく仏教を信仰していたから、在位二年ほど経過した後、紀元前六四〇年に家臣の手で暗殺されてしまったという。

そのせいもあって、アモン王の息子のユダ王国第十六代のヨシヤ王は、紀元前六四〇年にわずか八歳で即位し、紀元前六〇九年まで国を治めたという。ちなみに、ヨシヤ王は成人した時期から、ヤハウェ神以外の像を崇拝することを禁止し、ユダヤの治世は再び安定したという。

ところが、その後ユダ王国の治世は安定することはなく、第十七代のヨホアハズ王は、紀元前六〇九年のわずか三カ月の短命政権で、エジプトに連行されてその地で死去してしまった。

さらに、ヨホアハズ王の異母兄弟である、紀元前六〇九年から紀元前五九八年の第十八代のエホヤキム王の時代に、エジプトの言いなりになって、エジプト王のネコ二世に課されたままの重税をユダヤの民に課した。それで、国家は乱れ、エジプトの国力が衰えた後に、バビロンの勢力が増してきて、ユダヤの民はバビロンに連行された。

ちなみに、エホヤキム王の息子である、紀元前五九八年のみの国王だった第十九代のエホヤキン王も、バビロン王、ネブカデネザル王の下で、三十七年間も捕囚生活を過ごしたという。ただし、次のバビロン王のエビル・メロダク、父であるネブカデネザル王が、理由もなくエホヤキン王を拘束していたと判断した。彼は釈放されて、生涯、エビル・メロダク王の前で食事をすることも許され、生活費も与えられたという。

その点、紀元前五九七年から紀元前五八七年の治世の、ユダ王国第二十代王のゼデキヤ王は、バビロニア王国の猛攻にさらされて、紀元前五八七年に「ソロモン神殿」は破壊され、前五八六年エルサレムが新バビロニアに滅ぼされた時に、ユダヤ人は再び囚われの身になり、

「世界史的にも有名な、『バビロン捕囚』になったんだよ」

と、光が、お慶、早田幸恵、中山寧寧に言った。

　第二十代のゼデキヤ王は、ユダ王国滅亡と同時に捕らえられ、両目をえぐり取られ、死ぬまで鎖につながれていただけでなく、子供も虐殺されたのだ。その第二十代のゼデキヤ王が虐待された様子と、比較的優遇されて暮らすことができた第十九代のエホヤキン王の様子は、対照的な気がしたお慶だった。

　そして、新バビロニアにユダ王国が攻略された。その時、「アーク」が行方不明になったというのだ。

　ただし、付け加えるならば、バビロン軍がエルサレムから持ち帰った財宝の中には、「旧約聖書」の三大預言書の一つのエレミヤ書にもリストアップされている、ユダヤ人にとって最も大事な宝である「契約の聖櫃」、つまり「アーク」はなかったらしい。また、前五三八年に新バビロニアが滅亡した時に、捕囚になっていたユダヤ人たちが解放されたらしいけれど、

「解放された時の、新バビロニアからの返還品リストの中にも、その『アーク』はなかったんだよ」

　と、光が言った。

　それでは、「アーク」は誰が持ち出したのかといえば、「バビロン捕囚」よりもはるか前、紀元前八世紀に活躍したエルサレムの預言者イザヤだというのだ。いずれはエルサレムが

陥落することを予知していた預言者イザヤは、このことを第十三代王ヒゼキヤに訴えていたらしいが、王はまったく信じてくれなかったという。それで、有能なユダヤ人とともに、エルサレムの神殿の中からソロモンの財宝と「契約の聖櫃」を秘かに持ち出していたらしいのだ。

実は、「アーク」はどこに姿を消したかという疑問の答えだが、

「エルサレムに次いで大きなユダヤ人のコミュニティの、ナイル川下流域の、対岸にある中州の、エレファンティネ島の南岸に隠されている可能性が高かったらしいよ。エジプトの言葉で、『象』の意味を表すこの島には、古代エジプト時代から、象牙の取引所が存在していたらしいね」

と、光は言う。

なぜならば、その島のエスナにあるユダヤ神殿の「クヌム神殿」を、ジェゼル王の時代に、神官のイムホテップが建設した時期と、「アーク」が消失した時期がほぼ重なるからしいのだ。

しかし、この島のユダヤ神殿は不滅のものだったのかといえばそうではなく、

「紀元前四一〇年には破壊されていたから、かえって疑問が深まるんだよね」

と光が言った。

「その後、自分たちを弾圧したエジプトを避けようとして、さらにユダヤ教徒たちはナイル川を遡り、紀元前三世紀にエチオピアのタナ湖に到達して、その周辺にコミュニティをつくったんだよ」

と光が言うのだ。また、これがエチオピアのユダヤ教の起源らしい。その後、アクスムにキリスト教国家ができた時、

「アークは、エジプトのアスワンにあるエレファンティネ島の『クヌム神殿』に移された可能性が大きいらしいよ」

と、光がつぶやいた。

ちなみに、アスワンのエレファンティネ島から、さらに行方不明になったまま消滅したと思われた「アーク」だが、

「四世紀にアクスム王国のエザナ国王によってつくられた後、ファシリデス国王によって十七世紀に再建された『シオンの聖マリア教会』の礼拝堂の中に、その『アーク』が移されたという伝説があるんだよ」

と、光が口にしたので、お慶同様に、早田幸恵と中山寧寧も驚いた。

古代イスラエル王国三代目のソロモン王とシバの女王の後裔が暮らす国家を称したエチ

オピア東北部のアクスム王国は、イエス・キリスト誕生のころに、最も栄えたアフリカの国だという。光の話では、「シオンの聖マリア教会」の新教会の移設を命じたのは、一九三〇年に即位した、エチオピア帝国の最後の皇帝ハイレ・セラシエ一世だという。信憑性は高いとは思えないが、ソロモン王朝の創始者のメネリク一世の末裔であることを、この王は自認していたらしいのだ。

「えーっ、アフリカの真ん中に、キリスト教の国家があったなんて、意外だわ。アフリカに『秘宝』が隠されていたなんて、やはり奥深いものがあるわ……」

と、お慶が楽しそうにつぶやいた。

光の話では、日本で言えば『古事記』に該当するような、十三世紀に書かれた、エチオピアの国家的な歴史書『ケブラ・ナガスト』に、「紀元前十世紀ごろ、シバの女王がエルサレムを訪れた時、ソロモン王との子供であるメネリク一世を儲けた。さらに、メネリク一世と后との間に生まれた息子のメネリク二世が、成長してソロモン王の国を訪れ、その時に、エチオピアに契約の箱である『アーク』を持ち去った」と書かれているらしいのだ。ところが、当然、ユダヤ人至上主義の「旧約聖書」にはソロモン王とシバの女王の間に子供が生まれたということは書かれておらず、シバの女王の出自についても、エチオピアであることが書かれていないそうだ。

そもそも、「アーク」は、ソロモン王が息子に託したという説もあるが、それを管理していた司祭が、「自分の夢の中で、『アーク』はメネリク一世とエチオピアへ行くべきだ」というお告げを聞いたから、メネリク一世にも知らされることなく、運び出されたという説もあるらしいのだ。

ちなみに現在でも、シオンの聖マリア教会では、

「『アークの番人』と言われる一人の修道士以外は、礼拝堂に入ることができないらしいよ。そして普段は姿を見せることが滅多にないその修道士だけれど、『ティムカット』という、お祭りの日には、修道士ともども『アーク』が姿を現すらしいよ。本物だろうかね」

と、光から教えられてお慶は驚いた。

「じゃあ、今でも本当に、『アーク』はイスラエルにじゃなく、エチオピアにあるのかしら」

と、お慶が問いかけると、光は無言でうなずきながら、

「いやいや、とっくの昔に、『アーク』はエチオピアから、世界中の宝物が集まる、マンハッタンに盗み出されているはずだよ。マンハッタンに集められた秘宝は、数えきれない

ほどあるはずだよ。よし、お慶。『アーク』だけじゃないよ。今日からマンハッタンに集められている、いろいろな『宝探し』を三人で始めよう」

と、言葉を返してきたので、早田幸恵も中山寧寧も、それにうなずいた。

「古代イスラエル王国が滅亡してユダヤ人が離散したのは、日本の弥生時代のことらしいんだよ」

と、光が言う。元々、日本には、「帝」の継承者であることの証である、二種類の「神器」がある。日本神話では天照大神が日向国の天岩戸に隠れた時、大神の出御を願って、鋳物の神の石凝姥命《いしこりどめのみこと》がつくったという、「八咫鏡《やたのかがみ》」。そして、須佐之男命が出雲国で八岐大蛇を退治した時に、大蛇の尾の中から出てきたという、「草薙剣《くさなぎのつるぎ》」。

「ところが、第十代の崇神天皇のころに、『八尺瓊勾玉《やさかにのまがたま》』も加わって、『神器』は三種類になった説もある。元々、島根県の出雲大社に納められていた、一般的には、祭祀《さいぎ》に使う曲がった宝石という意味を持つ、勾玉の形をした神宝の『八尺瓊勾玉』が、宮中に移されたことが、『日本書紀』の神代六代の部分に書かれているらしいね」

と光から教えてもらい、お慶は驚いて、こうつぶやいた。

「何だ、天皇の『三種の神器』って、昔は、二種類しかなかったんだ……」

天皇が「神」であることの証として伊勢神宮内宮に奉安されているという「八咫鏡」。そして、熱田神宮に奉安されているという「草薙剣」。さらには、皇居の赤坂御所に奉安されているという「八尺瓊勾玉」。「八尺瓊勾玉」が、イスラエルで言うと「アーク」で、「『旧約聖書』の『出エジプト記』の中に、その『神器』のつくり方、サイズ、素材まで書いてある」

と、光が言うから、「三種の神器」が日本にそろっていたことを再確認させられ、「天皇の『三種の神器』って、二種類しかなかったんだ」

という前言を撤回して、お慶もうなずき、アークとみなすことができる「八尺瓊勾玉」を見てみたくなった。

「二・五アンマ。横一・五アンマ。高さ一・五アンマ。純金製で、周囲に金の飾り縁があって、四つの金環を鋳造して、箱の四隅に二つずつその金環を付ける」

と、アークのつくり方について、「出エジプト記」に書いてあると光が言うのだ。

またソロモン王は、契約の箱をかつぐために、ユダヤ人のすべての長老、部族長を召集したという。契約の箱の中身は何かといえば、「モーゼの十戒」を記した「二枚の石板」だったらしいのだ。

「なんだ。『アーク』って、ものすごく高価な宝石か、ものすごいエネルギーを発する兵器かと思ったら、ただの石板なんだ。字が何となく書いてあるだけのものならば、見たらガッカリさせられるかもしれないわ……」

とお慶が言うと、

「ユダヤ人たちの伝承の中には、ナチスドイツから逃げて来たユダヤ人たちの中で、その『アーク』を秘かに、一九四八年の『イスラエル建国時に、エチオピアからエルサレムに持ち出していた者がいる』というものもあるけれど、あくまでも言い伝えに過ぎないらしいね」

と、光が寧寧の方を見てつぶやいた。

イスラエルからエチオピアに、こっそりと移されたと言われている、その正体が「八尺瓊勾玉」であるアークだが、さらに言えば、イスラエルから日本に移されている可能性も大だというので、お慶、早田幸恵、中山寧寧の好奇心が駆り立てられた。

光が言うには、第二次世界大戦時のどさくさに紛れて、軍国主義だった日本は、世界中から様々なものを盗み出しているらしいのだ。

「その中には、『失われたアーク』も含まれていて、案外『伊勢神宮』や『京都御所』『皇居』あたりに、それが隠されているかもしれないわ……」

と、お慶は想像してみた。光はさらに言葉を続けた。

「さらに言うならば、第十代の崇神天皇の時期に、『八咫鏡』『草薙剣』『八尺瓊勾玉』という三つの『神器』はそろったと言われているけれど、元々、三種の『神器』って、イスラエルにあった三つの神器である、ユダヤの民が神との間で守るべき掟が書かれた『十戒の石板』、ユダヤの民が神から与えられた食べ物を入れた『マナの壷』、ユダヤの民がエジプトの王の前で奴隷になった時に、その王の前で奇跡を起こした『アロンの杖』のことだったらしいんだね。でも、実は、卑弥呼説が強く唱えられている神功皇后。その神功皇后の息子だとも言われている、ツングース系高句麗の騎馬民族の王だった、四世紀後半ごろは高句麗の首長だった第十五代応神天皇が、「八尺瓊勾玉」と思われる、契約の『聖櫃のアーク』をイスラエルから日本に盗み出し、運び去った張本人で、その結果、三種の『神器』はそろったという伝説もあるらしいよ。『マナの壷』って、ユダヤの神器と考えられているんだけれど、実は、天皇の墓である前方後円墳自体が『マナの壷』だとも考えられているらしいね。ちなみに、有名な巨大古墳群をつくり出した天皇たちは、このツングース系騎馬民族らしいよ。たとえば、四百二十五メートルの巨大古墳をつくった第十五代の応神天皇。四百八十六メートルの超巨大古墳をつくった第十六代仁徳天皇。三百六十五メートルの巨大古墳をつくった第十七代履中天皇は、皆、ツングース系騎馬民族らしい。面白いね。実は、福岡市東区箱崎にある『筥崎宮《はこざきぐう》』は、九二一年に、応神天皇の胞衣を入れた箱の上につくられた神社だという言い伝えがあるんだね。松の木を植えた場所の上につくられた神社だから、『筥崎』という名前が付けられているらしいね。そもそも、この神宮の宮司は、代々、新羅系渡来人の秦氏が務めてきたらしいよ。そのことは、『筥崎宮』神主の秦則重の資料に残されているみたいだよ。そして、応神天皇自身が、この秦氏を朝鮮半島から招き入れた人らしいね。もう一つ付け加えるならば、初代神武天皇と十代崇神天皇の諱号が『ハツクニシラス』と同じだから、同一人物であるという説が有力らしい。卑弥呼が神功皇后だという説は、かなり有力らしくて、さらに言うならば、神功皇后の息子が応神天皇であることは、『日本書紀』にも書かれていることだよ。日本人の象徴のような卑弥呼も、実は、ツングース系の騎馬民族だったというわけさ」

と、光が言うから、お慶は驚いた。

国立の「砂時計」から、横浜の喫茶店「砂時計」に飛ばされてしまった自分たちの姿を、第三者を眺めているような冷めた感じで二人は分析してみる。

「ほら、国立の『砂時計』にもあった、あの青色の三分計の『砂時計』と同じものが、今、この喫茶店のテーブルの上にもあるけれど、ある意味、これは秘宝のうちの一つかもしれないよ。だって、『砂時計』の中の砂が、ダイヤモンドや黄金の粒だったとしたならば、これは立派なアークだもの。もしかしたら、この『砂時計』を使うことで、僕らが今度はマンハッタンまで宝探しの旅行ができるかもしれないよ」

と、光が瞳を輝かせた。

「宝探し」に関連して、ミッドタウンの「ティファニー」や、ロックフェラービルやトランプタワーからも近い、マンハッタンのど真ん中にある、通称「ダイヤモンド・ディストリクト」について、光が楽しい話をお慶に聞かせてくれた。五番街と六番街に挟まれた、四十三ストリートから五十一ストリートのエリアである。

「そこは、通りの入り口に、ダイヤモンドの形をした灯りがともっている、世界で一番有名な宝石街だ。だって、そこから、毎日、アメリカ全体で取引される数の九十パーセントを超えるダイヤモンドが卸されているらしいからね。二六〇〇余りの企業で、一日に四百億ドル、実に、四兆円もの価値があるダイヤモンドが売り買いされているというから、驚きだね」

なんでも、第二次世界大戦時にナチス政権のドイツから逃れて来たユダヤ人が経営するダイヤモンドの専門店をルーツとする店が並ぶという。その通りでは、光が言うように、驚くべき価値を持つ宝石の売り買いが連日されているらしい。

そこでは毎日のように、道路に這いつくばって歩道や溝の掃除をしている、意味不明な男たちの姿までよく見かけるらしいのだ。そんな彼らの中には、歩道や溝に落ちている落とし物のダイヤを拾って暮らしている、「紛失物不正取得専門業者」のラフィ・ステパニアンのような、ニューヨーカーがいるという。

彼らは毎日、このエリアにやって来ては、深夜〇時過ぎから、二時間、三時間と、口にくわえたライトを頼りに、歩道や溝の土をブラシでかき集めて、主に一ミリほどのダイヤモンドの欠片や金や、ダイヤモンド以外の宝石の屑を探しているそうなのだ。光はこう言った。

「二〇一一年から、ラフィ・ステパニアンが今までに集めたダイヤは、全部で五十五カラット、一万三千ドルの価値があるらしく、そして、今までに集めた金は、全部で四十四オンス、八万ドルの価値があるというから驚きだね。当然、彼が集めた貴金属の遺失物は、それがすべてじゃないよ。本当はその数十倍数百倍もの数、数万倍数億倍も価値があるものを、拾い集めているはずだよ。自分が発見した宝の数を公表したら、警察からも税務署からも、悪人からもマークされちゃうから、過少に公表しているだけだよね」

そのダイヤモンド専門店街では、あまりにもダイヤや金製品の落とし物が多過ぎて、持ち主の女性が、気づくのは稀だと言うから、お慶は驚いた。

「うん。じゃあ、こんなところにいる場合じゃないわ。光君、私たちも秘宝探しに出かけなきゃ。こんな時間帯というせいもあるのかもしれないけれど、ここには車の流れがほとんどないもの」

と、お慶が光の手を引いた。早田幸恵と中山寧寧も後に続き、四人で店の外に出ると、そこにはまた地上へ続いているらしい闇が待っていた。

今までの冒険では、お慶の前に広がる階段は、地味な色のものが多かったけれど、この喫茶店の終着駅にあたる階段はなぜか、国立の喫茶店の、「砂時計」の砂の色と同じ、コバルトブルーの螺旋階段だった。

その螺旋階段を下ると、その先に広がっていた風景は、意外にも光が慣れ親しんだ生まれ故郷の横浜の港だった。

横浜の港と言えば、山下公園沖に浮かぶ「氷川丸」が有名だ。後の「三菱重工業横浜造船所」である「横浜船渠」でつくられて、一九三〇年四月二十五日に竣工した、一万千六百二十二トンの日本郵船の貨客船「氷川丸」。

また、その船は、太平洋戦争中は、貨客船としてではなく病院船として運用されて、計二十四回の航海で、約三万人の戦傷病兵を、マニラやサイパン、ラバウルやトラック諸島、ジャカルタなどから、内地へ輸送したという。

戦後も一般引揚者の輸送船として活動した後、一九四七年三月からは、大阪、横浜と北海道の間の貨客船として、一九四九年九月からは、日本国内とタイやビルマ（現ミャンマー）との間の輸送船として活動していたという。

さらに、「氷川丸」は、一九五〇年十月からはシアトルとの定期航路、一九五一年六月からはニューヨークとの定期航路、その他、欧州との定期航路を引き受けることになったらしい。最大速力十八・二一ノットで、長年、横浜港とシアトル港の間で働いていたが、船齢三十年を迎え、一九六〇年十月三日に引退。最後の就航を終えた後は、

「改装を終えて、一九六一年五月十七日から山下公園に係留され、六月二日からはユースホステルとして使われて、一九七三年までは宿泊業務が引き続き行われていたらしいね。水族館やレストラン、ビアガーデンの施設もできて、その後も有料で、観光客や修学旅行生たちが乗船できるようになったんだよ」

と、光が言う。ちなみに、二〇〇六年末には氷川丸内にあった水族館、レストラン、ビアガーデンなどは閉館し、戦前の資料や写真が展示された資料館として、二〇〇七年にリニューアルオープンされた。

「戦前の日本でつくられた貨客船の中で、現存している唯一のものらしいよ」

と、光が補足したので、お慶はまた一つ、新しい知識を増やすことができたような気がした。

また、日本人が忘れてはいけないこととして、

「鎖国が解かれた後、明治時代になって、横浜に『怪しげな西洋の商社』が、多数乗り込んで来たんだよ」

と、光がお慶に教えてくれた。

税関近くの、横浜山下町の近くにつくられた外国人居留区の中でも、最高ランクの価格の土地に最も早く進出してきたのは、イギリス最大の商社である「ジャーディン・マセソン商会」で、「英一番館」とも呼ばれたこの商社こそ、まさにその「怪しげな西洋の商社」の代表選手だったらしい。

実は、「東インド会社」の船医のウイリアム・ジャーディンと、スコットランドの実業家のジェームズ・マセソンという、二人のスコットランド出身の悪人は、アヘンをインドから買って、中国で販売して大儲けした「死の商人」だったというのだ。あの清国を相手に「アヘン戦争」を仕掛けた張本人こそが、この一八六一年五月に設立された「ジャーディン・マセソン商会」の両人であることも光から教えてもらい、お慶は驚いた。

「そして、スコットランド出身の、あの有名なトーマス・グラバーは、一八三二年に中国の広州で、『ジャーディン・マセソン商会』を設立した人物だよ」

と、光が教えてくれたので、またまたお慶は驚いた。

ちなみに、「東インド会社」を支配していたのが、ウイリアム・ジャーディンとジェームズ・マセソンで、二人の部下だったトーマス・グラバーは、一八六三年に建てられた、現存する日本最古の洋風木造住宅の、長崎の「グラバー邸」を事務所にして、日本の幕府に軍艦、薩摩、長州藩に武器を売りつけたりしていたらしい。ただし、前述のように、この商会の主だった業務は、「東インド会社」からやって来るアヘンの密輸だったというから、そのことを知ったら、「グラバー邸」見学に来ている小中学生たちや、教員たちも驚くことだろうとお慶は思った。

「ああ、そうそう、『ジャーディン・マセソン商会』が、長崎の『グラバー邸』を事務所として使って、『アヘンの密売』の業務とともに暗躍していた業務が、『武器、弾薬の販売』なわけだね。ちなみに、薩摩、長州が武器を手に入れることができたのは、二十一歳の時にイギリスから上海に渡って、『ジャーディン・マセソン商会』に入社した後、その二年後に長崎に渡って『グラバー商会』をつくったトーマス・グラバーの手引きらしいんだよね。つまり、幕末の日本の各藩が、艦船や武器、弾薬を手に入れることができたのは、トーマス・グラバーの手引きがあったからだよね。こんな話を聞くだけでも、元々『東インド会社』だった『ジャーディン・マセソン商会』が、そして『グラバー商会』が、いかにとんでもない会社だったかということがわかるよね」

と、光が言い切った。

また横浜が、日本で最も早く線路が敷かれ、蒸気機関車が走り始めた場所であることは、当然お慶もよく知っていることだった。ニュージーランドやオーストラリアで鉄道建設をしていた、初代鉄道建設師長でもあるエドモンド・モレルの手で、一八七〇年三月二十五日、今の汐留貨物駅があった新橋橋駅付近から、日本の鉄道の測量が開始されたという。

実業家の高島嘉右衛門《たかしまかえもん》は、一八五五年十一月十一日に「安政の大地震」が起きた際も、東北の空に大流星が流れるのを見て、天災が起きることを予感して、家屋敷を担保にして二千両の金を手に入れて、江戸中の木材を買い占めておいたから、「安政の大地震」後に起きた大量の材木の需要を受けて、二万両という大きな利益を手にできたと光が言う。高島嘉右衛門は一八三二年十一月二十二日、現在の銀座生まれ。元々は父親の仕事を継いで材木商をし、その後、外国人公使館建設を手掛けていた。

その高島嘉右衛門が陣頭指揮を取り、鉄道工事を開始。工期は、「晴天百四十日」と定められたらしい。そして、一八七二年十月十四日に、日本の鉄道路線の起点として開業した初代の新橋駅は、やがて一九一四年十二月二十日からは、東京駅に日本の鉄道路線の起点を譲るのと同時に、東京駅にターミナル駅の役割を明け渡した。また、一九一四年から、初代の新橋駅は旅客駅としての営業を終了し、「汐留貨物駅」に改称した。光がこう言った。

「この前後に、新橋駅が汐留貨物駅に、横浜駅が桜木町駅に改称されたんだよ。そして、元々、一九〇九年十二月十六日に烏森駅として開業した駅が、一九一四年に新橋駅に改称されたんだね」

と……。

高島嘉右衛門が、当時、横浜で伊万里焼を販売する「肥前屋」を開店して、外国人相手に磁器販売をする時に、国内と国外の交換比率の違いを悪用。金貨を売る際、多めに銀貨を受け取る彼の違法な貨幣交換がばれて、

「高島嘉右衛門が、一八六〇年から一八六五年まで、現在の中央区日本橋周辺にあった、伝馬町牢屋敷に投獄されて、釈放後も『江戸所払い』になっている罪人であることを知っている日本人は、ほとんどいないんだよ。ちなみに、一八五九年に、この伝馬町牢屋敷で処刑された有名人の中に、あの吉田松陰がいるんだね。実は、幕府中心よりも、天皇を中

心にした近代国家づくりのスローガンを打ち出した吉田松陰の考えに同調する人はいなくて、結局、彼は処刑されることになったんだね。日本史の教科書に載っている偉人の中には、こうして処刑されてしまった人も少なくない」

と、光が言った。

そもそも、横浜という街は、

「高島嘉右衛門の手で、大岡川、帷子川の河口デルタを開発した新田を中心にした、海面を埋め立てして、人工的につくられた街だ」

ということを光から教えてもらって、お慶は驚いた。

一八六〇年に横浜市内を流れる中村川が延長されて、堀川を開削。その際、横浜港一帯が掘割に囲まれた島状になって、島の入り口の橋付近に関所が設けられたから、その内側を「関内」、外側を「関外」と呼ばれたという。

「今、伊勢佐木モール周辺が、『関内』と呼ばれているのは、その名残だね。あのあたりは全部埋め立て地というわけだね。当然、『みなとみらい』エリアなんて、海だった場所だからね」

と、光が微笑んだ。

「ああ、そうそう。なぜ、ここが『伊勢佐木町』という町名なのかと言えば、ここの道路建設の費用を寄付した、『伊勢屋中村次郎衛』の『伊勢』。『佐川儀右衛門』の『佐』。『佐々木新五郎』の『木』を合わせた町名にしたんだね。でも、佐川さんと、佐々木さんの場合、たまたま同じ漢字で始まる姓だったから、『佐々木新五郎』の場合、名字の途中の漢字が町名として採用されたわけだね……、はははっ」

と、光から教えてもらって、お慶はさらにびっくり仰天した。

「『伊勢佐木町』は、『伊勢佐木』さんという一族の名前に関係している地名だって思っていたのに……。まさか、三人の名字が合体した町名だったなんて、私、想像もつかなかったわ……」

ちなみに、イギリス公使ハリー・バークスが、鉄道建設をするようにアドバイスをした時、日本の新政府のメンバーでは、伊藤博文と大隈重信以外の、大久保利通、岩倉具視、木戸孝允、板垣退助らは、全員反対だったというから驚きだ。

また、当時の横浜の海岸や海には、鉄道を敷く十分なスペースがなかったから、高島嘉右衛門は、一八七〇年四月から、横浜の沖合約七十五メートルの海岸を干拓し始めて、現在の高島町駅周辺の、一九六六年まで存在した石崎町から、現在の東横線反町駅周辺の、神奈川青木町まで線路をつくったという。

「だから、ＪＲ桜木町駅南改札口の外の観光案内所前の柱に、彼のレリーフが刻まれているんだね。びっくりなのは、エドモンド・モレルが建設師長として仕事を始めた時、まだ二十八歳の若さだったことだ。ちなみに、一八七二年に完成した初代横浜駅は、現在の横浜駅周辺じゃなくって、現在の桜木町駅周辺にあったらしいんだけれどね。そして、二代目の横浜駅は一九一五年八月十五日に、現在の高島町交差点付近に移転したらしいよ。その後、ようやく、三代目の横浜駅が一九二八年に、横浜市西区南幸の現在地に移転したことを知っている人は少ないと思うよ」

と、光が補足したが、モレルという人物のことを知らないお慶には、モレルの話も横浜駅の話も、あまり興味が湧かない話だった。

実は、周囲の反対が多い中、一八七〇年四月二十三日に日本政府が初の国債を発行。イギリス政府から、当時の貨幣価値で四百八十八万円、現在の貨幣価値で約百万ポンド、日本円で約一億八千百四十八万円の借金をしてまで、この鉄道建設は行われたらしい。

特に、一八八九年十一月十日の「鉄道建設廟議決定」後、伊藤博文、大隈重信の二人は強引に鉄道建設を行ったらしい。ところが、鉄道が走るルート上の現在の港区高輪周辺に、当時の日本の国防を司る「兵部省」の所有地や、薩摩藩邸があったから、西郷隆盛は最後まで鉄道建設に反対だったというのだ。さらにこう、光がつぶやいた。

「悲劇だったのは、そんな建設師長モレルが、就任後わずか一年半後の、一八七一年十一月五日に肺結核で亡くなっていることだよね」

モレルが亡くなった後は、彼の遺志を継ぎ、一八二八年生まれの、イギリス出身のジョン・ダイアックらの建設副役が中心になって、鉄道工事は継続されたらしい。光はこうも言った。

「一八七〇年に来日して、工部省鉄道寮に勤めて、一九〇〇年に亡くなった、この建設副役ジョン・ダイアックの墓は、今でも、横浜の外国人墓地にあるらしいよ」

そして、一八七二年六月十二日から、品川駅と横浜駅の間で蒸気機関車は仮営業を開始、新橋駅、品川駅、川崎駅、鶴見駅、神奈川駅、横浜駅という停車場も完成した後、十月十四日には「鉄道開通式」が行われたと光が言う。その式典では、三号車に天皇陛下もお乗りになったらしい。

九両編成だったそのお召し列車の、一号車と二号車には、近衛護衛兵たちが乗って、三号車には、明治天皇、有栖川宮親王（皇族）、三条実美（太政大臣）、井上勝（鉄道頭）、四辻公賀（元公家）、山尾庸三（工部省輔）、橋本実梁（式部助）らが乗って、四号車には、西郷隆盛（参議）、大隈重信（参議）、板垣退助（参議）、後藤象二郎（左院議長）、大木喬任（文部卿）、嵯峨実愛（教部卿）、副島種臣（外部卿）らが乗った。

そして、五号車には、井上馨（大蔵大輔）、勝海舟（海軍大輔）、山縣有朋（陸軍大輔）、

江藤新平（司法卿）、黒田清隆（開拓次官）、黒田清綱（教部少輔）、陸奥宗光（租税頭）、土方久元（大内史）、伊地知正治（左院副議長）、福岡孝弟（司法大輔）、西郷従道（陸軍少輔）らが乗って、六号車には、渋沢栄一（当時は大蔵省）、松本暢（司法権大判事）、玉乃井履（司法権大判事）、福羽美静（宮内庁）、大久保一翁（東京府知事）、中牟田武臣（海軍少将）、野津鎮雄（陸軍少将）、三浦一貫（陸軍少将）、鳥尾小弥太（陸軍少将）、篠原国幹（陸軍少将）、谷千城（陸軍少将）、吉井友実（宮内少輔）、上野景範（大蔵省）、佐野常民（工部省）らが乗った。

七号車には、徳川慶勝（従一位）、中山忠能（従一位）、二条斉敬（正二位）、池田慶徳（従二位）、中御門経之（従二位）、大原重徳（従二位）、松平慶永（正二位）、毛利元徳（従二位）、島津忠義（従三位）、澤宣嘉（従三位）、亀井茲監（従三位）、池田章政（従四位）、細川護久（従四位）たち公爵が、八号車、九号車には、工部省の役人や鉄道寮の役人が乗った。

たとえば、八号車には、吉井正澄（工部大丞）、大野誠（工部少丞）、下村盛俊（鉄道助）、太田資政（鉄道助）、安永弘行（工部省六等出仕）九号車には、谷津直孝（工部省七等出仕）、竹内正義（工部省七等出仕）、伊東勅典（鉄道寮七等出仕）。

陸蒸気の三号車から九号車に初めて乗ることができた、日本史の教科書に載っている有名人たちの名前を耳にして、改めてお慶は、蒸気機関車が当時の最新の交通機関であることを確認した。

九両編成のお召し列車が午後〇時に横浜駅を出発し、午後〇時五十三分に新橋駅に到着したという。

また、実業家の高島嘉右衛門は、鉄道工事同様にガス灯工事も一手に引き受けていたらしいから、お慶は驚いた。

さらに高島嘉右衛門は、現在の神奈川県知事にあたる、県令の陸奥宗光のところに、一八七二年夏、「高島町に、遊郭開設許可願」も出しているらしい。ちなみに、陸奥宗光は、県知事職を務め終えた後に、農商務大臣や外務大臣も務めているらしい。

鉄道工事、ガス灯工事、そして、遊郭街の工事とかなりのやり手だった高島嘉右衛門。

そのころ、現在の横浜市西区高島町は、一八五〇年から一八五六年にかけて三河国の太田屋佐兵衛がリーダーとして埋め立てを行った「太田屋新田」という開墾地で、一八五九年の開港後も、海と線路に挟まれた場所だったから、他に何の建物もなかったらしい。そこには外国人居留地ができる一方、だからこそ、そこに高島嘉右衛門は遊郭をつくろうと考えたようなのだ。

やがて、一七〇六年につくられたころは、私娼街の岡場所だったが、新吉原に移転させられた後、慶応年間に遊郭になった「根津遊郭」の店のうち、「八幡楼」「彦多楼」「中卍楼」「品川楼」などが、「岩亀楼《がんきろう》」「新岩亀楼」「五十鈴楼」「新五十鈴楼」「出世楼」「戸崎楼」「金石楼」「開勢楼」「岩里楼」「玉川楼」「泉橋楼」「金浦楼」「大本楼」「伊勢楼」「保橋楼」という遊郭の十五軒の出店をつくることになり、現在の横浜スタジアムが建つ、横浜市中区横浜公園に、一八五九年十一月十日に「港崎遊郭」を高島嘉右衛門がつくったことを、光がお慶たちに教えてくれた。

「ただし、遊郭を建設しようとした時点の、今、横浜スタジアムが建っている横浜公園は、その一部が海で、埋め立てをしなければいけなかったみたいだよ。そして、この時代に、横浜に遊女は三百人ぐらいいいたらしいよ」

と、光がつぶやく……。

高島嘉右衛門は、岩槻屋佐吉を自宅に呼び出した。岩槻屋佐吉は、「港崎遊郭」でも、最も人気があった遊郭の「岩亀楼」の主人で、品川宿でも「岩槻屋」という遊郭を経営していた。なぜかと言えば、

「自分が贔屓にしていた横浜の外国人たちに、お気に入りの遊女を融通させるためだったらしいよ」

と、光は言う。また、この遊郭がなぜ「岩亀楼」という名前になったのかと言えば、主人の岩槻屋佐吉が、当時の「埼玉県岩槻市」出身だったから、その「いわつき」の地名を音読みにして、「がんき」という店の屋号にしたらしいのだ。

「その『岩亀楼』に、当時ナンバーワンの遊女の喜遊さんという人がいたらしいけれど、彼女はアメリカ人に肌を許すことを拒み続けていたらしいね。なんでも、遊女の喜遊さんに執着したペリー艦隊のアメリカ人の軍官に、イルウスという男がいて、喜遊さんを身請けしたいという話が出たらしいけれど、喜遊さんはついにその外国人と肌を合わせることを拒んで、一八六二年十一月二十三日に、わずか十九歳で自ら首を掻き切って、命を絶ったらしいよ。でも、この喜遊さんに執着した外国人は、アメリカ人の軍官のイルウス説だけじゃなくって、他には、アメリカ商人アボット説や、フランス商人アポネ説もあるらしいけれどね……。しかし、イルウス、アボット、アポネ。本当に彼女に固執した、真の好色な外国人は誰だったんだろうね。ただし、喜遊さん……、可愛い女性だったんじゃないかな。令和の現代でも、僕の生まれ故郷の近くにある、横浜市桜木町の紅葉ヶ丘の掃部山公園の近くには、『岩亀楼』があった時代にはもう店を開いていた、『花七』という花屋さん。『松本屋』という足袋屋さん。『寿々喜家』という和菓子屋さん。『三河屋』という酒屋さん。『田中屋』という蕎麦屋さんなんかが軒を連ねていた。その商店街自体は一九一五年にできた、ノスタルジックな『岩亀横丁』だよ。その商店街に足を運ぶと、ふと、喜遊さんのことを思うんだよね。あっ、そうそう……、ちなみに、僕の誕生日は十一月二十三日だから、彼女の命日と同じ日。そのことが他人事のように思えないんだよね。『もしかしたら、僕は喜遊さんの生まれ変わりかもしれないな』なんて、考えたこともあったよ」

と、光がつぶやいたので、お慶は驚いた。

江戸の町医者、箕部周庵の娘だった喜遊は、一八四四年生まれで、本名が箕部喜佐子。一八六一年に、まず江戸吉原の遊女になった後、次に横浜の遊郭「岩亀楼」に移って来たという。

光の話では、一八六一年五月、尊王攘夷派だった喜遊の父が、高輪の東禅寺にあった「イギリス公使館」に、水戸藩藩士十四名が乱入した事件の際の関係者として、医業を禁止され、江戸追放されている。それで彼女は、「断じて、異人を客に取らせぬ」という条件で、約定料三百両で身を売ったらしいのだ。ある意味、医者の父親が自分の思想に固執したから、娘の喜遊が犠牲になったような気がしてならなかったお慶だった。

「もしかしたら、本当に、光君、その喜遊さんの生まれ変わりなのかもしれないわ……」

光の話では、開港後、スタートした「港崎遊郭」だが、わずか七年後の一八六六年十一月二十六日、午前八時ごろに、横浜市末広町にあった、当時、「豚屋」と呼ばれていた豚肉料理屋「鉄五郎」宅から出火した、通称「豚屋火事」が起きて、遊女約四百人が焼死したという。この火事で、横浜の日本人居住区のおよそ三分の二、外国人居留区のおよそ四分の一は燃えてしまったというから恐ろしい……。この大火の後、横浜は洋風の建物が多くなり、異国情緒あふれる港町になったのだから、その大火事が起きたことは、街が大変身したきっかけになったかもしれないと、お慶は感じた。

「『港崎遊郭』の周辺で起きた出来事として、他に有名なのは、一八六六年二月に、軍艦ゲリエール号の二人のフランス人水兵が、太田町や坂下町で大暴れして、『港崎遊郭』にたどり着いて、遊女に対して乱暴を振るっただけではなく、一般の婦人にも乱暴を働いた出来事らしいよ。偶然巡業でそこへやって来ていたのが、大相撲の三段目力士の『鹿毛山《かげやま》長吉』。彼がその水兵を投げ飛ばしちゃって、さらに、『鹿毛山長吉』の活躍ぶりを見ていた『鳶の小亀』が助太刀をするために、小刀を持って、フランス人の水兵のうち一人を殺した。国際問題に発展してはまずいと、政府はすぐに鹿毛山長吉を角界から追放して、『鳶の小亀』は処刑した。今でも、『鳶の小亀』の墓は、西区戸部町の願成寺に残されているんだよ」

と、光が言うから、お慶も珍しく立腹してみせた。

「ひどーい、悪いのは、そのフランス人の船乗りじゃない。もーっ」

ちなみに「港崎遊郭」は、大火の後、大地震や大火事の際の避難場所も兼ねた洋風の「横浜公園」に、一八六七年に変身したそうだ。言うまでもなく「横浜公園」とは、現在の横浜ベイスターズの本拠地の「横浜スタジアム」がある空間らしい。

「ベイスターズファンは、日頃、自分たちが応援しているチームの本拠地が、たった百数十年前は、どでかい売春街だったことを知ったら驚くだろうね。実は、『横浜公園』の隅には、本当に目立たないように日本庭園がつくってあって、その中には明治初期につくられた石灯篭が建てられていて、その場所が『港崎遊郭』の跡だと記した横浜市が建てた看板も存在しているんだけれどね」

と、光がつぶやいた。

横浜の遊郭は、その大火事の後、一八六七年七月一日、今の羽衣町に「吉原遊郭」の名で再興したが、一八七一年十二月九日に、再び火事で焼失。実業家の高島嘉右衛門は、「岩亀楼」「神風楼」という二大遊女屋を、一八七二年一月に「高島町遊郭」へ移転させることに成功したが、同年に天皇陛下がお召し列車で横浜入りすることになり、「車窓から、高島町の遊郭街が見えるのはけしからん」という理由で、取り壊されることになったらしい。その遊郭の所在地は、国道一号線と首都高速が走っているあたりらしい。

さらに、一八八〇年七月、遊郭は永楽町に移転し、隣の真金町と合併して、新しい遊郭街となり、一八八八年七月、公娼の「永真遊郭」に名称が変わったが、「永真遊郭」は、一九五八年の「売春防止法」の施行まで存続したらしい。光が言うには、現在の中央分離帯は、金刀比羅大鷲神社の参道で、一流の遊郭の店が多数並んでいたらしい。

「永真遊郭」は、ＪＲ関内駅から徒歩数分のところにあり、横浜市営地下鉄ブルーラインの伊勢佐木長者町駅が最寄り駅。伊勢佐木警察署の真裏にある。一九二三年九月一日の関東大震災や、一九四五年五月二十九日の横浜大空襲の影響で、その「永真遊郭」の色街の勢いも衰えたらしいが、一九五八年の「売春防止法」施行までは遊郭街として、生き延びたらしい。

ただし、その色街も今では住宅地になってしまっていて、また、かつて遊郭を取り囲んでいた、吉原遊郭で言う「お歯黒溝」のような堀の場所は埋め立てられて、現在、街路樹が植えられている。その街路樹の場所は、少年時代から光もよく知っている、市営地下鉄阪東橋駅が最寄り駅の、「横浜橋商店街」からも近い場所だというのだ。

「お慶。『横浜橋商店街』は、二百メートルほどのアーケード街だからね。でも、横浜市内で言うと、雨ざらしでアーケードもない伊勢佐木町の『イセザキ・モール』よりも、僕ら市民にはありがたく、人気がある商店街だよ。ちなみに、関東で一番長いアーケード街、アジア一のアーケード街は、武蔵小山駅から中原街道まで続いている、一九五六年に完成した時点では全長四百七十メートル、一九八一年に延長工事した時点では全長八百メートルの『武蔵小山商店街パルム』らしいよ」

と、光がつぶやいた。

ちなみに「永真遊郭」にある、「大鷲神社」の石柱には、横浜市中区真金町生まれの、昭和から平成、令和の時代に大活躍し、二〇一八年七月二日に亡くなった、噺家の桂歌丸の名の石柱もあるというから、いつか、社会見学で訪問してみても楽しいような気がしたお慶だった。

「実は、僕の生家の横浜市南区睦町からも、『永真遊郭』『真金遊郭』があった真金町は、チャリンコを飛ばして、十分ほどで行ける近さ。まだ僕の少年時代には、『カフェ』や『バー』に転業したように見せかけて、店の奥で売春をしているような娼家街の名残があったから、土曜日の午後になると悪友たちとよく遊びに行っていたよ。面白いもんで、昼間は、非合法の娼家街になんか、さすがにスケベな野郎どもは誰も遊びに来ていない。僕らがチャリンコを漕ぎながらブラブラしていると、かつての遊女屋の婆や女将や、女の子が声をかけてくれて、店の中に招き入れてくれて、遊びにやって来た馴染みの客の手土産のカステラや洋菓子なんかを食べさせてくれたりしたよ。真金町では、幼なじみの親がそんな店の経営者として結構暮らしていたから、僕らにしてみたら、薄気味悪い場所でも何でもない。恰好の遊び場だったんだよ。もちろん、僕らの母親たちには、そこに遊びに行ったことは絶対に内緒。ただし、我が家の近所よりも、真金町は、よっぽど人情味あふれた町だったような気がするね。そう、真金町の女将や、娼婦たちも僕ら横浜の悪ガキの保護者みたいなもので、愛情あふれる人たちの集合体だった。真金町の娼家街は、今の伊勢佐木長者町駅や阪東橋駅の近くだったね。さらに言うならば、横浜には、昭和三十三年までは合法な赤線地帯だった真金町とは違って、大岡川を越えた先に、スナックや料亭だけど、実際は娼家をしていた、非合法な青線地帯の黄金町があったからね。でもまあ、横浜という街には、ある意味、教育上良くない街がたくさんあったのは、事実だったろうね」

と、光が付け加えた。

しかし、そんな歴史がある横浜の遊郭街跡は、残念ながら現在はラブホテル街になっていて、

「外国人住人も多くて、治安が心配な街といえるかもしれない」

と、光が言う。

お慶がこうつぶやいた。

「光君。でも、横浜ベイスターズのファンの中で、自分たちが大好きな野球チームの本拠地が、一八六六年、『豚屋火事』で燃えてしまった『港崎遊郭』の跡だと知っている人は、どれぐらいいいるのかしら……」

と……。

かつての「港崎遊郭」があった場所である、「横浜居留地」に一八七六年につくられた、日本最古の西洋式公園である「彼我《ひが》庭園」は、今の「横浜スタジアム」の前身の球場敷地に隣接した場所だ。イギリス人技師プラントンの設計で、完成された公園。

園内では、クリケットや野球の試合、サッカーやラグビーの試合が行われた。一九三四年十一月十八日には有名な、ベーブ・ルースやルー・ゲーリッグら、全米オールスター軍対全日本軍戦が、ここで行われたという。その試合の時、初代三冠王中島治康や水原茂、三原修がこの地を踏んでいることは、あまりにも有名だ。この「彼我庭園」は、関東大震災で焼失してしまったらしいが、一九七八年三月三十一日に「横浜スタジアム」が完成した際に、整備されて美観を取り戻したそうだ。

一九三四年十一月十八日の、「横浜公園平和球場」の試合では、ベーブ・ルースが二本のホームランを放って、四対二十一で全日本軍が全米軍相手に敗れたということも、光の

話で、お慶はその時初めて知り、

「えーっ、私、沢村栄治が、『横浜公園平和球場』で、あと一歩で、全米軍をやっつけるところだったという話、今まで、本の中で何回か読んだことがあるもん。あれは、嘘だったのね」

歴史を振り返るという話の中には、結構嘘が書いてあることを、再確認した。

また、一八七〇年五月二十六日に結ばれた高島嘉右衛門の政府との契約書には、鉄道敷設のため海面を埋め立てた時に、鉄道用地と国道の部分は政府に献上するが、その他の土地の部分に関しては、「自分の私有地として、好きなように使ってよい」と書かれていたらしい。お慶はその男のしたたかさに半ば呆れながら、つぶやいた。

「高島嘉右衛門って男は、ただ者じゃないわね」

ちなみに、一八五九年の遊郭街の工事や、一八七二年の鉄道工事やガス灯工事などを手掛けた高島嘉右衛門は、四十五歳にして引退を表明したという。

「易学の権威だったという高島嘉右衛門の邸宅跡は二箇所あって、一つは、桜木町駅の近くの本宅跡で、現在の『本町小学校』の敷地として残されている空間らしいね。もう一つは、横浜駅と反町駅の中間あたりの別宅跡で、旧東海道の裏手にある高島台の崖沿いの、今でも『かえもん公園』として残されている空間らしいんだよ。本当ならば大富豪の別宅跡のはずだけれど、小さな公園でそこが逆に可愛いから、僕は好きなんだ。我が家では、僕が三、四歳のころから、日曜日に母がつくってくれたお弁当を持って、よく遊びに行っていた場所の一つが、その『かえもん公園』さ。桜の季節は、綺麗な桜を目にできる公園。両親は多分、高島嘉右衛門がそんな訳ありの人間だったことは知らなかったから、僕らを連れて出かけたんだろうね。『本町小学校』は、横浜駅近くでは最も高台にある場所。ただし、眺望が悪くて、港の景色なんか、まるで見えないんだけれどね。まあ、でも、観光客は絶対に来ない、穴場だと思うね」

と、光がつぶやいた。

ちなみに、近くにあった「本覚寺」は横浜港開港直後の旧暦一八五九年七月一日に、「アメリカ領事館」に接収されているらしい。

「開国時のどさくさに紛れて、横浜の海岸沿いを埋め立てて、鉄道や道路、遊郭をつくって、今では、そこに巨大企業の本支店がある高層ビルや、プロ野球のフランチャイズの野球場まである。令和の今でも、地名や学校の名前、駅名やビル、公園の名前の中に、名字が生き延びているなんて、高島嘉右衛門って、ただもんじゃないわ」

と、お慶はつぶやいた……。光はまたこう付け加えた。

「そもそも、『横浜』って地名が初めて文献に登場したのは、一四四二年。武蔵国豪族の平子氏の家臣だった比留間範数たちが、『宝金剛院』に、『横浜村』という場所の薬師堂免田畠を寄進した記録が残る、『比留間範数連続署寄進状』で、その文献ができたのは、室町時代のことらしいよ。また、横浜の市街地のほとんどは、自然にできたものじゃなくて、埋め立て地らしいんだよ。さっき話した、高島嘉右衛門や、保土ヶ谷宿の名主で本陣だった苅部清兵衛と並んで、横浜三名士の一人と言われる、材木商で石材商の吉田勘兵衛も干拓工事をした。その時代は『野毛新田』と呼ばれ、その後『吉田新田』と呼ばれるようになった、桜木町と関内、石川町、そして、伊勢佐木町、阪東橋、吉野町まで続く入り江を、江戸時代初期の一六五六年から一六六七年にかけて、約三十五万坪もの広さの干拓工事をしたから、現在の横浜市があるんだね。伊勢佐木町や長者町までの陸地の部分の、ほぼすべてが、この時代に干拓してできた場所なわけだね。実は、この時代の神奈川県の中心部は、『品川宿』『川崎宿』に続く、『東海道五十三次』の三番目の宿場町の、今の横浜市神奈川区東神奈川本町周辺にあたる、『神奈川宿』だったらしいよ。ＪＲ京浜東北線、横浜線の東神奈川駅、京浜急行線の東神奈川駅が最寄り駅のエリアだね。開国時にアメリカを中心とする西洋人が求めた開国地は、その『神奈川宿』だったらしいけれど、そんな場所に異人が押し寄せたら大変なことになるからと、当時の日本人は『神奈川湊』の海岸沿いに、横浜という街を人工的につくってごまかそうと考えたらしいんだね。でも皮肉なことに、今じゃ、横浜の中心部は、その埋め立て地の方になっちゃったんだね」

と、説明を受けたから、お慶はびっくりした。

お慶たちが関心をしめしている横浜の港絵物語には、まだ続きがあるようで、少し前まで目にしていた螺旋階段が、四人の下に広がっていることに、すぐに気づいた。

そして、C……、Creation myth

第二章　クリエーションミス（創世神話）……

突然、江乃木光、河添慶子、早田幸恵、中山寧寧たちは予期していないことだったが、次の瞬間、曰くあり気な螺旋階段が、とぐろを巻いたように下っている景色が見え始め、さらにその下には何やら怪しげな霧さえも立ち込めている。ここがどこなのかわからないが、周囲から種々の物が消えてなくなり、螺旋階段の下に広がる空間すべてが、闇の中に沈んでいくもののようにさえ感じてしまった四人だった。

「そもそも、この螺旋階段って、何なのよ……」

と、お慶は、あまりに壮大な景色を目にして、絶句していた。

そんな「神話」の冒頭部分に登場しそうな風景を眺めながら、物知り顔をして、光が国立の大学通りの、喫茶店「砂時計」でも、よくそうするように、まるで語り部のようにつぶやきかけ始めた。

「お慶、そして、幸恵ちゃん、中山寧寧ちゃん。日本民族の創世神話の一つに、こんな話があるのを知っているかい。その話は、紀元前三〇〇年ごろに、『秦の始皇帝の命令で選ばれて送り込まれた、優秀な二百五十人の中国人の若い男女が、優秀な二百五十人の日本人の若い男女と、武力を持つ中国人の司令官の下で強制的にカップルにさせられた。計五百人の国際結婚の夫婦の手で、日本は計画的につくられた国だ』という創生神話らしいんだよ……。両親が違った言語をしゃべるとしたならば、当然、子供は二カ国語をしゃべることができるようになるよね。ただし、完全なつくり話かというとそうじゃなくて、航海技術も進歩した結果、この時期に、日本に多数の訳ありの若者が大陸からやって来て、国際結婚をしていたらしいから、計画的につくられた国という部分は、神話めいているけれど、日本より発達した文化を持つ大陸から、日本にやって来た人々が大勢いた可能性は大だよね。逆に日本から大陸へも、多くの人間が大型のジャンク船に乗って渡航したらしいからね。あの有名な『魏志倭人伝』の中にも、『邪馬台国の卑弥呼の使いの、難升米《なしめ》という大夫が中国に派遣されて、二三九年に倭人が魏の国を訪れて、謁見していた』という記述があるぐらいだからね。この難升米は、二三九年に、魏の二代目皇帝である曹叡《そうえい》と、二四五年に、三代目皇帝である曹芳《そうほう》に謁見して、この時に、卑弥呼は魏王から、あの有名な『親魏倭王』の称号と、『漢委奴国王印』という金印が贈られ、さっき話した、大夫の難升米が邪馬台国に持ち帰ったよね。邪馬台国の所在地は、九州説と畿内説があるらしいけれど、金印が一七八四年の二月に、百姓甚兵衛の手で志賀島から発見されたことから考えると、やはり、九州説が有力だろうね。もしかしたら、邪馬台国自体は志賀島になかったかもしれないけれど、志賀島の近くに邪馬台国があって、女王卑弥呼が亡くなった時か、亡くなる直前に、お宝である金印の隠し場所として志賀島が選ばれたんじゃないかな。話を元に戻すと、その時代に日本にやって来た訳ありの渡来人と言えば、たとえば政争に敗れて逃げて来た『血統が良い者』や、何らかの罪を犯して逃げて来た者なんかもいただろうね。朝鮮半島の釜山と九州の博多なんて、本当に近いもの……。釜山の最南端の太宗台と、対馬の最北端の韓崎は、たった四十九・五キロメートルしか離れていないらしいよ。約十四時間で泳ぎ切ることができる距離なわけだよね。現代の日本でも、日体大の水泳部部員の中には、伊豆大島と湘南茅ケ崎の間の、約七十キロメートルを二十時間ほどで泳ぎ切ることができる奴もいるみたいだからね。釜山と対馬の間を泳ぎ切ることは、そんなに難しいことじゃなさそうだ。でも、普通に考えれば、現在の対馬である『対馬国』から、現在の壱岐である『一支国』へは、さらには、『一支国』から現在の佐賀県松浦郡唐津である『末艪国』へは、当然船を使って渡って来たんだろうよ。ただし、対馬や壱岐は古くから日本の領土で、一度も外国の領土になったことはないらしいんだよ。『古事記』の中でも『大八島』の一つの、『津島』『伊伎嶋』として書かれているほどだからね。ああ、再確認しておくと、『古事記』の中に書かれた、『大八島』の八つの島って、今の本州に該当する『倭豊秋津洲』。今の四国に該当する『伊予二名州』。今の九州に該当する『筑紫』。そして、今の淡路島、佐渡島、隠岐島、壱岐島、対馬島に該当する『淡路』『佐渡』『隠岐』『壱岐』『対馬』のことだよね。そして、もし、創世神話が本当だったとしたならば、当然、異国人同士の両親の間で生まれた子供は、優秀でバイリンガルな子供になるよね。わずかな数の渡来人でも、日本人社会に溶け込んでくれることで、短期間で日本文化が進んだわけさ。そうして国際性豊かな若者たちが、大陸と比べて、千年近く文化的に遅れていた日本という国を、飛躍的に成長させることになったんだろうね」

そんなまるで神話のような話を口にした後、光は続けて新しい物語をこう語り続けた。

「お慶、創世神話じゃないかもしれないけれど、中国には他にもこんな伝承があるんだよ。前漢の武帝の時代に、司馬遷の手で書かれたあの有名な『史記』の中には、医術にも秀でて、化学、天文学にも長けた錬金術師である、秦時代の道教の方士『徐福』について、こう書いてあるらしいね」

と……。

「『徐福』、またの名が『徐市』という人物は、斉の国『瑯邪郡《ろうや》』の人物だって……。現在の、山東省南東部から江蘇省東北部にまたがるエリアの人物ということだよね。実際はいくら、そう『史記』に書いてあったとしても、多くの中国人も、長い間、彼の存在を信じていなかったらしいんだね。ところが、一九八二年六月に、上海に隣接する江蘇州の連運港市に『徐阜村《じょふ》』があることが、徐州師範学院地理系教授の羅其湘《らそしょう》の研究でわかって、さらにそこに、徐福に関する昔話を語る古老たちが多数暮らしていることを知って、羅其湘教授はびっくり仰天したらしいね。その後、調査班が現地に入って、数多くの『徐福伝説』を採録した結果、徐福の話は伝説じゃなくて、史実だということが判別したらしいんだよね」

と、光から言われたのでお慶は驚いた。また、

「『徐福』の一族や『秦氏』の一族は、古代イスラエルから秦に渡って来て、その後、日本にやって来た、『イスラエルの失われた十支族』の一族とされているという伝承もあるらしいんだよ」

と、光が言うから、さらにお慶は仰天した。

ちなみに、「旧約聖書」に記された「イスラエルの十二支族」のうち、ユダ王国に住んでいて、行方がわかっている、直系の「ベニヤミン族」「ユダ族」の二族に、祭祀を司るレビ族を加えた三部族が、後のユダヤ民族の祖になっているらしいのだ。ただし、レビ族は祭祀を司っていたから、「イスラエルの十二支族」の中に入れないのが、通例らしいのだ。現在、日本の神社の宮司一族は、皆、レビ族だという噂だ。

「『イスラエルの十二支族』は、初代目の王のサウル、二代目の王のイシュ・ボシェテを継いで、『イスラエル王国』を統一した、三代目のダビデ王の時代に、『ユダヤ人』という一つの民族になったらしいんだけれどね。さらに言えば、ダビデ王の次の、四代目のソロモン王の時代は、国家が安定していたというのに、厳しい苦役を民に課したらしいんだよね。次の五代目のレハブアム王も、父親のソロモン王同様に、民へ重いくびきを課し続けたから、国は、北王国のイスラエルと、南王国のユダに分かれてしまったんだよね。その国の分裂の仕方は、ある意味、東ドイツと西ドイツに分かれていたドイツ。北朝鮮と韓国に分かれている朝鮮半島と同じような悲劇だよね」

と、光が言った。

さらに光が言うには、「イスラエルの十二支族」のうち、「ダン族」「アシェル族」「シメオン族」「ナフタリ族」「イッサカル族」「マナセ族」「ゼブルン族」「ルベン族」「ガド族」「エフライム族」という、行方知らずの十部族のことが、「イスラエルの失われた十支族」と呼ばれているらしい。

「お慶。彼ら『イスラエルの失われた十支族』は、様々なヨーロッパの民族の末裔になっているという伝承があるんだよ。たとえば、デンマーク人は、『ダン族』の末裔だとか。イングランドの支配層の『サクソン族』になったのは、『アシェル族』だとか。エチオピアに逃れてエチオピア人になったのは、『シメオン族』だとか。ノルウェー人は、『ナフタリ族』の末裔だとか。フィンランド人は、『イッサカル族』の末裔だとかね。中には、インドに逃れて、北部インド人になった『マナセ族』。そして、南米ペルーまでたどり着き、ペルー人になった『ゼブルン族』。中国大陸を横断して日本人になった『ルベン族』というパターンもあったようだね。ああ、そうそう、中国語で『日本人』という意味を持つ単語は『リーベン』、つまり『ルベン』だからね。まさに『ルベン族』だよね。ちなみに、『イスラエルの失われた十支族』の中でも、日本の皇族のルーツは『ルベン族』じゃなくて、『ガド族』らしいんだよ。つまり、皇族は、多くの日本民族とはルーツが違う人々というわけだね。だから、日本の皇族、天皇のことを『帝』というらしいんだよね。『ガド族』、『ミカド』。その『ガド族』の王こそが、まさに初代天皇の神武天皇だったらしいよ。

ちなみに、『ガド族』が、丹後一宮の元伊勢、現在の天橋立の『籠神社』に伝来させたという『マナの壷』が、『旧約聖書』にも書かれている、『十戒』が記された『契約の箱』だという説もあるから楽しいね。そうそう、第七十六代、第七十七代の日本の総理大臣海部俊樹の先祖は、旧丹後国一宮、現在の京都府宮津市に鎮座している、天橋立の『籠神社』を八十三代も守っている、宮司だったみたいだね。ちなみに、現代では『かいふ』と読む一族の姓だけれど、元々は、『あまべ』と読む一族の姓のようだね。海部一族は、中臣鎌足が、天智天皇から賜った藤原姓の一族らしいね。残念だけれど、現在、『マナの壷』は『籠神社』の中にはないそうだけれどね。もちろん、この世から、消えてしまったわけじゃないよ。今『マナの壷』は、三重県伊勢市豊川町にある、『豊受大神宮』とも呼ばれている、『伊勢神宮の外宮』に祀られていると噂されているらしいから、秘宝探しも楽しいね。ただし、他にも説があって、まだ、詳しく説明していなかった『エフライム族』の王家こそ、日本の皇族のルーツだという説もあるようだよ。ただし、これには当然、異説があって、『イスラエルの失われた十支族』の『エフライム族』のルーツは、アイヌ民族だという説が強いようだね。いずれにせよ、平民の日本人と、皇族の日本人は別民族だったということだね」

という光の話を聞いて、お慶は楽しい気持ちになった。

「そして、昔、中国では、ペルシャのことを『秦』と表記していたらしいよ。ちなみに、新バビロニア王国二代目の王ネブカドネザル二世によって、紀元前五八七年から紀元前五三八年まで行われた『バビロン捕囚』の後、解放された一部のユダヤ人たちはペルシャで暮らし始めたらしいんだね。そんな彼らが、やがて現在の中国までやって来て、『秦』という国をつくったんじゃないかな」

と、光が補足した。

当然、日本で一大勢力を誇るようになった「秦氏」一族は、秦の始皇帝に仕えていた一族だから、「秦氏」と名乗るようになったという説も有力らしいのだ。前述のように、デンマーク人が「ダン族」の末裔だという伝承がある一方、この「秦氏」一族が「ダン族」の末裔だとも言われている。

「さっき、『秦一族』は、新羅系渡来人だって話をしたけれど、一方でまた、百済系渡来人だとも言われているらしいね。また、伝承通り、日本人のルーツと考えられる『徐福』一族の人々や、『秦氏』一族の人々が、もし元々はユダヤ人だったとするならば、日本人の歴史は、彼らユダヤ人の手でつくられたに違いないことになるよ。だって、後に彼らは、聖徳太子の政治の中枢として活躍しているんだからね。七世紀に活躍した『秦一族』の秦河勝は、『広隆寺』を太秦につくった人物としても有名だからね。聖徳太子から仏像を賜って建立した広隆寺は、平安京遷都の前から存在した、京都最古の寺としても知られているよね。そもそも学者の中では、『秦氏』がネストリウス派のキリスト教徒である、『景教徒』のユダヤ人であることは周知の事実らしいからね。そうそう、京福電鉄『帷子ノ辻《かたびらのつじ》駅』から徒歩五分ほどの右京区太秦に、六世紀末から七世紀初めごろにつくられた『蛇塚《へびづか》古墳』があるのは有名だよね。平安時代初期の第五十二代嵯峨天皇の皇后である檀林皇后は、抜群の美貌の持ち主で、彼女を思慕する輩が後を絶たなかったそうだね。だから、皇后は自らの死にあたって、遺体を令和の今の、『帷子ノ辻駅』があるあたりに放置しておくように命じたらしいんだよね。『帷子ノ辻』って『死装束』を表す言葉らしいんだよ。やがて醜く朽ち果てていく皇后の姿を誰も見たくなくなったのは、当たり前のことだよね。全長七十五メートルの『蛇塚古墳』は、京都府では最大級の前方後円墳。ただし、墳丘の盛り土は今、すでになくなっていて、石室だけが地表に露出しているんだね。そうそう、被葬者は檀林皇后という説以外にも、さっきも話した秦河勝という説もあるみたいだよ。地名の由来だけれど、古墳の石室の中に蛇が棲息していたかららしいんだよね。同様に、京福電鉄『蚕ノ社駅』の近くにある、六世紀初頭につくられた、全長七十一メートルの『天塚古墳』は、被葬者として、聖徳太子の側近の秦河勝説が有力視されている、秦一族の墳丘らしいよ。つまり、『蛇塚古墳』にも『天塚古墳』にも、秦河勝は被葬されている可能性があるっていうことだよね。ああ、そうそう、興味深い話だけれど、京都の多くの地名は、古代ヘブライ語が語源になっているらしいんだ。そもそも、映画村がある『太秦』なんて、イエスの時代に使われていたアラム語で『イシュ・マシャ』、つまり、『イエス・キリスト』を表している地名らしくて、ズバリ、『秦氏』の本拠地だったことを表しているわけさ。また、日本の『八幡神』信仰の基になっているものは、『ヤハタ』『ヤバタ』で、まさしく古代ユダヤ教の唯一神で、万物の創造者である『ヤハウェ』『エホバ』のことらしいね。ルーツをたどれば、キリスト教の『旧約聖書』にたどり着くわけだね。その『秦氏』の一派に、『辛島一族』がいるらしくて、『八幡神』の祭祀を司る職は、渡来系の辛島家が担っていたみたいだね。現在、国内のいろいろな場所で見かける辛島さんも、『秦氏』の一族につながるわけだね。九州の熊本市の中心部に辛島町という地名があるけれど、かつて彼らが、イスラエルから大陸を経て、日本に渡来した場所の一つである証になるんじゃないの。熊本市電は、熊本駅前停留場から、もう今は市電の駅が存在しない浄行寺町停留場間の幹線と、水道町停留場から水前寺公園停留場間の水前寺線が、一九二四年八月一日に完成したらしいんだけれど、一九一七年四月五日から工事を始める時に、街の中心部に存在していた日本軍の駐屯地が、熊本市電を開通させる時の大きな障害になっていたらしいんだよね。その時、軍の駐屯地を移転させた、この当時の熊本市長の辛島格の名前に因んで付けられたのが、辛島町という地名の由来らしいよ。何でも九州熊本に残る、辛島一族の姓の場合、天智天皇から中臣鎌足がもらったことで始まった姓らしいからね。そして、また、『八幡神』の大宮司職は、昔は、古墳時代から勢力を誇った、豊前、豊後の氏族の、倭人の大神一族が担っていたらしいね。やがてその後、『八幡神』の神職のすべては、宇佐氏の手に渡ったようだね。源平合戦の時代に、辛島一族の後継者になった宇佐氏が、平家の味方をして戦った。でも、一一八四年七月、源氏方の重鎮の緒方三郎が宇佐神宮を焼き討ちにした時に、宇佐氏一族が宇佐八幡宮内に持っていた天照大神の御神体である『八咫鏡』は、行方不明になってしまった。だから、今、伊勢神宮や皇室に残されている『八咫鏡』も、後の時代につくられたものなんだろうね。現在は、伊勢神宮に御神体『八咫鏡』があると言われていて、そして、皇室に形代の『八咫鏡』があると言われているけれど、やっぱり、宇佐神宮が焼き討ちされた後につくられたものなんじゃないの。豊後の緒方三郎惟栄《これよし》は平家の御家人だったのに、平家の横暴な行いが許せずに源氏側の武将になって、縁があった宇佐神宮を焼き討ちしているらしいんだよね。相当、平家に対する恨みは根深くて、そんなことをしたんだろうね。でも、やっぱり、一人の人間の感情で、国の宝を壊すようなことをしちゃいけないよね」

と言い、光はウインクしてみせた。

光の話によると、先刻の「創世神話」とは別の話だが、司馬遷の『史記』の「秦始皇帝本紀」に書いてあるように、斉の瑯邪郡（現在の山東省）の出身者である錬金術師の徐福の一行は、紀元前二一九年の一回目の旅で、二百五十人の若い男女を連れて出たがうまくいかず、紀元前二一〇年の二回目の旅で、ようやく日本上陸を果たしたという。

徐福は、秦時代に始皇帝の命令で、三千人の若い男女と百人の技術者の工人を従えて、稲、麦、豆、黍、麻、小豆など五穀の種を持って、六十隻の船団で大陸を出た。そして徐福たち一行は、「平原と沼がある島」、日本にたどり着いたらしい。

「中国大陸を初めて統一した秦の始皇帝は、天下を自分のものにした後、次に、『不老不死』の肉体を手に入れたいと考え出したわけだね。その始皇帝の欲望を逆手にとって、徐福は『不老不死の薬は、東にある』と嘘をついて日本にやって来たきり、二度と戻らなかったらしいんだよ。けれども、徐福が日本に来た真の目的は、当時、日本に大量にあると言われていた金を手に入れるため。そして、徐福自身が、この国の王になるためだったらしいんだよね。現在の和歌山県熊野市には、徐福が最初に日本にたどり着いた場所だという伝承が残されているらしいよ。そして、和歌山県熊野市には、『秦の人たちが住んだ場所』という意味を表す、『秦住』という漢字が変化した『波田須《はだす》』という地名が残されているらしいんだよ。ちなみに、その熊野の新宮には、『天台烏薬《てんだいうやく》』という薬木が自生していたというけれど、本当に生えていたかどうかは疑問だよね。現在でも、その薬木は『市の木』として残されているし、一七三六年に紀州初代藩主の徳川頼宣の手で建てられたという、『徐福の墓』が残されているけれど、薬木も墓も偽物に決まっているよね。ただし、熊野市波田須町の、矢賀の丸山という場所では、ＪＲ波田須駅から徒歩十分ほどのところの『徐福の宮』の参道の修復中に、数枚の古銭や、弥生土器の破片が発掘されている。そこで見つかった秦時代の大型の『半両銭』という銅銭は、二〇〇二年に、中国の専門家も本物と認めたシロモノらしいよ。薬木や墓は、後の時代の日本人がつくった模造品。ところが、一九七〇年に発見されたという秦時代の銅銭の『半両銭』は本物だと、中国人の学者も認めているらしいから、紀元前三世紀に徐福が日本にやって来たことは、事実ということじゃないかな。ただし、発見時は七、八枚あったという『半両銭』は、今、『熊野市波田須の徐福の宮』に一枚と、『新宮市立歴史民俗資料館』に一枚の、計二枚しかないそうだよ。ちなみに、和歌山県熊野の新宮の蓬莱山以外にも、鹿児島県いちき串木野市の冠岳、京都府丹後の新井崎、青森県の権現崎、福岡県東部八女市の童男山、大分県臼杵市の護国神社、山梨県富士吉田市の金毘羅神社、佐賀県佐賀市の新北神社なんかにも、徐福伝説が残されているんだよ。ほとんどが、熊野の新宮にやって来た徐福の話を、後の時代に伝え聞いた各地の神社の宮司たちが、自分たちの地区の神話にしてしまっただけだろうけどね。当然、徐福たちの知性や文化のレベルが、当時の日本人の支配層階級の連中のレベルを、千年近くも上回っていたことは当たり前のこと。第一、『史記』の中でも徐福のことは、『平原広沢を得た王』と明記してあるんだよ。『日本を手に入れた王』ということじゃないかな。だから、日本の皇族と徐福のつながりを怪しんでいる研究者は多いらしいね。『神武天皇の徐福説』は、かなり以前から語られていることらしいね。『失われた十支族』のガド族の彼らが日本にやって来たのは、紀元前二一〇年。神武天皇が天下を統一したのは紀元前六六〇年と、大きなずれがあるけれど、初代神武天皇は百二十七歳、二代綏靖天皇は八十四歳、三代安寧天皇は五十七歳、四代懿徳天皇七十七歳、五代孝昭天皇は百十四歳、六代孝安天皇は百三十七歳、七代孝霊天皇は百二十八歳、八代孝元天皇は百十六歳、九代開化天皇は百十五歳、十代崇神天皇は百二十歳、十一代垂仁天皇は百四十歳、十二代景行天皇は百六歳、十三代成務天皇は百七歳、十四代仲哀天皇は五十二歳、十五歳応神天皇は百十歳と……、特に初代、五代、六代、七代、八代、九代、十代、十一代、十二代、十三代、十五代の天皇は、実際にはあり得ないような百歳超えの、長寿の天皇ばかりなんだよね。そもそも、実在した本当の天皇は、十代の崇神天皇からと言われることが多いよね。だいたい、この時代に百歳以上、長生きできる日本人がいるわけがないでしょ。つまり、『日本書紀』の紀元は、実際は歴史的根拠に乏しいものだったわけだね。これは、日本特有の『起元節』という、初代神武天皇の即位日に関わることでつくり出された、偽の即位日なんだよね。紀元前六六〇年一月一日という、偽の旧暦の即位日だよね。新暦の即位日で言うと、紀元前六六〇年二月十一日ということになるよね。この『二月十一日』のことを、現代の日本人は訳もわからずに、『建国記念日』とか言っているけれど、神武天皇の即位日のことなんだよね。また、神武天皇らの長寿に関係した話で言うと、五九二年に推古天皇が即位すると、その甥っ子にあたる聖徳太子が皇太子になって、六〇一年に都があった飛鳥から、斑鳩に宮を造営したことも影響しているみたいだね。この年から逆算して、無理矢理、存在もしていない初代神武天皇を、紀元前六六〇年に登場させたりしているみたいだね。中国では、『十干干支』の一巡りの六十年を『一元』として、千二百六十年目にあたる、『二十一元』ごとの『辛酉』の年に革命が起きると信じられていたみたいなんだよね。だから、こうして根拠のない、無駄な長寿の天皇たちのプロフィールをつくり上げたんだね。実際に徐福が日本にやって来たのは、秦時代の、紀元前二一〇年ごろのことだから、徐福が神武天皇だった可能性は大きいということだね。ただし、それは、日本史の教科書に書いてある通りの、紀元前六六〇年ではなかったということだね。ああ、そうそう……、たとえば、徐福が中国から日本に伝えたものとして、何よりも大きなものは、稲作農業だったらしいよ」

と、光が解説してくれたから、お慶は驚いた。

また、稲は大陸から日本に来たと考えられているが、実は、朝鮮半島と日本に伝わったのは、ほぼ同じ時期。つまり、紀元前六六〇年ではなく、紀元前二一〇年ごろ徐福一族が日本にやって来た時と考えるのが自然らしいのだ。その結果、日本人の食生活は、縄文時代と比べて、弥生時代に飛躍的に豊かになった。日本人の栄養吸収の方法が、狩猟中心から農耕中心に移り変わっていった。

「そうなのね……、徐福が稲作を伝えたから、日本は弥生時代を迎えることができたのね」

と、お慶は納得した。

その時、江乃木光がこうつぶやいた。

「お慶も、幸恵ちゃんも、中山寧寧ちゃんも知っているかな。世界中の民族が共通して持っている『神話』のテーマって、『この世界をつくったのは誰なのか』ということと、『人間は誰がつくったのか』ということ。そして、『祭りはいつ、始まったものなのか』ということの、三つらしいよ。つまり、それぞれの国で、様々な話術の上手な詐欺師まがいの奴が、神話で操り、自分のことを神様と称して世の中を乗っ取り、時代をつくってきたわけだよね」

と……。

日本最古といわれる神社は、紀元前九五年に創建された、奈良県桜井市三輪にある「大神神社」らしい。

ちなみに光が言うには、日本の正式な記録が残る「祭り」で言えば、五九三年に創建された、奈良市本子守町にある「率川《いさがわ》神社」の、文武天皇治世の大宝時代、西暦七〇一年ごろから続く、例祭の「三枝祭」が最も古い「祭り」らしいのだ。「率川神社」は、推古天皇元年の西暦五九三年からその歴史が続く神社だと光が言う。毎年、六月十七日前後に行われるその「祭り」は、疫病を鎮めることを祈願するものとして始められたものらしい。

「そういえば、三島由紀夫の『豊饒の海』の第二巻『奔馬』の中に、この『率川神社』の『三枝祭』が登場するんだよ。小説のあらすじといえば、華族の腐敗ぶりに憤って、要人の暗殺事件を練っていた主人公飯沼勲が、密告されて逮捕されてしまうけれど、弁護士の本多のお陰で、罪が軽減されて釈放されるというものなんだよね。勲は刑務所から出た後、かつてターゲットにしていた要人を、短刀で殺害した後、割腹自殺をするんだよね。その三島由紀夫の『豊饒の海』の筋書きから推測しても、三島由紀夫自身が、自衛隊市ヶ谷駐屯地で演説をした後、『盾の会』のメンバーと割腹自殺をした行為との、同一性を指摘する文学研究者が多いよね」

と、光が教えてくれたので、改めてお慶は、自分の彼氏が読書家であることに驚いた。

その時、螺旋階段の下の霧が立ち込めた空間に、スリムな身体と優しい笑顔で、切れ長の瞳と愛くるしい笑顔がたまらない去来川《いさがわ》さゆりという少女が、「率川神社」の例祭の話題に、まさにタイムリーという感じで、三人の前に姿を見せた。

「ジャジャジャジャジャーン。私は、去来川さゆりです。あなたたちは上智大学の学生でしょ。私は青山学院大学日本文学科のＩ組の学生でーす」

と、言われたので、使われている漢字こそ違うが、同じ「いさがわ」という神社の名前と少女の名字の一致に対して、四人は半分驚きつつ、少女の話をしっかりと受け止めた。

さゆりの話では、希少姓の「去来川姓」の人間は、全国で約二百八十人いて、同様に希少姓の「率川姓」の人間は、全国に四十人いるという。

なんでも、今は暗渠になってしまったらしいが、春日山を源流にして奈良市街を流れていた「率川」という河川名と同じように、古代から奈良市の本子守町には「率川」という地名があったから、それが去来川という名字のルーツになったらしい。推古天皇元年の五九三年にできた奈良市最古の神社が、去来川姓に因んだ「率川」神社だというのだ。今ではその「率川」も、王林院がある奈良市内の奈良町のエリアから、ＪＲ奈良駅周辺までの区間は暗渠化されているそうだ。

「万葉集」の中でも、

「はねかづら　いまする妹を　うらわかみ　いざ率川の　おとの静けさ」

と歌われたほどの、歴史ある地名だというのだ。

「去来という言葉を聞くと、松尾芭蕉の弟子の、向井去来を思い出すよね。もしかしたら、本当は『率川』と『去来川』には、何の関連性もないのかもしれないけれどね……。でも、向井去来の『去来抄』にある、『行く春を　近江の人と　惜しみける』という句は、綺麗だよね」

と、光が文学部の学生らしい話題で、笑顔でしゃべり続けた。

ちなみに、日本には「三枝祭」以外にも、古い「祭り」は存在していて、「日本三古祭り」というものがあるという。それは前述の桜井市三輪にある「大神神社」や、その文社の奈良市本子守町にある「率川神社」で行われるほどの由緒正しい「祭り」ではないらしいが、光の話では、いずれ劣らぬ歴史があるものらしいのだ。

光や去来川さゆりが、自分たちが知っている、日本創生に関わった神話を楽しげに口にしていると、中山寧寧も負けてたまるかと「中山家」の神話を口にした。

「実は我が家も、先祖が中臣鎌足だったのよ」

こうなると、中山という名字だけでなく、中山寧寧という名前さえも由緒正しいものに思えてしまうから楽しい。彼女の一族の中山家も、江乃木光の母方の宮野家同様に先祖は中臣鎌足。つまりは、藤原鎌足らしいからルーツは同じ。お慶は自分自身が、「日本史ミステリー」を探求している推理小説マニアのようにさえ思えてきた。

「そもそも、藤原姓の人たちって、どこからやって来た人たちなのかしら」

と、お慶が尋ねると中山寧寧がこう答えた。

「私の家のルーツも宮野家なのよ。私の一族のルーツにあたる『宮野家』は、大和国高市郡藤原在住の『藤原家』がルーツらしいわ。ただし、現在の『宮野家』は、岩手県盛岡市に多い名字で、千葉県成田市などにも多い名字らしいのよ。皆、今の奈良県の、大和国高市郡で暮らしていた人たちが、岩手や千葉に移り住んで行ったんじゃないかしら」

と神話のような話を聞くことができて、ますますお慶は楽しい気分になった。しかし、

一方で、

「そもそも、日本の家系図は嘘ばかりなんだよ」

と、光が言う。有名なところでは、

「徳川は清和源氏の系統を奪い取ったという説が有力。豊臣は平氏の系統を、織田は藤原氏の系統を奪い取ったという説が有力」

つまり、三家のルーツは、すべて嘘だというわけだ。

「だって、徳川一族なんて、秀吉が天下を取っていた時代は藤原姓を名乗っていたのに、鎌倉幕府の初代将軍源頼朝から、六代将軍宗尊までのことについて書かれている正史の『吾妻鏡』の記述から、征夷大将軍になるためには、清和源氏の系統じゃなければ朝廷が認めないことを知って、関ヶ原の合戦以後は、吉良家から『河内源氏』の新田系図である、清和天皇をルーツとする『清和源氏足利氏系図』を奪って手に入れた一族だからね。似たり寄ったりだね」

と、光はつぶやいた。

「そして、『藤原姓』に代わる新たな摂関家の姓として、秀吉の手でつくり出された『豊臣姓』も、ある意味、茶番劇だよね。そもそも秀吉の場合、足利義昭の養子になって、跡継ぎになろうとして失敗したんだよね。そして、人臣の中では、最も天皇に近い一族と言われていた藤原北家嫡流の『近衛家』の養子になって、関白宣下を受けることを選んだけれど、秀吉寄りに朝廷の側近がいなかったから、関白にはなることができても、征夷大将軍になることはできなかったんだね」

さらに光は、こう付け加えた。

「そして、豊臣秀吉同様に、織田信長の家系図も、嘘のオンパレードらしいよ。『清和源氏』系列の第十五代足利義昭を追放した一五七三年ごろに、信長が、自分の先祖を『平家』と偽りだしたことは有名らしいね。その信長の策略は、源氏の家系である足利氏を追い出して、平家の家系である織田家のことを、世間に知らしめたかったことらしいね。さっき言ったように、もちろん、秀吉の家系図同様に、信長の家系図も全部嘘……。最終的には、この魂胆は失敗することになるんだけれどね。

ちなみに、実際の織田家のルーツはどこかというと、福井県丹波郡の『越前織田荘の神職』らしいね。現在でも、福井県丹生郡越前町織田の『劔神社』の境内には、織田一族発祥の石碑が建てられているんだけれど、やたらと新しいのが気になるね。ここも、豊臣家同様に、嘘の家系図をつくり上げた一族なんじゃない。案外、『越前織田荘の神職』ということ自体も、嘘だったりしてね」

と言われたので、お慶は驚いた。

また、中山寧寧の話では、「皇別氏族」（天皇、王子から分かれた支族）とは何かというと、邪馬台国の女王卑弥呼であるアマテラスの子孫のことらしい。当然、神武天皇も「皇別氏族」らしい。

一方、「神別氏族」とは天津神、国津神の子孫。「記紀」などの神話に登場する天神の子孫のことだという。原始日本には、飛鳥時代の藤原鎌足を祖とする、藤原姓のルーツである「神別氏族」という一族がいて、平安時代初期の八一五年に、桓武天皇の第五皇子の、万多親王の手で書かれた、古代の氏族名鑑である『新撰姓氏録』に分類されている。

「『神別氏族』とは、天津神、国津神の子孫の一族らしいよ。『神別氏族』として有名な氏族は、皇族、中臣氏、藤原氏、大神氏、出雲氏、卜部氏、物部氏、大伴氏、忌部氏、菅原氏、吉備氏、蘇我氏、葛城氏、紀氏、阿部氏、安倍氏、宇佐氏、小野氏、春日氏、海部氏と定義されているらしいよ。そして、『皇別氏族』とは、神武天皇以降に、『皇室から臣籍降下』した一族らしいね。『皇別氏族』として有名な氏族は、阿蘇氏、吉備氏、紀氏、葛城氏、蘇我氏、田口氏、佐伯氏、橘氏、越智氏、阿倍氏、巨勢氏、清原氏、平氏、源氏、在原氏、近衛氏、、一条氏、中原氏と定義されているらしいよ」

と言って、光は微笑んで見せた。

日本の様々な一族の、創世神話の嘘オンパレード話をすることに疲れたのか、光は急に話題を変えた。

気がついたら、光、お慶、中山寧寧、去来川さゆりは、自分たちが今、鹿児島の深山の中に立っていることに気づいた。

光の話では、かつては鹿児島県大口市と呼ばれ、二〇〇八年十一月一日からは伊佐市と呼ばれている、その北端にある村「薩摩木地山」に、一八八六年十月二十六日の午後三時ごろに、十数個の隕石が落下したという。

「二〇〇三年五月九日に内之浦宇宙空間観測所から打ち上げられた、小惑星探査機『はやぶさ』が、長径五百メートルほどしかない小惑星『イトカワ』から、表面の物質を持ち帰った成分を分析してみると、この『薩摩隕石』からもたらされたものと同じ、複数の鉱物種であることがわかったみたいだね。つまり、『薩摩木地山』に落下した隕石雨は、小惑星『イトカワ』からもたらされたものと同じ隕石雨だったんだね。百二十四年目に判明した真実だよ……。びっくり仰天だね」

と、大げさな口ぶりで話した。

本来は、伊佐市にある「大口ふれあいセンター」内の、「伊佐市大口歴史民俗鉄道記念資料館」あたりに飾られていても不思議ではない、総重量四十六・五キロにも及ぶ、自然遺産の「薩摩隕石」。現在でもイギリスの「ロンドン自然史博物館」や、ドイツの「ベルリン大学」や、「国立科学博物館」に収蔵されているという「薩摩隕石」のうち、二〇〇一年にようやく、「アメリカ自然史博物館」が所蔵していた五百二十八グラムの小さなものの一つが、百九十四万円で「鹿児島県立博物館」に買い戻されて、里帰りしたらしい。

「すごいわ……。私、機会があったら、伊佐市でしばらく暮らしてみようかな。だって、史上最大の隕石が落ちる町なんだから、多分、空も綺麗で、星もたくさん見えそうだもの。もしかしたら、ここで暮らしているうちに、また大きな隕石が落ちて来るかもしれないわね」

と、中山寧寧が叫ぶように言った。

その時、霧の中に、バスの時刻表が立っているのに気づき、お慶が今度は、大きな声を上げた。

「へえ、布計～大口線のバス路線は、現役なんだ。こんな過疎村の、深い山奥にある『薩摩木地山』のバス停にも、週に二日、水曜日と土曜日にバスが停車するんだ。そして、布計～大口線間の、このバス路線の終点は、『布計駅跡』や『布計小跡』のバス停の先にある、山野川に架かる『とおはら橋』っていう名前のバス停なのね」

かつてこの村の近くには、一九二一年九月十一日から一九八八年一月三十一日まで、「山野線」という国鉄やＪＲの路線が通っていたらしいが、すでに廃線になっている。その軌道の近くの、県道四二一号線、布計山野線沿いに、週に二日、それも、朝、夕の二便だけ停まるバスの時刻が書かれた、時刻表が立っているのがお慶にはわかった。

「ああ、そうそう。ミュージシャンの吉田拓郎は、『自分は、広島市出身だ』と、いろいろな場所で言っているけれど、実は吉田拓郎の出身地は、その『薩摩隕石』が落下した、かつての鹿児島県大口市、今の伊佐市らしいよ。一九四六年四月五日に大口市で生まれ、小学校二年生の時に両親が別居することになったから、母方の祖母が暮らす広島市南区西霞町に引っ越したらしいね。そうそう、鹿児島市の谷山小学校の吉田拓郎の同学年には、俳優の西郷輝彦がいるっていうんだから驚きだよね」

と、光が言うからフォークソングファンのお慶は驚いた。

「えーっ、吉田拓郎は、広島生まれじゃなかったの……」

一九二一年に、まず、鹿児島県始良郡の栗野駅から、鹿児島県伊佐郡の山野駅までが「山野軽便線」として開業して、一九三四年四月二十二日に熊本県水俣市の水俣駅から、熊本県水俣市の久木野駅までが「山野西線」として開業。その時、従来の栗野駅から山野駅間の「山野軽便線」だった区間は、「山野東線」に改称されたという。さらに一九三五年十二月二十日には、山野駅から薩摩布計駅間も延伸されて、開業。一九三七年十二月十二日に、薩摩布計駅と久木野駅間が開業した時に、線名は「山野線」になって、これで、栗野駅から水俣駅までが全通した。

「そうそう、その一八八六年に隕石が落下した伊佐市木地山のすぐ近くには、一九〇二年に採鉱が始まって、一九〇四年には近場の『牛尾金山』と合わせて、年間六百五十キロも金を算出していた『布計金山』という『黄金郷』があったんだよ」

と、光は教えてくれた。ちなみにこれは、当時日本一の金の産出量だったというから驚きだ。

「歴代最大級の隕石」「国内最大産出量の黄金郷」「天皇の血筋を継ぐ、希少姓の一族」という、三種の神器にも似た「不思議」が集まる、神秘的な山奥の集落とくれば、

「そもそも、隕石が落下した直後から、金が大量に掘り出されるようになったという筋書きが、怪しいわよね。元々金は採れていたのに、山里の住民たちが秘密にしておいたけれど、隕石騒動がきっかけになって、山里にいろいろな人がやって来るようになっちゃった。

当然、深山の集落なのに、不釣り合いなほどに飲み屋や色街も存在していたらしいよ。薩摩布計は有名になって隠しきれないようになって、『隕石落下直後から、金を掘り出すことができるようになった』と、山里の語り部が新しい神話をつくったんじゃない」

と、お慶は直感した。


一九〇七年に、肥料の原材料になるリン鉱石の採掘を沖大東島で始めたことをきっかけに、金鉱石の採掘に手を伸ばした、日本初の農学博士号授与者で地質学者の、大分県中津市出身の恒藤規隆が、一九一一年五月一日に起業したという「ラサ工業」。その影響で、かつては、ラサ島と呼ばれていた沖大東島。一九四四年に閉山した「ラサ島鉱業所」だが、現在でも沖大東島全体が「ラサ工業」の私有地になっているのは、この当時の、リン鉱石の採掘の、歴史の影響らしいから驚きだ。

実は布計金山の金鉱の発見は、一八九一年伊佐郡山野村の藤田庄吉によるものがその始まりらしい。その後、一九〇二年から採鉱が始まり、一九七六年に閉山されたのが薩摩布計金山だというのが、鹿児島の山奥に潜む神話、ファンタジーの筋書きらしいのだ。その金山の近くには、一九六五年二月一日に無人駅になったという、国鉄山野線の薩摩布計駅もかつてはあったらしいが、

「一九八八年二月一日に全線廃線、廃駅になっているんだよ」

と、光が言う。

光の話では、山野線が廃線になった後も、一九九四年までは薩摩布計駅の駅舎が残っていたらしいが、今はもうないらしい。また、県道四二一号線沿いの、薩摩布計駅の真横にある、熊本県と鹿児島県の境にあった、薩摩布計駅と久木野駅間を結ぶ、かつての全長千二百三十六メートルの久木野トンネルも、一九九八年までは中に入ることができたらしいが、

「今はコンクリートで、トンネルの入り口がふさがれているんだよ」

と、光が言った。

しかし、まだ山野線が営業していた時代は、最寄りの山道がなくて不自由していた熊本県と鹿児島県双方の住民が、列車の来ない時間帯に、まるでこのトンネルを地下道のように、歩いて利用していたらしいというから驚きだ。

「もし、トンネルを歩いている途中で列車に遭遇していたら、大変だったでしょうね……。歩いたら、十五分ぐらいで通過できていたのかしら……」

と、お慶は思った。

さらに、鹿児島県側の薩摩布計駅と、熊本県側の最初の駅の久木野駅との間には、国鉄

分割民営化後、国鉄山野線が全線廃止された時に使用されなくなった、当時、九州唯一の通過可能なループ線である、一九三五年十二月二十日に完成した「大川ループ」線があることで有名だったそうだ。

薩摩布計駅へ行く時に使う「金山橋」は、

「一九七〇年十一月に架け替えしたものだよ」

と、光が言う。その後、鹿児島市中央町に本社がある「南国交通」が、一九九五年まで、山野線代替バスを県道四二一号線沿いに走らせていたが、廃止。その代わりに、前述のように今は伊佐市が助成をして、水曜日と土曜日、週に二日、伊佐交通のマイクロバスが、県道四二一号線沿いのルートに沿って、住民を伊佐市中心部まで運んでいるらしいのだ。

「よく、皆が勘違いするけれど、金山と言っても、山の中から純金が出るわけじゃないんだよ。一番多い金のつくり方は、金鉱石の中の山金を、金に反応しやすい水銀の性質を利用してアマルガムという合金にした後、さらに加熱して、水銀を蒸発させることで、金だけを取り出す産出法だね。でも日本の金山の場合、今では、かつて含有量が高かった金鉱石は採掘し尽くされてしまったと信じられているから、ほとんど『閉山している』と言われているんだね。令和の今、日本の現役の金山は、布計金山同様に鹿児島県の伊佐市にある、一九八五年から採掘を開始した、金の総産出量日本一の『菱刈鉱山』だけらしいね。ところが、布計金山のように、『閉山になった』と言われている日本の金山だけれど、本当は、その金脈はまだ枯れていなくて、たとえば、金の総産出量日本二位だった新潟の佐渡金山や、金の総産出量日本三位だった北海道の鴻之舞鉱山なんかも、『金が出なくなったから廃坑になった』とか言って、実際は、令和の今も、金はまだ産出されているらしいんだよね。当然、布計金山も、バリバリ現役だということだね。おっと、これは、秘密、秘密……」

と光がお慶に説明してくれたから、驚いた。そして、お慶はこうつぶやいた。

「えーっ、閉山になった鉱山の中には、まだ金鉱石が眠っているんだ」

と……。

ちなみに人類の歴史上初めて、金が姿を現すのは、紀元前六〇〇〇年ごろの、チグリス川とユーフラテス川に挟まれた、メソポタミアの南部のシュメール地方だと光が言う。そこでは人類の歴史上最古の言語が生まれ、最古の文字である楔形文字が生まれているらしいのだ。つまり、「『金』あるところに『文明』あり」とでも言えるだろうか。

「アゼルバイジャン生まれの、ゼカリア・シッチンの著書によると、元々、そのメソポタミア地方南部エリアで暮らしていたのは、紀元前六五〇〇年ごろから紀元前三五〇〇年ごろの、先史文化の担い手の旧人類のウバイド人だったらしいんだけれど、そこにメソポタミア文明を築いた新人類のシュメール人が、冥王星の外側に公転する、三六〇〇年周期で地球に近づく、太陽系十番目の惑星の『ニビル』から、文明とともに黄金を携えてやって来たらしいんだよ。この時、『ニビル』からやって来た宇宙人のシュメール人が、最高、最強の天空神『アヌンナキ』と呼ばれているらしいね。この『アヌンナキ』は火星に前線基地をつくって、地球を訪れて類人猿に遺伝子操作をして、人類、つまりホモサピエンスを創造した宇宙人らしいね」

と、光から教えられて、お慶は驚いた。併せて、

「エジプト地方では、紀元前三一〇〇年ごろの、先王朝時代から装飾に金が取り入れられたのが、最古だと言われているんだ。紀元前一三〇〇年ごろのファラオだった、ツタンカーメンのミイラに被せられていた黄金のマスクは、三百兆円の価値があるといわれているから、驚きだね。そして、皆から忘れられたように捨てられている、薩摩布計にも、まだ埋蔵量が豊かな金山が残っている……。実は、黄金郷の布計金山に眠っている金鉱を使えば、ツタンカーメンのマスクなんて、簡単にいくつでもできちゃうらしいね。これも、驚きだね。もしかしたら、布計金山を発見し、金の採掘をしていたのも、シュメール人か

もね」

と、光から補足されて、お慶はさらに驚いた。

一方で、薩摩布計は、一九五〇年ごろの最盛期には、百八十五戸の家が建ち並び、多くの住人がいたという。

現在、たった十数世帯のみになったこの町に、残されている大きな建物や人工建造物の中で、まだ壊されずに残っているものとして有名なのは、校舎横の大きな紅葉の木が印象的な布計小学校校舎ぐらいだとお慶は思った。

一八九九年四月一日に創立され、一九七九年三月三十一日に廃校になった校舎は、長い間当時のまま残されていたが、老朽化が激しく、二〇一〇年に縮小保存工事が行われたという。でも、過疎化が激しい地区にある小学校ならば、建物が壊されている方が当たり前だと思うのに、まだ残されていることは、何やら訳ありだとお慶は思った。

たとえば、ここは、映画やテレビドラマの舞台になっているという。

「松竹配給の映画『ＴＨＥ　ＷＩＮＤＳ　ＯＦ　ＧＯＤ　ＫＡＭＩＫＡＺＥ』のロケ地に、薩摩布計はなっているんだよ」

と、光が言うから、驚くべきことだとお慶は感じた。

二〇一五年五月二十八日に亡くなった、映画「静かな生活」で、「日本アカデミー賞」の優秀助演男優賞の受賞歴もある、今井雅之自身が演じる、ドイツ系白人のマイク・キッシンジャーと、松本匠が演じる、日本人とアメリカ人を親に持つキンタ・モンゴメリー……。そんな二人の売れないコメディアンが、ある日、ＮＹで交通事故に遭う。その後、意識を取り戻すと、一九四五年の日本に二人はワープしていて、神風特攻隊員として出撃することになっている岸田と福本という、男の身体と入れ替わっていたという、あらすじだ。この物語は一九八八年から「池袋パモス青芸館」で舞台上演され、一九九二年九月には、ロサンゼルスの「マリリンモンロー劇場」でも舞台公開された。二〇〇五年にはテレビドラマ化され、二〇〇六年に映画化。俳優の今井雅之が監督主演した彼のライフワークだ。

布計小学校の校庭跡には、以前はその映画の撮影で使われた、ゼロ戦の機体が置かれていたらしいから、その機体が撤去される前に、一度見てみたかったとお慶は思った。

また、この小学校の近くにあったのが、村の貴重な何でも屋の「村上商店」で、その商店の店主である村上文枝さんは、かつての布計小学校の教員だったというのだ。そして村上文枝さんの旦那さんは、「村上商店」の跡取りの息子だったというのだ。

薩摩布計駅のすぐ近くにある、通称「苺の淵」という名の滝つぼを初めて目にして、まるで宮崎の高千穂峡の「真名井の滝」がつくり出す幽玄さと、同じように神秘的な感じがしたお慶だった。苺の淵は、光の父親が幼いころ、海の深みのように感じていたという。

その時、お慶の目を盗むようにして、突然姿を現した「山の木霊」が、光にこっそりと教えてくれた。

「もし、君にやむにやまれぬ理由で別れた人がいるならば、今夜十一時五十九分にこの滝つぼにおいで……」と。

その時、光は不思議と、自分が愛しく思う女性が亡くなったり、不健康になったりするという不幸に見舞われていたことを思い出していた。たとえば、お慶と出会う前に交際していた秋田県能代市出身の恋人は、スキルス性胃癌で死亡。これもお慶には内緒にしていたが、その後仲良くなった東京都杉並区松庵出身の彼女は、関節リウマチに罹って闘病中。

そうして姿を現した「山の木霊」の言う通りに、亡くなった能代市出身の彼女の霊と会いに、今夜、この山野川の青々とした滝つぼに来ようと考えた。なぜならば、自分とその彼女との別れ話は、ある意味、イザナギ、イザナミの話と似ていると思ったからだ。

光は、自分が通過してきたそんな彼女たちとの過去をお慶に秘密にしておいて、今度は、目の前に広がる鹿児島の金山の存在と、以前、ニューヨークで暮らしている自分の姉から聞いたことがある、マンハッタンの宝物の存在とを、頭の中で比べて楽しんでみた。

「お慶。君は、第二次世界大戦時に、ヨーロッパ諸国の植民地政府が、アジアに放置していた金塊を、大正天皇嘉仁の第二子の秩父宮雍仁《やすひと》の指令で、日本軍が、たとえばフィリピンの、南イロコス州のセルバンテスの山の中や、ルソン島西部の海岸沿いや、アンブクラオからアリタオにかけての道路沿いのジャングルの中に、分散して隠匿したという話を聞いたことがあるかい。また、そもそも、第二次世界大戦の時に、日独伊三国同盟に消極的だった兄の昭和天皇とは対照的に、秩父宮雍仁は三国同盟に積極的だったらしいからね」

と、光から教えられて、驚いた。さらに光は、

「その金塊は、一般的に『消えた山下財宝』と呼ばれているものらしいよ。実は、あの『9・11』事件でWTC、つまりワールドトレードセンターがあっけなく消えてしまった理由は、戦後、『マレーの虎』と呼ばれた、第十四方面軍司令官、山下奉文陸軍大将の手で、フィリピンからマンハッタンに運び出された、時価百兆円の価値があると言われている、埋蔵金に関係するという物語があるみたいだよ。埋蔵金の正体は何かと言えば、その多くは、『福』の字が刻印されている、二万五千枚の丸福金貨だったらしいね。ただし、

実際に存在していた丸福金貨は、二万五千枚なんてわずかなものじゃない、とてつもなく多くの枚数だったわけだね。そのうちのほんの一部は、フェルディナンド・マルコスがネコババして、フィリピンの大統領に昇りつめたらしいよ。つまり、金貨を金の延べ棒に変えた『消えた山下財宝』が、WTCの地下金庫に隠されていたから、それをこの世から消した形に見せて、ネコババしようとするために、WTCから盗み出されたらしいよ。山下奉文は、東南アジア中から集めた金を輸送しやすいように、金貨を溶かして金塊に変身させたわけだね。本当はその金塊を、日本に輸送しようとしたけれど、急激に戦況が悪化したから、フィリピンのジャングルの中に隠しているうちに、その後、在り処がわからなくなっちゃったらしいんだよね。ところが、この在り処がわからなくなったという話をさらに詳しく調べてみると、フィリピンからマンハッタンに移動させた後、どうも、アメリカの政財界のトップと日本の皇族がグルになって動いて、一般人が『宝の隠し場所』だと考えるはずのない、WTCの中に隠ぺいしたらしいんだね。そもそも、あのWTCがつくられた理由は、金を隠ぺいするためらしいんだよ。そして、金をWTCから盗み出した首謀者は、現上皇とアメリカ大統領のブッシュだったというから怖いね。ちなみに、あの『9・11』の前夜の、九月十日の深夜に、アメリカ軍のトラックが大量にマンハッタンに現れて、WTCの地下金庫に隠されていた金塊が運び出されたみたいだね。その様子を飲んだくれのヤンキー連中が、フルトンストリートあたりで、結構目撃していたらしいから傑作だね。お慶、待てよ。その時盗み出された『山下財宝』の一部が、現上皇の取り分として、鹿児島の山の中の薩摩布計金山に隠されている可能性もあるかもしれないぞ。金鉱脈が枯渇したから閉山したんじゃなくて、ＷＴＣの地下金庫に隠されていた『山下財宝』を隠ぺいする場所として使うために、まだ、現役だった薩摩布計金山が使われたかもしれないなあ……。ふふふっ」

と、光は自分の推理を広げた。

まさしく、この話は『東方見聞録』に似ていると、お慶は感じた。一二七五年に中国の「元」の大都に赴いて十七年間クビライに仕えた後、帰国後、「第八次十字軍」の際、ベネツィアと交戦中だったジェノバ軍の捕虜になったというマルコ・ポーロ。「アーサー王と円卓騎士物語」の作者として有名なイタリア人作家のルスティケロ・ダ・ピサがマルコ・ポーロと知り合い、彼から聞いた話を記録したものだ。

「まあ、ルスティケロの『黄金の国ジパング』の噂話を生み出した、『東方見聞録』の話は、平安時代末期、京都に続く、日本第二の都市として栄えた平泉にあった『中尊寺金色堂』の話が誇張されて、伝わっているだけらしいね。一一二四年に藤原清衡が建立した『中尊寺金色堂』御堂の内外には、金箔が貼られていたらしくて、キラキラ輝いていたらしいよ。そこで使われた金は、聖武天皇が『東大寺大仏』の建立時にも使った、岩手県陸前高田市の玉山金山で掘り出されたものらしいよ。この玉山金山の発見者は、『東大寺大仏』造立の実質的な責任者である、高僧行基だとも言われているんだよ。実は、豊臣秀吉、伊達政宗の時代、日本国内で流通していた金も、この玉山金山で取れたものが使われていたらしいというから驚きだね。『東方見聞録』の影響で、その後、コロンブス、マゼラン、バスコ・ダ・ガマが、『黄金の国ジパング』を目指して、アジアに旅立ったらしいから、ルスティケロ・ダ・ピサという作家はある意味罪つくりな人間だよね。ただし、そんな黄金が本当に、こんな九州の山の中に隠されているとすれば、まさにここは『黄金の国』『黄金郷』ということになるよね」

と、光はさらにつぶやいた。

ちなみに、光の話ではアジアの中では、台湾にも第二次世界大戦時に隠された「山下財宝」の伝説があるというから、お慶は驚いた。しかし、光は、

「そんな日本軍がネコババした外国の宝物よりも、台湾で言えば、自然美や景色の美しさの方に魅力を感じるね」

と言った。

その時、光は急に覚醒したかのように、お慶に視線を向けた。

「そうだよ。やっぱり、薩摩布計の金山に『山下財宝』を隠すために、鹿児島県の木地山の、山中の洞窟に『山下財宝』を隠すために、わざと、『もう金脈が枯渇した』と言ったのかもしれないぞ。一九〇一年から採鉱を開始して一九七六年には閉山したと言われている金山だけれど、多分、薩摩布計金山はまだ枯渇していないんだよ。国鉄山野線大口駅の駅舎があった一帯の、大口上町の『朝寝坊』という変な名前の居酒屋に、以前、僕は出かけたことがあるんだ。そうしたら、そこで週末になると必ずタクシーを使って薩摩布計の村から下りて来て、居酒屋『朝寝坊』で飲んでいるという老人たちと遭遇したんだね。今では過疎化が進む薩摩伊佐市の中心部周辺でも、鶏レバ刺が名物の、朝二時まで営業をしているその居酒屋『朝寝坊』があるあたりは、昔は、人口もそれなりにあったらしいんだよね。元々、現在は伊佐と呼ばれている薩摩大口は、その後、一一五八年から、平元衡《たいらのもとひら》をリーダーとする、牛屎族という豪族が居城としていた大口城があって、支配していた土地だったらしいけれど、江戸時代からは薩摩藩の領になって、島津氏の領地となって、城も薩摩城の外城になったんだね。当然、今、城跡は残っていなくて、大口小学校の裏山一帯が、そのエリアらしいよ。でも、一九五〇年ごろは四二六一七人と、現在の約二倍の人口が薩摩大口にあったらしいよ。また、伊佐市市役所や『朝寝坊』があったあたりには、赤線、青線という色街があったからか、とても賑わっていたらしいんだよね。それでも閉山したふりをして、今でもまだ、薩摩布計金山跡では七十代、八十代、九十代の村民たちが、相変わらず、こっそりと高度な採掘機械を使って、金を掘り出しているらしいよ。そのことを知ったら、鹿児島市にある税務署職員たちは、慌てるだろうね。人間の欲望って果てしないものだよね。『金山を、偽の閉山にすること』の裏には、こんなからくりがあるんじゃないかな。同様に、『WTC』をこの世から消した真の目的は、旧日本軍の幹部、そして皇族たちが隠ぺいしていたWTCに存在していた『山下財宝』を、この世から消滅したように見せかけて、どこかに隠ぺいするためだったという僕の仮説は、結構説得力があると思うけどな、どうかな?」

と言われて、お慶は抑えきれない興奮を隠すために、恋人の光に熱い口づけをしていた。

たとえば、明治時代に落下した、「国内最大級の隕石」に関する伝説。

たとえば、国内最大の産出量を誇っていた、「布計金山」に関する伝説。

たとえば、皇族にも関わる、希少姓の一族に関する伝説。

たとえば、フィリピンの山の中から消えた、百兆円の価値がある「山下財宝」に関する伝説。

そういう「薩摩布計伝説」をお慶が頭の中で楽しげに復習していると、いつの間にか、トイレから戻って来た中山寧寧が、たった今、新しい扉と、その下に階段を見つけたことを教えてくれた。

皆で新しく冒険を始めるつもりで、鹿児島の薩摩布計の深山から抜け出すように、螺旋階段を下りると、そこに新しい世界が待っていた。

そしてD……、デビル・オブ・ザ・20ｔｈセンチュリー

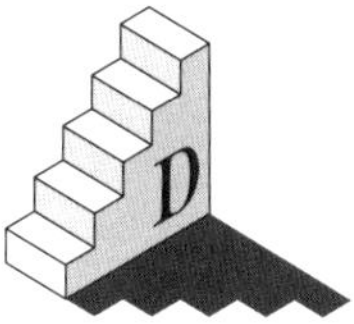

第三章　デビル・オブ・ザ・20ｔｈセンチュリー

次の瞬間、まるで自分たちの存在自体が、新しい神話の「章」の一つになっているかのような高揚感に襲われたお慶と光の二人は、薩摩布計から東京に舞い戻っていた。

大学に入学する時から一人暮らしを始めたマンションがある、国立という街がホームタウンになったお慶だが、当然、自分たちが在籍している上智大学がある四谷という街も、彼女にとって本拠地になっていた。

また、それと同様に、彼氏である光の本拠地である横浜と、彼が少年時代からよく遊び

に行っていた、自由が丘という街も、光と遊びに行く回数を重ねるにつれて、いつの間にかお慶自身のお気に入りの街になっていた。

お慶は国立駅から四谷駅まで中央線で通学している。行きは乗り換えの必要もない。ただ、帰宅時に寄り道する時は、新宿駅で乗り換えることが初めは面倒に感じられた。また、国立から自由が丘へ遊びに行く場合、新宿駅で山手線に乗り換え、渋谷駅で下車、東急の駅ビル内の迷路のような連絡通路を使い、東横線に乗り換えるのは面倒だった。

大好きな彼氏の光と休日に中央線を使って、国立駅から新宿駅経由で渋谷駅に出て、東横線の急行で中目黒駅、学芸大学駅を経て、三駅目に自由が丘駅で降りて、魅力的なこの街へ遊びに来ることが生活のリズムの一つになっていた。やがて、休日に自由が丘駅まで来ることは、講義がある日に中央線を使って通学することと、あまり変わらないことのように感じられ始めたお慶だった。

また、ただ単純に国立駅から四谷駅まで通学することとは違って、自由が丘の街に来ることが、お慶には冒険しているようにさえ感じられて、楽しくなってきた。そして、山手線の渋谷駅から東横線の渋谷駅に乗り換えることは、楽しい迷路遊びのようにも思えて、講義がない日には、お慶の方から光におねだりをして、よく二人でこの自由が丘の街までやって来るようになっていたのだ。

たまたま木曜日のその日、午後からの講義が休校になったこともあり、上智大生のお慶と光は、自由が丘へ行った。

「うわーっ、東横線って、やっぱり中央線と比べると、断然おしゃれね。日本で一番綺麗な、風景を眺めることができる路線じゃないかしら」

と、光の前でお慶がまるでプリンセスのように輝く笑顔を見せる。

そして、今日、自由が丘の街に着くなり、駅の北口側にある、女性向けの雑貨屋が多い、昔は「広小路通り」という名前で呼ばれ、現在は「ヒロストリート」に名称を変えている商店街に二人は足を運んでいた。

実は自由が丘は、狭い街ながら、暗記するのにも苦労するほど数多くの通りが存在していることも、光からお慶は教えてもらった。

「またね、この街は、通りの数が多いだけじゃなくって、ちょくちょく道の名前を変えたがる面白い街なんだよ」

と、光が半ば呆れるようにつぶやいた。

たとえば、元々、九品仏川だった場所を、一九七四年に暗渠化工事をして、「いちょう通り」と呼び始めた、自由が丘駅南口にある通りは、一九八二年にフランスのファッション雑誌「マリ・クレール」の日本語版が、中央公論社から創刊されたことをきっかけに、一九八四年から、その女性誌とタイアップして、「マリ・クレール通り」と呼ばせ始めたのだという。その道はさらに、一九九〇年代に「九品仏川緑道」として名称を再変更して整備されたらしい。

「一九七〇年代から今までで、二回も名称が変更されているなんて、なんとも、落ち着かない通りだわ」

と、お慶は思った。

また、この通りには、

「二〇〇二年の開店以来十五年ほどの歴史を持っていたけれど、二〇一七年三月十五日には閉店してしまった、『ジジ・セラーノ』という、地下一階に『美味の天使』が身を潜ませているような、カレーの名店が以前あったことで有名だったんだよ」

と、光が言う。現在は「ウスバネ」というカレーカフェに姿を変えていた。

そのように、この「自由が丘」という街には、通りの変更同様に、仮に名前が変わってしまった店が存在していたとしても、経営不振からとは感じられず、むしろ、おしゃれな魔法をかけて名称替えしたようにさえ感じさせる店が、次々と姿を見せる。

光がこうつぶやいた。

「自由が丘って面白い街だよ。たとえば、この、東横線の線路沿いに建っている、一九五三年にできた『自由が丘デパート』だけれど……。その歴史をたどると、まず、終戦直後の『闇市』が、次に『小屋』のような店に姿を変えて、やがて、一九四八年に組織されたのが、『五十嵐金物屋』『精肉、荒木商店』を代表とする、トタン屋根の『自由が丘マーケット』という個人商店群だったらしいんだよね。さらに、その『自由が丘マーケット』が、商業主たちの集合体として、各店が十平方メートルほどの、地上二階建てで地下一階の、自由が丘で最も古い鉄筋コンクリートの『自由が丘デパート』に、一九五三年に変身した。ちなみにその『自由が丘デパート』の地下一階には、昔、まるで上野の『アメ横』みたいに、自由が丘のマダム御用達の、野菜や肉、魚介類を扱う食料品店であふれていたらしいよ。でも今は、地下一階には、お花屋さんや生地屋さん、手芸屋さんがあふれているらしいよ。その後、一九七〇年に三、四階部分を増築して、現在『自由が丘デパート』は、地上四階建て、地下一階のビルに変身したんだね。『自由が丘デパート』の地下一階部分には十七軒の店が、一階部分には三十八軒の店が、二階部分には十五軒の店が、三階部分には十三軒の店があって、四階部分には、一軒だけ、一九七八年二月二十日に、大井町線の九品仏駅前から引っ越して来た『自由が丘ランゲージスクール』という店があるんだね。つまり、『自由が丘デパート』は、小さな店の集合体というわけだね。今でも、『自由が丘デパート』を取り仕切っているのは、地下一階で製菓材料や輸入食品を扱う、『大倉屋』の、大倉新一郎理事長らしいね。でも、昔ながらの個性的な飲食店がズラーリと並んだ二階建ての部分は残されたままだから、そこが『自由が丘デパート』の魅力でもあるし、楽しいところでもあるんだよね。ところが、増築しておしゃれになったはずの三階部分の『飲食名店街』には、一見、古くさいバーやスナックが並んでいるんだけれど、ある意味それが、ここの魅力でもあるんだよね。逆に言えば、『自由が丘デパート』という場所は、自由が丘のおしゃれさを求めてやって来る、地方ギャルたちは、一生、足を踏み込むことなく終わってしまう、この街の真の魅力的な部分じゃないかな。さらに言うならば、本当ならば、『自由が丘デパート』のシンボル的なフロアであっていいはずの四階部分には、さっきも話したけれど、なぜか『自由が丘ランゲージスクール』っていう、外国語学校があるだけなんだよ。ちなみに、この『自由が丘デパート』を通り抜けて、『すずかけ通り』という道路を一つ渡ると、その先に続いているのが、『自由が丘デパート』同様に、東横線のガード沿いに隣接する、『ひかり街』という、うなぎの寝床のような合同商業施設なんだよね。『ひかり街』は、一階から三階まで、四十数軒の小さな店が並んでいるんだよね。つまり、ここ『ひかり街』は、『自由が丘デパート』同様に、一九五三年にできた小さな店の集合体というわけだね。自由が丘の住民の中でも、『自由が丘デパート』と『ひかり街』が同じ建物だって思っている人は多いけれど、注意しなきゃいけないことだけれど、実際は別の建物なんだよね。ああ、そうそう、なぜ令和の今になっても、『ひかり街』みたいな、十平方メートルほどの小さな二階建ての店舗部分が、東横線のガード沿いに、延々と続いているような造作になっているのかと言えば、太平洋戦争時の一九四五年三月十日と、四月十三日に米軍の空襲を受けた結果、東京都も大きな被害を受けて、自由が丘の駅周辺に空き地ができて、そこにできた闇市が、『自由が丘デパート』と『ひかり街』の原型らしくて、令和の時代までそれが生き延びているかららしいんだよね。ただし僕らにとって、この二棟の店舗群は、少年時代に悪友たちと『鬼ごっこ』をして遊んだ、楽しい思い出そのものなんだよ」

と……。

また、現在でも「自由が丘デパート」の二階には、トンカツ屋「味の一番」、寿司「江戸寿司」、ペルシャ料理&トルコ料理「サバラン」、ハンガリー料理「キッチン・カントリー」、ベトナム料理「クアンアンタム」などの飲食店街が存在しているらしい。

そして、二人は「ヒロストリート」で遊んだ後、一九四八年創業の瀟洒な古書店「西村文生堂」に立ち寄った。自由が丘駅正面口の北側、「自由が丘東急ビル」の向かいにある。珍品の洋書が目立ち、芸能人のタモリが早稲田の学生時代に通っていたという店。

「終戦直後の、一九四五年八月二十二日生まれのタモリの学歴を、単なる早稲田大学の昼間部の、第一文学部卒だって勘違いしている人って多いけれど、実は彼は、一九六三年に、第一文学部受験に失敗しているんだよね。そして、浪人一年目のころは、『都立大学駅』近くの友人の、六畳一間のアパート『静住荘』に転がり込んで遊び惚けて、一浪後も、早稲田の第一文学部の受験に失敗したらしいよ。高級住宅街が多い東横線沿線のアパートって言っても、『静住荘』は東横線のガード近くにある、最悪の立地条件みたいだったけどね。東京の調布にある、国立の単科大学の電気通信大学を目指して、タモリは二浪目に突入した後、本来の目標の早稲田大学の第一文学部にも、電気通信大学にも入学ができず、一九六五年三月に、ようやく早稲田大学の夜間部の第二文学部の西洋哲学専修に入学できたんだね。なんでも、大学時代は『モダンジャズ研究会』のマネージャーだったそう。入部当初はトランペットを吹いていたけれど、あんまり下手だったから下ろされて、さらには他の楽器も弾けないから、発表会の時の司会兼マネージャーになったという話だけれど……、フフフッ。彼がサングラスをかけている理由は、小学校三年生の遠足で、『筥崎宮』と目と鼻の先の距離にある、吉塚駅近くの『吉塚東公園』に出かけて、クラスメートとふざけて遊んでいる時に、突起していた電柱のワイヤーに顔をぶつけて、針金の結び目が右目に突き刺さってしまい失明したからしいんだね。それで義眼を付けなければいけなくなって、隠すようになったからしいから、可哀想だね。ただし、この話はデマで、デビュー当時は普通の眼鏡をかけていたけれど、顔に特徴がないから、あのアイパッチを付けるようになったという説もあるらしいね。二〇〇六年に募集停止になった早稲田の第二文学部出身の有名人は、彼以外にも結構多いもんね。たとえば、精華女子高校中退者という学歴だけでなく、『大検の試験にも全科目合格していないのに、なぜか特例で高卒と同等の学歴があると認められて、大学入学許可』が出た、入学当時から人気女優だった吉永小百合なんか典型例だよね。その他にも、北大路欣也、加藤剛、田原総一郎、市原悦子、東国原英夫、谷沢健一……。芸能人だけじゃなくって、政治家や政治評論家、スポーツ選手……。第二文学部出身者は、実は中退者も多いんだ。橋田寿賀子、永六輔、菅原文太、加藤一二三、大瀧詠一、風間杜夫。同じ早稲田の学生だった作家の五木寛之は、一九五二年四月に早稲田の第一文学部ロシア文学科に入学した後、下宿を借りることもできず、馬場下町の『穴八幡宮』神社の床下でプータロー暮らしをしていたらしいね。その直後に

『東京新聞』の新聞販売店でアルバイトをしながら、暮らし始めたらしいけれど、売血をしなければいけないほど生活が困窮していたから、大学をやめたことになっているよね。ところが、実はその後、新聞配達店もやめて、友人二人が暮らしていた赤羽のアパートや、大学近くの戸塚町の先輩の下宿、西武新宿線中井駅の知人の下宿に転がり込んだりしているんだよね。そして、早稲田の学生時代に、足立区にあった、赤線『正直楼』に月一回のペースで出かけて、現在の貨幣価値で六千円ぐらいの一時間三百円の玉代を出して、東北出身のマツという女を買ったりしている。足立区という場所柄、福島県出身、栃木県出身の女が多かったようだよ。常磐線で言えば、北千住駅が最寄りの駅。江戸時代には、『飯盛旅籠』だったという歴史を持つ、赤線『千住柳町』。遊郭時代に、六十軒の遊郭と四百人の娼妓で成り立っていた町らしいよ。そして、赤線時代も、五十四軒の遊郭と二百五十人の娼妓で成り立っていた町だったらしいんだよ。元々、旧日光街道の千住宿場に点在していた『千住遊郭』は、一八九六年に常磐線が開通して、一八九九年には東武線も開通したから、駅の近くに遊郭があるのは風紀上よろしくないと、一九一九年に、北千住駅から西へ一キロメートルほどの『柳新地』に移転したんだね。さらに、一九二〇年代には、新しい『日光街道』も整備されて、徒歩で『千住遊郭』に通う方法だけじゃなくて、一九二八年には、今の『人形町』にあたる『水天宮』から、上野駅、千住二丁目を経由して、

『千住四丁目』という停車場まで市電が延長開通して、新しい『千住遊郭』に通う方法ができたんだ。現在の東京都電は、当初、一八八二年六月二十五日に東京馬車鉄道の名称で開業した後、一九〇三年に東京電車鉄道と名称変更したんだね。その後、一八九九年に開業した東京市街鉄道。一九〇〇年に開業した東京電気鉄道で、路面電車は三社に増えたんだ。さらには、一九〇六年九月十一日に、その三つの路面電車の会社が合併して、東京鉄道と名称変更した。ところが、そのわずか二年後の一九一一年に、当時の東京市が東京鉄道を買収して東京市電になって、一九四三年の都制施行時に都電になったんだね。ところで、五木寛之は、『千住遊郭』に通う時、わざわざ常磐線の北千住駅じゃなくて、常磐線の三河島駅で降りて出かけていたらしいよ。一九五七年に早稲田を除籍された彼……。彼が作家として成功を収めた一九九二年に未納学費を納めて、除籍扱いから中退扱いになったという。でも、たとえ有名人であっても、特別扱いしちゃダメでしょ」

と光が半ば皮肉るようにつぶやいた言葉を聞いて、お慶も噴き出していた。

古書店「西村文生堂」を出た後、次に自由が丘駅北口側を出て、自由が丘一丁目を歩く。北東側一帯に存在する、オヤジ御用達の一九三六年創業の居酒屋「金田」、一九八〇年創業の焼き鳥「阿波乃里」、二〇一二年に自由が丘店ができた焼鳥屋「四文屋」、一九五二年創業の焼き鳥「鳥へい」、牛丼「吉野家」、一九五〇年創業のうなぎ屋「ほさかや」、一九五四年創業の老舗中華料理店「梅華」などが数珠つなぎに並ぶ、通称「美観街」に足を運んでいた二人。赤い街灯や赤い看板ばかりが目につくこのあたりは、偶然、飲み会の三次会あたりで街角に迷い込まない限りは、気づきもしない年季の入った建物の店ばかりが並ぶ、怪しげな街角の一つだとお慶は感じた。

自由が丘を生活圏にしていない部外者の場合、自由が丘の中でも、「美観街」の存在を知らずして一生終わることになると光は思った。正直言って、

「おしゃれな街の自由が丘らしくない、ごちゃごちゃしたエリアだわ」

と、お慶はそう感じた。

「お慶、ここが古くさい通りだって、思っているかもしれないね。でも、実はここ『美観街』は、一九五五年の地図にもその名前が記されている、歴史がある通りなんだよ。ある意味、このあたりの姿こそが、本来の自由が丘なんじゃないかな。でも、現在の平均的な日本人の感覚では、『美観街』の五十メートル四方の空間が、『自由が丘の中に存在する、自由が丘であらざるべき区域』なんだろうね。ただし、『現在、自由が丘のオジサン族が自分たちのペースで酒が飲める、唯一の心休まる通りだ』という人もいる場所だね」

と光がお慶に微笑みかけてくれた。

光の話では、またこの「美観街」の周辺には、おしゃれな街である自由が丘に似つかわしくないピンクサロンが存在していたという。一九七〇年代ごろまでは、自由が丘駅正面口右手の高架を潜り抜けて、「スターバックス」を左側に進んだ狭い路地の先で、「踊り子」というピンクサロンが営業をしていたらしいのだ。当然、紫色の怪しげなネオンは、東横線車中からも見えるほどだったから、独特の雰囲気のエリアだったらしい。

そして、その飲食街の一角にある、居酒屋「金田」の藍色の暖簾を、光とともにお慶は潜った。かつてこの店は、「金田酒学校」の名前で知られ、自由が丘で暮らしていた作家、映画監督、大学教授の常連客も多かったという。たとえば、吉行淳之介、山口瞳、伊丹十三らがその常連客だったらしい。

光が言うには、なんでも、その居酒屋「金田」という店にはルールがあって、一階は、一人もしくは二人で静かに飲む客が入る場所。二階のテーブル席と三階の座敷は、グループでワイワイ騒いで飲む客が入る場所だから、客は自分たちが飲む場所を守らなければならないらしいのだ。

光とお慶がカップルならば、本来は一階で飲むべきなのに、ところが、なぜかその夜は楽しく飲み明かしたく感じたので、二階に足を運び、二人は羽目を外して、グループのメンバーたちと大騒ぎし始めた。面白いことに今日のお慶は、飲めば飲むほど、酔えば酔うほど、思考回路が働くようだった。

豊洲の魚市場から運ばれて来た、美味しそうなマグロやトラフグ、関アジや関サバの刺身や、ヒラメのお造りなど、注文した品が次から次へとテーブルに並べられる。

そんな美味しそうな酒の肴を目の前にして、突然、お慶が意味不明にこう口を開いた。

「ねえ、光君。『悪魔』って、何なのかしら……」

今日の二人の、酒の銘柄は江戸時代の天保年間の一八三〇年にスタートした、老舗の新潟県長岡市の「朝日酒造」の、淡麗辛口の冷酒「久保田」だ。当然「久保田」と言っても様々な種類があって、その人気の銘柄である「百寿」「千寿」「紅寿」「碧寿」「翠寿」「萬寿」「雪峰」の中から、最も口当たりが優しく飲みやすい「翠寿」を光はコップになみなみと注いだ後、一気に飲み干すと、店の大将にお代わりをオーダーしながらお慶の質問に言葉を返した。

「簡単な話だよ。ある宗教の信者が信じる神以外の他の宗教の神が『悪魔』だよ。キリスト教の宗教書なんか読んでみると、わざとわかりづらくするために、『天使の対になるもので、かつて神に仕えていたけれど反逆したから打ち負かされた堕天使のルシファーが、悪魔の統領のサタンだ』なんて書いてあるよね。そうそう、実は、天使の中で最も美しかった堕天使がルシファーのはずなんだよ。元々、ルシファーって、『明けの明星』という意味を表すラテン語らしいんだよね。世界の歴史をたどると、新バビロニア王ネブカドネザルに滅ぼされたユダ王国の王エホヤキンか、アッシリア帝国の王アッシュールバニパルが堕天使、つまりサタン、ルシファーだと考えるのが妥当じゃないかな。つまり、ある国の王様がサタンだったということは、元々、そいつは人間だったということでしょう。さらに言うならば、メシアだとか言って持ち上げられている奴も、神様でも何でもなくて、ただの人間だよね。だから、宗教学的に考えるならば、キリスト教では、『マホメットや釈迦牟尼も悪魔』ということになるんじゃないかな」

素晴らしい光の解説に、お慶が納得したようにも何回もうなずいた。続けて光は、こう言った。

「普通に考えてごらんよ、多くの人間が信じる神様って太陽そのものだもの。実は、キリストもマホメットも釈迦牟尼も、そのルーツは太陽なんだよ。日本の国旗なんか、そのまま『太陽』なんだもの、笑っちゃうよね。あの人たち一族が神様だっていう定義はおかしいでしょう。また、人間って、自分たちの集団の信仰対象と違う敵になる信仰対象をつくるのが好き。つまり、一般ピープルに『神様』を強く信仰させるためにつくり出されたものが、『悪魔』というわけだよね」

光の定義で言うと、太平洋戦争中は日本の神であった「天皇」も、アメリカ人にとっては「悪魔」そのものだったのだろうと、お慶は思った。

「現代の社会の動きを見てごらんよ。イスラム教国家の連中は、自爆テロをして殺戮行為を繰り返している。イスラム教国家の軍人は、戦争で戦って敵の軍人の命を奪うだけじゃなくて、武器を持っていない一般人まで巻き添えにして殺していくんだよね。そのように仕向けているのは、『神』の名を騙る聖者とかいう奴らなんだよ。でも、そもそも、他人の命を奪う聖者が『神様』のわけないじゃない」

そう言って今日の話をまとめて、家路に就こうとした光だったけれど、

「周りの人が光君のことを『悪魔』呼ばわりしても、私は、あなたのことを信じちゃうわ」

と、お慶に言われて、光は幸せな気持ちになった。

お慶のそんな言葉に、光が言葉を返す。

「でも、マンハッタンという言葉を聞くと、どうしても僕は『9・11』のことを思い出しちゃうな」

と……。

そもそも、マンハッタンという言葉を耳にして、現在のマンハッタン島以外のことを想起する人がいたら、相当な変わり者だとお慶は思う。

ところが、五十人に一人ぐらいの割合でいる、その変わり者のうちの一人が、実は目の前にいる光だった。光はその単語から、「9・11」のテロ以外にも、第二次世界大戦時の「マンハッタン計画」を連想する人間だったのだ。光が口を開く。

「お慶、『マンハッタン計画』って知っているかい。第二次世界大戦を早く終わらせようと、ロバート・オッペンハイマーが科学部門のリーダーになって、一九四二年十一月十六日に、メキシコとアメリカの国境にあるニューメキシコ州の山中のロスアラモスに、アメリカ、イギリス、カナダの研究所をつくったんだ。デンマーク出身のニールス・ボーアや、ハンガリー出身のジョン・フォン・ノイマン、イタリア出身のエンリコ・フェルミやエミリオ・セグレ、ポーランド出身のスタニスワフ・ウラムや、ハンガリー出身のエドワード・テラーらが集められて、世界最初の原爆をつくり出すために練られ始めた計画のことだよ。でも、その計画の名前は適当に付けられたものじゃなくて、実際、一九四二年の八月にブロード・ウェイに仮事務所がつくられたことをきっかけにして、原爆開発研究所が存在することになったらしいから、怖い話だね」

そう言いながら光は改めて、一九四二年十月に、『マンハッタン計画』の計画司令部とウラン精製工場がテネシー州オークリッジにつくられて、その後、前述のように『マンハッタン計画』の国立研究所が、メキシコ州ロスアラモスにつくられたことをお慶に教えてくれた。同様に、一九四二年に精製工場の場所として決定されたワシントン州東南部のコロンビア川沿いの、ネイティブアメリカンの諸種族が交流する伝統的な場所であるハンフォードに、一九四四年九月六日に三基の原子炉と、処理施設を含む三基のプルトニウムの精製工場がつくられたことも、光は教えてくれた。

「実はその影響からか、ワシントン州の乾燥地帯にあるハンフォード地下核貯蔵所は、『アメリカのチェルノブイリ』と呼ばれるほどの放射性廃棄物問題を抱えた場所になっているんだよ。冷戦時代も、ここでは九つの原子炉と五つの再処理工場を使ってプルトニウムがつくられ続けたらしいけれどね。ワシントン州と言いながら、ハンフォードは、地理上は東海岸のワシントンＤＣのすぐ近くじゃなくて、西海岸のシアトルの近くなんだけれどね。ワシントン州南東部の、一六〇〇箇所以上の処理場があるハンフォード地下核貯蔵所のその地下には、今でも二億千二百万リットルもの放射性廃棄物が埋められているらしいよ。ちなみに長崎に投下された、原爆『ファットマン』に使われたプルトニウムも、ここでつくられたらしいね」

と、光がつぶやいた。

「もう一つ、そのハンフォード地下核貯蔵場の立ち入り禁止区域のすぐ近くで育てられている、『ハンフォード・サイト』という農場のジャガイモで、アメリカの『マクドナルド』や『ケンタッキーフライドチキン』のフライドポテト用のジャガイモがつくられているらしいね。その土地は、マイクロソフト社のビル・ゲイツの所有という。彼は東京ドーム約二万一千個分の、この十四万五千エーカーの広大な農場を、一億七千万ドルで購入したらしいよ。ちなみに、全米の農場を買い漁ったビル・ゲイツは、アメリカ一の農場主になったらしいよ。当然、日本のフライドポテト用にも、ここの芋が使われているらしいよ。その付近の住民に行われた健康調査で、白血病や甲状腺の癌の発生率が十倍、肺癌、乳癌の発生率が三倍にもなっているらしいよ。怖い、怖い」

と、併せて光がそうやってつぶやいた。

その時、並べられた酒の肴を味わい、日本酒を口にした酔いに任せて、光の蘊蓄に負けてたまるかと、お慶が自分の知識を広げられるだけ広げてみせようとした。

「核開発を始める時に、アインシュタインが署名入りの手紙を、アメリカの大統領に送ったんでしょう」

と言ったお慶の頭を、自分の可愛い娘を褒めるように撫でながら、光は言葉を続けた。

「確かに、一九三九年に『ドイツでウランの核分裂の発見があったから、開発を急ぐべきだ』という、アインシュタインの勧告書は大きなきっかけになったみたいだね。けれども、本当の新型爆弾の怖さを知っていたのは、ドイツからアメリカに亡命して来たユダヤ人の科学者たちだったらしいよ。その代表格はレオ・シラード。アインシュタインの署名をもらって、レオ・シラードは、新型爆弾の怖さを大統領に進言したわけだね。つまり、勧告書の署名者のサインは、大物理学者のアインシュタインのものだったけれど、勧告書の内容は、ユダヤ人の科学者レオ・シラードが書いたものだったというわけだね。アインシュタインはドイツのバーデン・ヴュルテンベルク州生まれのユダヤ人物理学者だ。一九三五年にアメリカでの永住権を申請し、一九四〇年にアメリカ国籍を取得したアインシュタインは、一九一六年に『一般相対性理論』を発表して、一九二一年にノーベル物理学賞を受賞した、当時アメリカでも、すでに著名な科学者だったんだよ。でも、その勧告書の中身は結構いい加減なもので、『確実ではありませんが、この現象を利用することにより、非常に強力な新型爆弾を製造できると思われます』という程度に、書き換えられていたらしいね。ちなみに、核分裂の発見者は、一九四四年にノーベル化学賞を受賞した、ドイツの研究機関の『カイザー・ヴィルヘルム協会』の、ドイツ人のオットー・ハーンとフリッツ・シュトラスマンだったらしいよ。彼らの核分裂の発見に対して、アメリカは焦ったわけだね。だからアメリカで、ドイツよりも先に原爆を製造するために、まず一九三九年に『ウラン諮問委員会』がつくられたんだよ。次に一九四〇年にアメリカとイギリスで研究情報の交換を始めて、二十億ドルの経費をかけて研究されて、その後、原爆は完成されたらしいね。でも残酷だな。原爆投下候補とされていたから、広島、小倉、新潟、長崎の四都市は、太平洋戦争時代末期、同じ規模の日本の都市がアメリカ空軍の大空襲を受けている中、無差別爆撃を受けていなかったんだからね。米軍は、核爆弾の力でどれぐらい都市を破壊させることができるか、実験したかったんじゃないの。ちなみに、七月から八月にかけて、その原爆投下候補である四都市の周辺都市の宇部市や富山市、新居浜市や長岡市、福島市や練馬区大泉など三十都市には、長崎に投下された原爆と同規模の四千八百キロもある巨大な『パンプキン』という名前の原爆の模擬爆弾が五十発も、Ｂ29から投下されていたらしいね。当然、『パンプキン』は核爆弾ではないけれど、あるタイプはＴＮＴ火薬が充填された爆弾で、また、あるタイプは爆弾じゃないけれど、石膏やセメントで固められた巨大なものだったらしいね。そして、一九四五年七月十六日に、実験責任者のケネス・ベインブリッジの手で、最初の原爆が完成されて、ニューメキシコ州ソコロの南東約四十八キロメートルの実験場アラモゴードでテスト爆弾のガジェットが使われて、初の核実験が行われたんだね。それから一カ月もしないうちに、広島、長崎に原爆が投下されているんだよ。やがて、八月に入って新潟が原爆投下候補から外されて、第一目標が広島市になった理由は、唯一、広島市に連合国軍の捕虜収容所が存在していなかったかららしい。ちなみに、広島の銀山街にあった東遊郭には『一楽』があって、そして広島の舟入町にあった西遊郭には『羽田別荘』があったんだよ。ただし、第二目標になった長崎市幸町の爆心地から一・七キロメートルの、当時の西彼杵郡香焼地区の、『三菱長崎造船所幸町工場』の一角に、イギリス人や、インドネシアで捕虜になったオランダ人たち、連合国兵士を約二百人収容していた、一九四三年につくられた『福岡俘虜捕虜収容所第十四分所』があったらしいよ。当然、米軍は、収容所の捕虜の国籍は理解していたわけだね。原爆が投下された時に、そこで日本軍に捕まっていたオランダ兵七人とイギリス兵一人、計八人の捕虜は、被爆して死亡しているらしいね。『アメリカ人の捕虜じゃなければ、原爆の犠牲になってもいい』というのが、米軍上層部の考え方だったんだろうね。そして、長崎の丸山町、寄合町には、料亭『引田屋』や料亭『花月』を代表とした、『丸山遊郭』が存在したんだよ」

と、光がつぶやいた。その後も、光の話はまだまだ続きそうで、お慶は自分が知らなかった歴史の世界を学ぶことができそうな気がした。

実は、ニューメキシコ州の「ロスアラモス国立研究所」には、この最高機密を盗み出そうとしていた、ドイツのリュッセルスハイム生まれで、ナチス政権誕生後はフランスに逃れ、その後イギリスにも渡ったソ連のスパイ、クラウス・フックスも忍び込んでいたらしい。彼はこの研究所で学び、その後、ソ連やイギリス、中国に原爆技術を提供した科学者らしいのだ。もし彼がいなかったならば、これだけ世界中に核は拡散しなかった。つまり、光の話を聞く限りでは、クラウス・フックスこそが、正真正銘の「二十世紀の悪魔」の一人だとお慶は感じた。

またベルギー人、エドガー・セングラーは、ブロード・ウェイ二十五番地に小さな事務所を構えていた。彼はベルギー領コンゴのシンコロブエ鉱山で採掘した一二〇〇トンもの高品質ウランがナチスドイツから奪われることを恐れて、ニューヨークまで持って来て、スタテン島の三階建ての倉庫に保管した人物らしい。ちなみに、これが広島に投下された、世界初の原爆の原料になったらしい。彼も別の意味での、「二十世紀の悪魔」の一人だとお慶は思った。

その時、マンハッタンのリバーサイド・ドライブのＷ一〇五番地と一〇六番地の間の、浄土真宗本願寺派の「ＮＹ仏教会」仏教寺院の敷地に、

「『親鸞聖人の銅像』が立っているよ」

と、光が突然言った。

「高さ四、五メートルのこの『親鸞聖人の銅像』はね、鉄鋼業で財を成して鋳造業を営んでいた、大阪暮らしの廣瀬精一さんの手で、一九三七年に作られたものらしいね。広島のグランドゼロの北西部からわずか二・五キロメートルほどの、JR可部線の三滝駅から五分ほどの、『三滝聖ヶ丘』という小高い丘にある『三滝本町第三公園』に、その親鸞聖人の銅像は立っていたらしいけれど、原爆投下時に被爆したらしいよ。表面は赤く焼けただれて変色したけれど、奇跡的に親鸞聖人の銅像は生き残って、広島の『三滝本町第三公園』から『平和公園』に移されたらしいんだね。ところが、その後、『信教の自由に抵触する』という意見もあって、一九五五年九月十一日に『世界平和の永続を願うシンボル』として、マンハッタンのW一〇五番地にあるビル内の『浄土真宗本願寺派ニューヨーク仏教会』に関法善師によって寄贈されたらしいんだよ。一九七九年に、廣瀬精一さんは八十三歳で亡くなったらしいけれどね。実は今でも、三滝本町の第三公園の下に、親鸞聖人像の台座だけが残っているらしいんだ。ところが、マンハッタンのW一〇五丁目の高級住宅街の『浄土真宗本願寺派ニューヨーク仏教会』に移された後、今度は二〇〇一年九月十一日に、この像は世界貿易センターが倒壊するのを目にすることになったんだからね。よりによって、九月十一日にあの場所にいた銅像……。つまり、広島の原爆投下の悲劇と、マンハッタンの世界貿易センター倒壊の悲劇、その二つの悲劇を目撃した銅像ということになるよね……。でも、人間って、なんで、同じような愚かな過ちを繰り返しているんだろうね」

と、光がつぶやいた。

ちなみに、二〇一三年五月十六日に、米上院エネルギー天然資源委員会は、「マンハッタン計画」に関連した施設を国立歴史公園に指定する法案を賛成多数で可決。その結果、ワシントン州ハンフォードやテネシー州オークリッジ、ニューメキシコ州ロスアラモスにある原子炉や歴史的施設を、国立公園に指定することになったという。しかし、

「戦争、核兵器を美化することにつながる」

ということで、今でも、広島市民、長崎市民が大反対をしているそうだ。

その日、お慶は光から、マンハッタンの地下には秘密が多いことを教えてもらった。

たとえば、その地下の秘密の代表的なものとして、ジェット機の衝突もなかったのに、わずか二・五秒で倒壊した、「ＷＴＣの『第七ビルの地下空間』の秘密」の例が挙げられるそうだ。

「お慶、知っているかい。一九八七年五月にオープンした四十七階建ての旧ＷＴＣ第七ビルの場合、爆薬を使った強制解体をしなければ、あんな短時間にビルを崩すことは不可能だったらしいね。つまり、ジェット燃料の燃焼によるものじゃなくて、通常のビル火災で倒壊されたと考えられている旧ＷＴＣ第七ビルらしいけれど、その地下には、大掛かりな仕掛けがあって、実は、爆弾を使って旧ＷＴＣ第七ビルは壊されたわけさ。ちなみに、このツインタワーの所有権が、あの事件の直前に、長年ＷＴＣを管理していた『ニュージャージー港湾公社』から、ラリー・シルバースタインに移譲されていたんだよ。そして、シルバースタインが三十五億ドルもの巨額な保険をツインタワーにかけていたから、事件後、八十億五千万ドルという大金を手に入れることができたらしいんだね。噂では、ＷＴＣのツインタワーの総建設コストは九億ドルだったらしいから、保険でぼろもうけしたことになるよね。計画的にＷＴＣを崩壊させたメンバーの中に、このラリー・シルバースタインがいたことは、容易に想像できるね」

と光がお慶に話しかけた。

それ以外にも、マンハッタンの地下には、多くの日本人が知らない様々な施設の秘密があるらしい。

たとえば、「グランド・セントラル駅の地下空間にある、駅全体に電力を供給するための、電力変換器の管理室という建物の、『M42』と呼ばれる部屋の秘密」も挙げられるという。ちなみにその部屋にあるものとは、第二次世界大戦中に前線に向かう兵器や兵士を港まで移動させるために使われた線路らしい。

たとえば、「グランド・セントラル駅の地下二百メートルにある、元々、貨物車両用に敷設された、幻の「地下鉄六十一番線」も挙げられるという。この地下鉄は、ニューヨーク市で最も深いらしい。最初はフランクリン・ルーズベルト大統領専用のホームとして使われ、現在でも「現役の大統領が使用する、秘密の移動通路」として使われているらしいのだ。ルーズベルト大統領ら著名人が、アールデコ調の豪華五つ星ホテル「ウォルドルフ・アストリア・ホテル」の地下から、直接アクセスするのに利用していた、「秘密の地下駅」。今でも、このホテルとグランド・セントラル駅の間は、直接、地下の引き込み線でつながっているらしい。

たとえば、「マンハッタン計画の際に、研究で必要とされた放射性物質を運ぶためにつくられた、モーニングサイトの『コロンビア大学の地下トンネル』」も挙げられるらしい。元々は、一八二一年に設立された「ブルーミングデール精神病院」が所有していたトンネルで、一九六〇年代までは普通に大学生たちによって使われて、現在も、新入生用の寮であるジョンジェイホール、ハートリーホール、ウォラックホールに行くためのトンネルとして使われているらしい。

たとえば、「禁酒法時代に、ニューヨーク市長も通い詰めたという、W五十二に存在する、違法酒場『21クラブ』」も挙げられるという。一九二二年にジャック・クラインドラーとチャーリー・バーンズという従兄弟同士で、グリニッジ・ビレッジに開店した「もぐり酒場」が、そのルーツだという。一九二五年にワシントン・プレイスに移転した後、一九二九年に、ロックフェラーセンター建設のために現在地のW五十二に再度移転したらしい。このバーには、秘密のワインセラーが存在していて、煉瓦でできたドアから、このワインセラーに入ることができたそうだ。

「この違法酒場のバーがすごいのは、第三十二代大統領フランクリン・ルーズベルト以後のアメリカの大統領で、ここを訪れたことがないのは、第四十三代大統領ジョージ・ブッシュだけだということだから、びっくりだよね」

と光から聞かされて、お慶は驚いた。

たとえば、これは、恐ろしい話というよりも、お笑い話だが、「グランド・セントラル駅の百十四番ホームの線路の下にある、防火スペースを勝手に改造して、『メトロノース鉄道』の電気技師、電線架設施術者、大工職人の三人が、毎夜のように宴会を繰り返していた、『秘密の小部屋』」の話。なんでも、その小部屋には、壁掛け式のテレビや冷蔵庫、電子レンジ、ソファーやマットレスまであったというから驚きだ。

「マンハッタンの古いビルの前には、絶対と言ってよいほど怪しげな地下に続く階段が存在していて、地下空間の最下部には必ず南京錠が掛けられた怪しげな分厚い、秘密の扉があるんだよ」

と、光は言う。

「実は、今では『時代の遺物』と言われている、優秀な百歳超えの老人科学者たちが、そんな地下施設に集まって、三発で跡形もなく日本列島を吹き飛ばしてしまうほどの破壊力を持つ水爆を、現在でもつくり続けているらしいよ。何かのタイミングでそんな水爆が爆発したら、ニューヨークは消滅してしまうだろうね」

と、話し続けたので、お慶は驚いた。

そんな分厚い扉の中に原爆に関する遺物が残されているとしたら、それはある意味興味深く、ある意味とても怖いことのようにお慶は感じた。

ちなみに、「第二次世界大戦時の曲者のリーダー」と目されるのは、第三十二代大統領のフランクリン・ルーズベルトと、第三十三代大統領トルーマン。ルーズベルトは、第二次世界大戦中はサウジアラビア国内に米軍基地をつくり、サウジアラビア国王との関係を深めていたけれど、後任のトルーマンは政策を一転。新生イスラエルを真っ先に承認したから、中東情勢をおかしくさせてしまったらしいのだ。

その政策の変更で、一九四八年五月十四日にイスラエルは建国され、その結果が、一九四八年五月十五日から一九七九年三月二十六日まで起きた、四度の中東戦争のきっかけにつながっているのだから、「政策の方向転換をしたトルーマンの責任は重い」と、お慶は思った。

「ただでさえ、頑丈な岩盤に囲まれたマンハッタンには、秘密がたくさん隠されていそうだわよね。光君、今日から教えてよ。パズルのようなマンハッタンの地下空間の有り様を……」

そんな恋人お慶の懇願に、素直に光が微笑むと突然自由が丘が停電し、気がついてみたら、自由が丘の別の空間に舞い戻っていた二人だった。

そして、H……、Harriet Tubman Davis

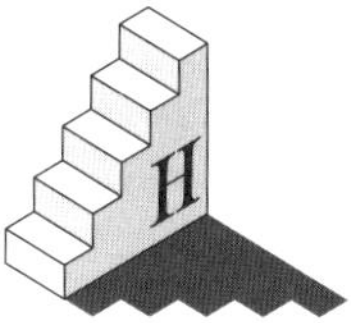

第四章
南部の黒人奴隷を逃がす「地下鉄道の車掌」

光とお慶の二人は、今度は、ＪＲ水道橋駅周辺の見慣れた風景画の中に、まるで神様の手によって、「運命」という名の荒い筆遣いで、自分たちが思いっきり投げ飛ばされていることに気づいていた。

「お慶。『水道橋』という地名は、神田川が上水道として開削されたことに由来した地名らしいね。ただし、オリジナルの『水道橋』は、今よりも百メートルほど下流に架かっていた橋らしいよ。上水道として、江戸には神田川以外にも、一六五三年に『多摩川の羽村から四谷大木戸間』の玉川上水が、一六五九年に『埼玉県瓦曾根溜井から本所間』の本所上水が、一六六四年に『世田谷区北沢から三田間』の三田用水が、一六八八年に『四谷大木戸から芝間』の青山上水が、一六九六年に『多摩郡上保谷から西巣鴨間』の千川上水などの上水道がつくられたんだね。

それまでは地面だった部分が上水道として使われるために、今のように川として開削されたわけだね。ああ、そうそう、『水道橋』の近くには吉祥寺という寺があったから、一時期、今の『水道橋』は『吉祥寺橋』と呼ばれていた時代があったらしいよ。

ちなみに、一六五七年一月十八日に『明暦の大火』が起きたけれど、幸い『水道橋』の吉祥寺は燃えずに済んだのに、翌一六五八年一月に『吉祥寺大火』が起きて吉祥寺が燃えちゃったから、お寺自体は、現在の文京区本駒込に移転したらしい。けれど、吉祥寺の門前町の人たちは本駒込には移転できずに、浪士の佐藤定右衛門と宮崎甚右衛門が、百姓の松井十郎左衛門とともに、現在の武蔵野市一帯を開墾して、一六五九年十一月に武蔵野の地に集団移転していったらしいんだよね。それが、今の吉祥寺の基になっているらしいんだね。今でも、武蔵野市に吉祥寺というお寺は存在していないんだよね」

と、光がつぶやいた。

令和の日本人が、水道橋で第一に連想するものは、「東京ドーム」だろう。けれども、総武線の水道橋駅の風景を見て、長嶋茂雄、王貞治、金田正一、堀内恒夫、高橋一三、森昌彦、柴田勲、高田繁、土井正三、末次利光、黒江透修らが活躍していた「V9」時代の、「後楽園球場」を連想する日本人は、もう相当に時代遅れのような気がした光だった。

光の話では、そもそも一六二九年に、水戸徳川家初代藩主徳川頼房が、三代将軍徳川家光から、武蔵野台地の一部分である小石川台地の低湿地エリアを拝領して、「小石川屋敷」をつくったのが現在の後楽園のルーツらしい。その後、水戸黄門こと二代藩主徳川光圀が、一六六九年に江戸上屋敷の庭園として「後楽園」と命名して、江戸市民にも開放したらしいのだ。

「文京区という場所は、江戸川、千川、藍染川という『低地』のエリアと、小石川、白山、本郷、関口、小日向という『台地』のエリアの組み合わせでできた場所なんだよ」

と、光がつぶやいたが、江戸川や小石川、白山や本郷という、以前お慶が訪ねたことがある場所の地名同様に、千川や藍染川、関口や小日向という、足を運んだことがない地名も数箇所、口にされたので、お慶にはそれらの場所の位置関係がよくわからなかった。

水道橋駅の周りといえば、野球観戦に「東京ドーム」へ行ったり、「後楽園遊園地」に出かけたりするというデートの選択肢もあるというのに、その日の光とお慶は、東京のカップルにしては珍しいデートのパターンで、一九六二年四月十六日に開館した「後楽園ホール」にプロレスを観に来ていた。東京都内のプロレス会場としては極めて小規模な「後楽園ホール」は、客席数がわずか一四〇三席しかなく、立ち見席の数まで入れても最大収容人数が二〇〇五人分の会場だった。それは、最大収容人数が六万五千人の「東京ドーム」や、一万五千人の「有明アリーナ」や、約一万五千人の「日本武道館」や、約一万千人の「両国国技館」や、最大収容人数が一万人の「有明コロシアム」らの試合会場と比べても、極端に少なかった。

「『後楽園ホール』の収容人数の少なさがよくわかる例を挙げるとするならば、たとえば、一九九八年四月四日の、アントニオ猪木の引退試合の、ドン・フライ戦では、『東京ドーム』で七万人の最多観客動員数を記録しているからね。ところがそれと比べて、『後楽園ホール』の最大収容人数は二〇〇五人だから、少ないよね。七万人対二〇〇五人。でも、この試合会場にやって来るファンは、真のプロレスファンが多いんだよ。だから、そいつらと同じノリで試合を観ることができるから、『後楽園ホール』でプロレス観戦をするのは、楽しいんだよね」

と、光が微笑んだ。

テレビ中継といえば、一九五八年八月から一九七二年七月までの金曜八時のゴールデンタイムに、日テレ系「三菱ダイヤモンド・アワー」で、「日本プロレス中継」と「ディズニーランド」が隔週で放送されるのが、現在の六十代以上の人たちの少年時代の思い出の一つだったらしい。

「最初は、ディズニーのテレビ番組が見たかった祖父や父だったらしいけれど、隔週でプロレスを観ているうちに、いつの間にかプロレスファンになっていたらしいんだよ」

と、光が言った。

実は、高校三年生のGWに開かれた母校の文化祭の企画として、演劇のようにして見せる「プロレス実演」をしたことがあるという、「プロレス狂」の光。そんな彼氏の光同様に、同居していた祖父母の影響を受けて、小さいころから女の子ながらプロレス好きなお慶は、こうして、家族や友人と、たまにはプロレス観戦に来ることもあったのだった。

光とお慶は一九七〇年に飛んでいたのだった。ちなみに、この日は、新日本プロレスの「闘魂シリーズ」の興行で、メインエベントは、アントニオ猪木対タイガー・ジェット・シンの戦いだった。

「でも、インド北西部のパンジャブ州ルディヤーナー郡スジャプル村で一九四四年四月三日に生まれたタイガー・ジェット・シンって、反則ばかりするレスラーのように思われているけれど、一九六五年にシンガポールでデビューしたころは、実は正統派のプロレスラーだったらしいよ。彼のプロフィールを読むと、その後、一九六五年九月にはカナダのトロントで、フレッド・アトキンスから、ストロングスタイルのレスリングを学んだみたいだね。そもそもアトキンスは、ジャイアント馬場の師匠としても有名な人だから、そこでプロレスの基本は叩き込まれているはずだよね。実は、タイガー・ジェット・シンは、地元トロントじゃ反則なんてしないベビーフェイスレスラーとして有名らしいよ。でも、あのジャイアント馬場も、アメリカ修業時代は、トップヒールとして大活躍していたらしいから、タイガー・ジェット・シンが、アメリカの他の地区でヒールレスラーとして活躍していたとしても、納得がいくよね」

と、光がお慶に話す。

その日のタイガー・ジェット・シン対マサ斎藤の試合は、毎度のごとく決着が付かず、凶器を持ち出したタイガー・ジェット・シンをレフェリーが反則負けにすると、逆上してミスター高橋に対して暴行。収拾がつかなくなり、ゴングが激しく打ち鳴らされる中、副社長の坂口征二、若手レスラーの藤波辰爾、長州力を中心とした日本人サイドのレスラー、上田馬之助、タルバー・シンらの外国人サイドのレスラー、双方がリング上で乱闘を繰り返し、観客の怒号が飛び交った。

それでも、疾風のように姿を現した猪木が、タイガー・ジェット・シンに鉄拳制裁を加

えて退場させた後、お決まり通りの流れで、

「ダーッ」

と、ファイティングポーズを取る。「猪木ボンバイエ」の音楽が鳴る中、無事に退場すると新日本プロレスのファンは大満足した様子なので、時代劇の「水戸黄門」で言えば「三つ葉葵の印籠」という楽しい結末を見たような気がしたお慶だった。また、光はこうも付け加えた。

「でも、水戸黄門の『三つ葉葵』って、実は架空のものらしいね。葵って、普通は『二葉葵』が正常らしいんだよね。ちなみに『二葉葵』って、西暦六七七年からの歴史を持つ京都の『賀茂神社』の神紋。そして、その架空の『三つ葉葵』は、西暦七六七年からの歴史を持つ、別名、男体山の神を祀る、日光の『二荒山神社』の左三つ巴の神紋らしいよ」

と。

水道橋駅の周辺は、午後十時過ぎの巨人戦終了後や、プロレスのビッグマッチの試合終了後は、大変な人混みになる。通勤、退勤のラッシュでもない時間帯に、真の野球ファン、真のプロレスファンでない人たちは、急いで帰ろうとするから、東京都内でも狭いことで有名な水道橋駅のホームに立ち尽くすことになり、とんでもなく混雑した列車で帰宅することになるが、二、三十分もすれば、この時間帯ならば、ＪＲ総武線各駅停車や東京メト

ロ丸ノ内線、都営三田線などを使ったとしても、大した人混みではなくなることを二人は知っている。

「野球の後やプロレスの後に、慌てて帰宅しようとするから、ただでさえ狭苦しい水道橋駅のホームで、何十分も待たなきゃいけなくなるんだね。午後十時半から午後十一時ぐらいまでの総武線各駅なんか、座って帰ることができたりするから、試合が終わった後、東京ドームの周辺でちょっと時間をつぶしていればいいんだよ」

と、光がお慶に笑顔で話しかけた。

他のお客さんたちが全員退場するのを見て、光とお慶は扉の外へ出た。

本当ならば、そこは後楽園ホールビルや東京ドーム、東京ドームホテル、後楽園遊園地の「ビッグ・オー」という大観覧車や、「サンダードルフィン」というジェットコースター、「怨霊座敷」というお化け屋敷や、「ヴィーナスラグーン」というメリーゴーランドなどがある「アトラクションズエリア」などに続く、夢の空間のはずだった。

ところが、気づいてみたら扉の向こうの風景は、東京ドームシティーから水道橋駅へ続く連絡通路ではなくなり、いつの間にか、マンハッタンの「地下通路」らしい風景に変わっていた。

「あれっ……、ここ、なんか見たことがない、変な通路だわ」

と、お慶がつぶやくのも当然のことで、二人は中部大西洋岸のメリーランド州あたりにある、ワシントンＤＣに隣接したボルティモアの地下空間に飲み込まれていたのだ。

光の話では、一六一九年八月末に、「オランダ船の『ホワイトライオン号』が、メキシコへ向かうスペイン船の『サン・ファン・バウティスタ号』と戦った時、六十人ほどの奴隷のアフリカ人を奪い、さらに、そのうちの二十人を奴隷として、バージニア植民地のジェームズ・タウンに連行した」という記録が残る通り、最初のアンゴラ人奴隷がアフリカからアメリカに連れて来られてから、一八六五年十二月十八日の「アメリカ合衆国憲法修正第十三条」の批准成立まで、実に二百四十六年間も、アメリカの奴隷制度は続いたという。

それはある意味、

「紀元前十七世紀から紀元前十三世紀まで、約四百年間も、ユダヤ人たちがエジプト人たちの奴隷になっていたことと同じみたいだわ」

と、お慶は感じた。

紀元前十七世紀、アブラハム、イサク、ヤコブというユダヤ人の族長によってイスラエルに定住できて、牧畜業に従事していたユダヤ人だったが、飢饉が起きて間もなく、紀元前十四世紀末にカナンの地からエジプトへ移住をし、建築労働をさせられていた際に、ユダヤ人はエジプト人の奴隷になったらしいのだ。

しかし、「出エジプト記」に書かれているように、紀元前十三世紀に、エジプト生まれのヘブライ人の預言者モーセの力で、ユダヤ人は解放されて、再びイスラエルに戻ることができたらしいのだ。

ところが、紀元前五八六年にエルサレムが、天文学、占星術に長けたセム系遊牧民のカルデア人の「新バビロニア」に滅ぼされた時、ユダヤ人はまたしても奴隷になったわけだ。

「人種差別の問題って何なのかしら。本当に下らないわ」

と、お慶は感じた。

人類の歴史をたどると、「旧約聖書」の第二章、第三章の「創世記」にも触れられているが、エデンの園で暮らしていたアダムとイブが、その時代、最も賢い生き物とされていた蛇にそそのかされて、神から「食べてはならない」と命じられていた「知恵の樹の実」を食べてしまって、その楽園を追放されることになった。それでは、神はなぜ人間を楽園から追放したのかといえば、賢い人間が、「知恵の樹の実」だけでなく、永遠の命を手にできる、ナツメヤシの実がなる「生命の樹」まで食べてしまうことを恐れたからだという。

「よくいろいろな書物の挿絵で、『知恵の樹の実』としてリンゴが描かれているけれど、彼らが暮らしていたパレスチナではリンゴは収穫できなかったらしいんだよね。そもそもリンゴの原産地は、ヨーロッパ南西部のコーカサス地方の山岳地帯や、西アジアの天山山脈あたりの寒冷地らしいんだよ。じゃあ、『旧約聖書』に書かれた『知恵の樹の実』って、本当は何かと言えば、イチジクだったらしいね。そもそも、パレスチナ地区の果物の実といえば、なんと言ってもイチジクらしいんだよね。だから、イメージは狂うかもしれないけれど、『知恵の樹の実』は、イチジクということになるよ」

と、光から教えてもらい、お慶は驚いた。

ちなみに「エデンの園」は、現在でいうとチグリス川、ユーフラテス川が流れる、イランからクウェートにまたがる、イラク南東部のアフワール湖沼地帯あたりに存在した湿原と言われているらしいのだ。二〇一六年にユネスコの世界遺産に登録された湿地帯。

「そんな高温の砂漠地帯に、紀元前四〇〇〇年ごろから紀元前三〇〇〇年ごろに、文明が生まれた湿原が存在していたなんて、想像できないわ」

と、思っていると、光はズバリ、そのお慶の考えを見抜いたかのように、

「いやいや、『エデンの園』の周辺って、我々が想像している以上に暮らしやすい場所

だったらしいよ。世界中でも、イランからクウェートにかけて存在する、乾燥していて高温なエリアの、広大な湖沼地帯の湿地帯は他にないらしいよ。おまけに現在でも、世界で最も多様な生態系を持つ場所らしいから、驚きだね。植物で言えば、大麦、小麦、えんどう豆、ひよこ豆、そら豆、レンズ豆などが、大昔から栽培されていて、動物で言えば、山羊、羊、馬、ロバが飼育されていたらしいよ。

このエリアに、アダムとイブの三男であるセトが暮らしていたらしいんだね。ただし、セトはアダムの百三十歳の時の子供だっていうんだもの。この話が嘘であることがすぐわかるよね。さらに言うならば、セトは九百十二歳まで生きたっていうんだから、笑っちゃうよね。ノアは九百五十歳、アダムは九百三十歳、アダムとイブの息子のセトは九百十二歳なんて感じで、『旧約聖書』の神様たちの長寿具合は、『古事記』に対抗できるね。さらにセトの八代目の子供であるノアの一族が『エデンの園』で暮らしていて、ここで、『ノアの方舟』が遭遇した、例の大洪水があったらしいよ。有名な言い伝え通り、アダムとイブの子孫にあたる人類は、地上にどんどん増えて『悪』が蔓延していたけれど、ノアの一族だけは善良な人々だったから、神は彼らだけは救うことにしたらしいんだよね。彼ら一族と、すべての生き物の一つがいずつが方舟に乗せられた後、神様が四十日間四十夜、雨を降らせたから、地上が水で覆い尽くされて、『ノアの方舟』は、トルコ共和国の東端の、標高五千百三十七メートルのアララト山の山頂に引っかかった。この大洪水が起きたのは、今から四八〇〇年前のことらしいよ。そして、この大洪水が起きた結果、本来、湿地の下にあるはずのアダムとイブが暮らした人類発祥の地である『エデンの園』が存在した証拠が消されてしまったらしいんだよね。ちなみに、『創世記』の第六章から第九章に書かれているのが、有名な『ノアの方舟』の話だよね。この話は創作されたものじゃなくって、実際に起きたことらしいんだよね。他にもギリシャ神話の『デウカリオンの話』の中や、古代メソポタミアの『ギルガメシュ叙事詩』の中、古代インド神話の『ヴィシュヌ神話』の中なんかに、『ノアの方舟』に類した話が、たくさん書き残されているんだよ。一八八三年に『ノアの方舟』の残骸らしきものが、トルコの政府関係者によってアララト山の山頂近くで発見されていて、その後も、一八八〇年から一九一〇年ごろのロシアの大規模な探検隊や、二〇一〇年ごろの中国の福音派のグループらの手によって、複数回、方舟の残骸が、このアララト山の山頂あたりで発見されているらしいよ。ある意味、トルコ共和国の東端あたりは、人類のルーツ、人類の歴史の始まりが凝縮されている場所と言えるだろうね」

　と、光が教えてくれた。ちなみに、ペルシャ湾からも近いユーフラテス川に面した、現在のイラク南東部のウルク、イラク南部のウル、同様にイラク南部のエリドゥの三大古代都市遺跡があるこのあたりは、元々、シュメール人が暮らしていた場所らしいのだ。

「そういえば……」

と、お慶はいつぞや、鹿児島の布計金山で、太陽系十番目の惑星「ニビル」から黄金を携えてやって来た、メソポタミア文明をつくった新人類のシュメール人の話を、光から聞いたことを思い出していた。

また、ユダヤ人の歴史をたどると、紀元前一九二一年に始祖アブラハムに導かれて、イラク南部のメソポタミアのウルから、現在のイスラエルのパレスチナに一族は移住したという。ちなみにそこで彼らはユダヤ人ではなく、ヘブライ人と呼ばれていたらしい。光はこうお慶に付け加えて説明してくれた。

「ヘブライ人という呼称は、エジプトで奴隷だった時代の呼称らしいから、当然、現代は差別用語になるから、そのように呼んじゃダメなんだよ」

と……。また光は、

「お慶、ウルクとウルは、紛らわしいけれど、別の地名だから、注意しないといけないね」

とも言った。

前述のように、ユダヤ人の彼らは飢饉に遭遇したので、紀元前十七世紀にエジプトに移住して農耕生活を営み始めたらしいが、やがて、ファラオの下で奴隷となって、都の造営などの肉体労働をさせられていたという。ちなみにファラオは、生まれてくるユダヤ人の男子は皆殺しにするように命じたけれど、その中で一人だけ葦船に乗せられ、助けられたユダヤ人の男子がいたらしい。

「その子が、預言者モーゼだった」

と、光が言うのだ。

そして、その後、ファラオの王女のハトシェプストが水浴びにやって来た時に、偶然モーゼが籠の中にいるところを見つけ、モーゼはハトシェプスト王女の養子となり、王宮で育てられることになった。成人した後、モーゼは、奴隷のユダヤ人がエジプト人から鞭打たれている姿を見て、自分の使命を知ることになったらしいのだ。

そしてその時、彼は、日本では「エホバ神」と呼ばれることが多い、ユダヤ人の唯一神である「ヤハウェ神」の声を耳にしたというのだ。

「イスラエルの民をエジプトから逃して、『乳と蜜が流れる土地』へ導きなさい」

と……。

キリスト教では、当然、「イエス・キリストは、この『ヤハウェ神』の子供である」と規定されているのだけれど、

「多くの日本人は、キリストとこのヤハウェ神との関係について知らないんだから、おかしいよね」

と、光が言った。

「そもそも、『イエスの父』と定義されている『ヤハウェ神』は誰かということだけれど、実は、『出エジプト』をしたころにユダヤ人が信仰していた神は、古代エジプトの『アテン神』だったんだよね。つまり、『ヤハウェ神』って、古代エジプトの太陽神『アテン神』、『ラー』なんだよね。キリスト教のルーツって、エジプトの古代宗教と同じ宗教なわけさ。これも、多くの世界中のクリスチャンや、日本人が知らないことじゃないかな。でも、自分たちが信仰していたキリストや、象徴として崇め奉ってきた天皇のルーツと、古代エジプトのアテン神が、同一のものだったということがわかったら、世界中のクリスチャンや、日本人はショックを受けるだろうね」

と、光から教えられて、お慶は驚いた。

ユダヤ人約六十万人が、紀元前一二八〇年に「ヤハウェ神」の救済により、指導者モーゼの力でシナイ半島の脱出に成功したことを、「出エジプト」というらしい。

「その後彼らが定住したのが、神から与えられた『約束の地』、カナンなんだよ。現代で言うと、地中海と死海、ヨルダン川に挟まれた地域のことだね。ただし、カナンの地に豊かに存在していたものは、日常生活や農作業に役に立つ水じゃなくて、甘味料にもなるナツメヤシだったみたいだよ」

と、光からお慶は教えられた。ちなみに、そのカナンの地に戻る途中でモーゼに啓示した神が、ヘブライ人、アラブ人、バビロニア人、アッカド人、アッシリア人、カナン人、フェニキア人など、セム系の諸民族の多神教における最高神である、キリストの父の「ヤハウェ神」らしいのだ。

「やがて、モーゼが亡くなってしまい、指導者がヨシュアに代わった後、ユダヤ人が約束の地カナンに入る時に役に立ったのは、『旧約聖書』にも書かれている、金で覆われた一、二メートルほどの箱に、驚異的なパワーを秘めた十戒の石板を収めた『契約の箱』だった。そして、ヨルダン川を渡って、カナンの地のエリコという場所に、その指導者ヨシュアは足を踏み入れたんだね。実は、エリコという町を攻める時に手を貸してくれたのは、『旧約聖書』の『ヨシュア記』に登場する、ラハブという遊女らしいよ。なんでも、ヘブライの律法で、『ラハブ』という単語は、男を射精させることに関係があるらしいんだよね。ちなみに、キリスト教では、アブラハムやヨセフ、モーゼと並んで、この遊女ラハブも英雄の一人として、現代でもユダヤ人から崇拝されているらしいね」

と自分でお慶に講釈しながら、モーゼの「出エジプト」の話と、アメリカ南部の黒人奴隷の「脱走」の話は、とてもよく似ていると光は感じた。

一六一九年にオランダ船がイスパニア船と交戦して、アフリカ人を略奪し、バージニア植民地に連れて帰って奴隷にしたのが始まりの南部の黒人奴隷。彼らは、リンカーン大統領の「奴隷解放宣言」で一八六二年七月に解放されるまで、白人たちの言いなりになって奴隷として暮らす以外は、脱走するしかなかったそうだ。黒人たちの脱走の方法は、「北極星を目指して個人的に脱走するか、組織的運動で脱走するかの二つに一つだったんだよ」

と光は言う。

一八一〇年から一八五〇年の間まで、黒人奴隷を組織的に逃がす方法は、当時、アメリカでは「地下鉄道」と呼ばれていたらしい。その言葉を聞いて無意識にお慶は、二十一世紀の、東京の首都圏やマンハッタンに存在する地下鉄網のことを想起してしまっていた。

ところが、白人の奴隷廃止論者の手で、昼間は隠れ家に匿ってもらい、夜間に秘密の裏道などを使って、奴隷たちを人間的に扱う北部のオハイオ州の人たちのところに逃亡させる人的ネットワークのことが「地下鉄道」と呼ばれていたことを、すぐに光から教えてもらって驚いたお慶だった。

そのような「地下鉄道」の名前を聞く一方で、南部奴隷州から北部自由州まで、もしくは奴隷制がなかった隣国カナダまで安全に逃走できるように手引きをする、奴隷の身分ではない「自由黒人」の存在があったことも、光からお慶は教えてもらった。

「自由黒人」とは、アフリカから自分の意志でアメリカに仕事をするためにやって来た黒人や、かつては奴隷だったが、農園やプランテーションから逃亡して、自由になった黒人だったこと、黒人と白人の間の子供や、黒人とネイティブアメリカンの間の子供も、「自由黒人」だったことを光が教えてくれた。

「この時代のアメリカで、アフリカから連れて来られた黒人の中に、すでに白人同様の、自由な身分の人がいたなんて、私、知らなかったわ……」

と、お慶は驚いたようにつぶやいた。

ちなみに、当時最も有名だった「逃走活動家」は、一八二二年にメリーランド州ドーチェスター郡の農園で黒人奴隷の両親から生まれ、約九十歳まで長生きをした、ハリエット・タブマンという女性だったという。

二〇一六年のオバマ政権時に一度、タブマンは、新二十ドル紙幣の肖像にされることが決定され、二〇一九年のトランプ政権時に延期が発表されたという。ところが、再度、二〇二一年、バイデン政権時に肖像化される計画が加速化されたらしい。

タブマンが十二歳のころ、彼女の奴隷仲間が逃げ出していたので、奴隷の監督から捕まえるように言われたが、タブマンは拒否したらしい。奴隷監督が約二ポンドの分銅を投げると、タブマンの頭部を直撃して、生死をさまようほどの重傷を負ったという。それからというもの、タブマンは傷を隠すために、いつもターバンを巻いていたらしい。

また、子守りの仕事をする時、赤ん坊が泣くたびに奴隷監督から鞭で打たれたらしい。その時受けた頭部への殴打によって、生涯、ナルコレプシーやてんかん発作に苦しめられたらしい。彼女の写真を見て、不謹慎にもお慶は、

「プロレスラーのタイガー・ジェット・シンが、ターバンを巻いた姿のようだ」

と感じた……。

結婚後、自分の使命に気づいたタブマン。

二十九歳の時に、奴隷制が敷かれていたメリーランド州のドーチェスター郡からの脱出を渋る夫を残して、奴隷制がない自由州である、ペンシルベニア州のフィラデルフィアへ一人で逃亡し、ようやく自由黒人になることに成功した。

そこでタブマンは、自分の生活を守ることだけに満足せず、自分同様に多くの黒人を南部州から北部州に逃がす手助けをしたという。

ちなみに、最初は、「地下鉄道」の車掌の仕事からスタートして、輸送隊の「女性総司令官」まで出世したというから、素晴らしいとお慶は思った。

ちなみに、タブマンの手記には、合計十九回も南部に出かけたが、一度も失敗することなく自分の両親を含む約三百人もの黒人奴隷を救出したことが書き残されているという。

やがて、彼女の首には、奴隷所有者たちから四百万ドルもの賞金が賭けられるようになったらしい。

「そして、両親の脱走に手を貸した後、五大湖の一つオンタリオ湖の湖畔にある、北部自由州のニューヨーク州のオーバーンで、タブマンは老後を過ごしたみたいだね。日本人は勘違いしがちだけれど、ニューヨーク州と言いながら、オーバーンはマンハッタンにある街というわけじゃなくて、ナイアガラの滝のすぐ近くにある街なんだよ。当然今もこの町に、彼女や彼女の両親のお墓は残されているんだよ」

と光が話してくれた。

その話を光から聞いて、改めて、タブマンは黒人版の「モーゼ」のような存在だとお慶も思った。

ふと、その時、お慶は光からタブマンの話を聞くのに疲れて、急に東京の路面電車ことを頭に思い浮かべた。

元々路面電車だった渋谷駅と二子玉川園駅の間を結ぶ、一九〇七年三月六日に開業した「玉川電気鉄道」の玉川線が「東急電鉄」の傘下に入ったのは、一九三八年三月十日からだという。

昭和から令和までの間に、東京の私鉄や路面電車の多くが地下鉄になったと光は思う。ただし、東京生まれではないお慶自身が現在進行形で、地上線の電車が地下鉄に化けている工事を目にしたわけではない。東京で言えば、現在の世田谷線の部分を残して、一九六九年五月十一日に東急玉川線が廃止されて、一九七七年四月七日に新玉川線が地下鉄に化けている姿を、旅の途中で偶然目にできたことぐらいだったと思う。

「かつての大山寺不動尊に参詣する時に、江戸の人たちが使った『大山道』、現在の『玉川通り』に該当する国道二四六号線を走る玉川線なんか、路面電車時代の晩年は、マイカー族の都民からは、『じゃま電』って言われていたほどだったからね。地下鉄になったのは、必然だったかもね」

と光が、笑顔でつぶやいた。

それが、複線化、複々線化の兼ね合いで、たとえば、かつては地上を走っていた私鉄の東横線も、二〇〇四年一月三十一日から二〇一三年三月十六日までの工事などで、渋谷駅と代官山駅の区間や、田園調布駅の周辺での区間などが、次々と地下鉄になっていったことを、光がお慶に教えてくれた。そんな「地下空間」のことについて考えていると、ふとお慶は新たなる「地下空間」のことを思い出していた。

それは、総人口が百三万人もあるカリフォルニア州第三の都市サンノゼの、シリコンバレーの中心、サウス・ウインチェスター通り五二五番地の、閑静な住宅街の幽霊屋敷「ウインチェスター・ミステリー・ハウス」にある、秘密の「地下空間」のことだった。

ウイリアム・ワート・ウインチェスターは、銃ビジネスで成功を収めた実業家だ。その妻、サラ・ウインチェスターは、一八六六年に娘のアニー、一八八一年に夫を亡くす。わが身に降りかかる不幸を取り除くために、ボストンの霊媒師に救いを求めると、「南北戦争などで、あなたの一族が武器商人として『ウインチェスター銃ライフル』をつくっていたから、その呪いがかかって二人の大事な人を亡くしたのだ。今、暮らしているコネティカット州ニューヘイブンの自宅を出て西へ向かい、サウス・ウインチェスター通り五二五番地に屋敷を建てて、あなたたちの一族が代々製造してきた銃で命を奪われた人々の魂を救いなさい。あなたを追い続けようとする霊から逃れるために、家を拡げる建設を止めてはいけません」

と、霊媒師から告げられた話は有名だ。

当時の金で二千万ドル、現在の貨幣価値で二億ドルの財産を、夫から相続していただけでなく、銃器製造会社ウインチェスター・リピーティングアームズの五〇パーセントに近い所有権を受け取っていたから、妻のサラ・ウインチェスターは、その後、霊障から逃れるために、屋敷の下に、秘密の「地下空間」をつくり、「隠し部屋」「秘密の通路」を、一八八四年からサラが死ぬ一九二二年まで、三十八年間もひたすら増築し続けたらしいのだ。ちなみにそれらの部屋の中には、サラ以外は知らない「交霊室」という天からのお告げを聞くための場所もあったらしい。迷路のようにつながった、部屋の数は実に百六十もあり、寝室も四十もあったというから、驚きだ。


マンハッタンの地下通路の出口を探しながら、お化け屋敷にも似た建物の色におびえつつ、お慶は歩を進める。やはり出口は見つからないかと、半ばあきらめかけていた二人だったが、迷路から抜け出す嗅覚が鋭い光は、暗闇の先に地上へと続く階段を見つけて、お慶の手を引いた。気がついてみたら、そこは東京の世田谷らしい場所だった。

そして、F……、the farthest land

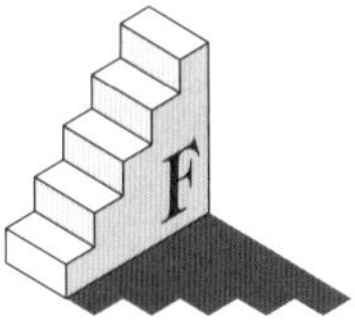

第五章　ザ・ファーゼスト・ランド（最果ての地）

次の瞬間二人が引き戻された場所は、四月初めの時季は桜のトンネルになり、七月初めの時季は新緑のトンネルになることで有名な、世田谷区桜丘二丁目、三丁目の千歳通りの近くにある、石垣が印象深い場所だった。

「江戸時代初期に細川藩別邸内の、庭の池の水確保のためにつくられた『玉石垣』があったことで有名な場所が、このあたりらしいんだね。『玉石垣』って、河川敷に落ちている丸い石でつくられた石垣のことだよね。一六六六年に、その池の水が、農業用水に用途が変わって、多摩川の羽村から四谷までの区間を、『品川用水』として使ったんだね。そう、江戸時代以後、水源である世田谷あたりから、東海道五十三次の最初の宿場町だった、品川宿に水が供給されていた名残だね。

つまり、桜丘二丁目から三丁目にかけてのこの千歳通りに、昔は水路があったけれど、一九三二年には『品川用水』の水が止められて、第二次世界大戦後の一九四七年から埋め立てられ、道路になった。『玉石垣』の名残が現在も残っていることで有名な場所が、ここだということだね。

埋め立てられた時に、一部分、庭の池の水確保のための『玉石垣』が残されたらしいんだね。今では、その残された石垣を建物群の一部に残したマンションが、複数棟残されているのを目にすること自体が、まるで江戸時代初期にタイムスリップしているようですらある。世田谷区桜丘五丁目の笹原小学校東の交差点から、世田谷区桜丘二丁目の桜丘中学校交差点までの千歳通りは、毎年、綺麗な桜を眺めることができる場所。その笹原小学校の近くは、見事な『玉石垣』が残されていることで有名で、また、そこは、綺麗な夕焼けを眺めることができることでも有名な場所なんだよ」

と、お慶に光が教えてくれた。

一九六五年四月一日から、二〇〇三年三月三十一日までの三十七年間、世田谷区千歳台六丁目に、青山学院大学理工学部があったことを、上智大生の光とお慶の二人は知っている。ちなみに、その理工学部のキャンパス名は、スタート時は、「青山学院大学廻沢《めぐりさわ》キャンパス」という名称だったが、町名自体が、一九七一年九月一日「廻沢町」から「千歳台一丁目～六丁目」に変更になったことを受けて、「青山学院大学世田谷キャンパス」に改称された。

「お慶。このあたりにある有名なものと言えば、世田谷区粕谷のマンション街の、日本で初めて設けられた、ドでかい東京ガスの『球形高圧ガスホルダー』が挙げられるんじゃないかな。『帰ってきたウルトラマン』『ウルトラマンA』『ウルトラマンティガ』の特撮シーンにも登場した、ガスホルダーだよね。

当初、一九五六年六月二十日に設置された時は、直径三十三・七メートルのものが二基だったそのタンクが、今では五基に増えているけれどね。しかし、そのガスホルダーの中身は、この近辺の四十万世帯分の、一日分の『液化天然ガス』らしいから、もしも、大震災や戦争が起きたら、大爆発するんじゃないの。輸入された液化天然ガスを、受け入れ基地で気化した後、地下のガス管を通じて、整圧所に運び込んでいるみたいだね。

ちなみに、他に都内にあるガスホルダーで有名なものは、板橋区新河岸の高島平の三基、練馬区高野台の六基、荒川区南千住の三基、立川市曙町の一基、羽村市神明台の二基、西東京市柳沢の二基、青梅市末広町の一基、多摩市唐木田の一基なんかが挙げられるだろうね……。

しかし、『廻沢』って地名だけれど、『渦巻く湧き水』のことを表すらしいよ。昔、このあたりで蛇行していた多摩川に橋が架けられていたことに由来したらしいね。でも、この名称は、一九六六年の環状八号線の貫通で、『千歳台』という地名に変わった時に消えた。世田谷区に存在した地名の中で唯一、完全に消滅した地名が、その『廻沢』らしいんだね。こうして考えると、『地名を消す』って、ある意味、残酷な気もするね」

と光から教えられてお慶も共感した。

また、一九八二年の四月、国際政治経済学部をつくる際に、青学の全学部の教養課程が、渋谷区渋谷四―四―二十五の青山キャンパスから、神奈川県厚木市森の里青山一―一の厚木キャンパスに移されたことも、当然二人は知っている。知人の青学生の中山寧寧、貴田久子、去来川さゆりのことを考えながら光がこうつぶやいた。

「ただし、厚木の山の中に、青学の教養課程を持っていった、当時の青学の戦略は大失敗だったと思う。新学部をつくるための敷地が渋谷になかったのならば、新設学部の国際政治経済学部だけを厚木につくればよかったのに、なぜか、青学の全学部の教養課程を移転させちゃった。そこは、小田急線の本厚木駅から神奈川中央交通バスに乗って二十五分もかかる。バスは途中から森の中に入って、最後はトンネルを潜って周りに何もない厚木キャンパスに到着するという、青学らしからぬ環境だったわけさ。そもそも、青学に入りたいって考える学生って、おしゃれなキャンパスライフをエンジョイしたかった学生なわけでしょう。大都会のおしゃれな渋谷、表参道の近くの街並みに憧れて、大学選びをした学生もいるはずだよ。だから、東北や九州から、わざわざ青学に入学して来た地方出の学生たちは、自分たちの故郷の県庁所在地の街よりもさらに田舎の厚木の環境を見て、がっかりするんじゃないかな。青学と同レベルの、山手線エリアにある立教や中央線・総武線エリアにある明治に、すぐに学生は流れるようになって、たった一年後の一九八二年の入試の時、超人気大学だった青学の偏差値は急落したんだよね。令和の自称『教育研究家』は、『当時の文部省から、人気私大は学生数が多いから、青学も、都心以外に他のキャンパスをつくりなさいと言われたから、泣く泣く移転させた』って分析しているけれど、実は青学の場合、長年抱えていた『青学原理』という、キリスト教がらみの学生運動が再燃することが嫌だったから、文部省に命令されたタイミングで、サッサと大学の教養課程と専門課程を分散させたみたいだね。

　そして青学の場合は、通学の便がまた大失敗だった。だって、小田急線の本厚木の駅前は狭くて、厚木キャンパス行きのスクールバスに乗るためには、駅前から十分ぐらい歩いたところにある、バスターミナルまで行かなきゃいけなかったらしい。ましてや、青学の学生数は半端なく多い。渋谷駅前のように、東横線や井の頭線、新玉川線、山手線、東京メトロ銀座線のように複数の交通機関があればいいけれど、本厚木駅の場合は、大学まで通学する選択肢はこのバスのみだったんだ。雨の日なんか、駅前で一時間近く待たなくちゃいけなくなったから、悲惨だったらしいよ。令和の青学生が知らないことだけれど、実は今、『国連大学』が建っている、青山通りの青山学院の正面には、昔、一九一一年に営業を開始した路面電車の、『都電青山車庫』があったんだよ。特に渋谷駅から赤坂見附を経由して、日比谷から銀座四丁目、築地を通り、水天宮の先の浜町中ノ橋まで走っていた九系統。渋谷駅から赤坂見附を経由、半蔵門から、九段下を経由して、神保町から須田町まで走っていた十系統が、青山通りを走る『都電青山車庫』をねぐらとする都電だったんだよね。その都電の車庫の空間が、都電が一九六八年九月二十九日に廃止された後は、一九九二年六月に『国連大学』が来るまで、空き地になっていたんだね。野球やサッカーをして遊ぶだけの青学のサークルの連中が、無許可でそこで遊んでいたみたいだよ。だから、青学前の空き地を青学は買っておくべきだったんだよね。あそこに『国連大学』を積極的に誘致したのは、日本政府だよ。都内でも超一等地。実は資金的な負担が大きいからと、国際連合加盟国は、設置に抵抗していたんだけれど、政府が税金を注ぎ込んだから、誘致に成功したらしいんだね。そもそも、『国連大学』という名称だけれど、本当は大学じゃなくって、大学院に近い学校なんだよね。また、マンハッタンにある『国連』や、日本にある各国大使館、公館と同じで、あそこは、警察や自衛隊でも立ち入ることができない、不可侵権が認められた場所なんだよね。あそこに青学の新学部をつくることができていれば、その後、淵野辺に教養学部校舎なんてつくらなくて済んだのにね。そういえば、令和の現代じゃ、中央大学や東京理科大学、東洋大学なんかの都心回帰が続いているよね」

と……。

そして、一九八二年四月に総建設費二百五十億円をかけて、厚木市森の里の約二十万平方メートルの土地に青学の厚木キャンパスが開設され、その後、世田谷キャンパスが閉鎖された二〇〇三年三月に、総建設費四百五十億円をかけて、相模原市中央区淵野辺の約十三万九千平方メートルの土地に、理工学部、社会情報学部、地域社会共生学部、コミュニティ人間科学部の学生のための、新しい相模原キャンパスが開設されたタイミングで、「他の文学部、経済学部、法学部、経営学部、国際政治経済学部、教育人間科学部の学生たちは、一九八二年までと同様に、渋谷キャンパスに戻ることができたんだよ」

と、光が言う。

理工学部があった青山学院大学世田谷キャンパス跡地には、現在、東京ドーム約三・七個分の敷地の中に、二〇〇六年六月に竣工した、積水ハウス、住友不動産、名鉄不動産、長谷工コーポレーションがディベロッパーになった「東京テラス」という、地上十四階建ての十一棟の大規模な分譲マンションが建っている。総戸数は千三十六戸の賃料のマンション。その千歳台という、京王線千歳烏山駅、小田急線千歳船橋駅双方から十分ほどで到着できる場所に、かつては理工学部の校舎が建っていたわけだ。

「でも、世田谷区千歳台六丁目にある、マンションのゲート周辺の外壁には、今でも青学の理工学部時代の煉瓦塀が、そのまま使われているからおかしいね。そして、理工学部時代からの銀杏並木も残されているから、おしゃれだね。

マンションの共用スペースの中庭には、青学時代の既存樹百本を残す二万本の樹木が生えていて、その中に、一階が駐車場になっていて、二階が『ツリーハウス』になっているというリラックススペースがつくられているから、素敵だね。マンションの住人は、そこで本を読んだり、スマホで音楽を聴いたりしている。でも、青学は、渋谷から厚木にキャンパスを移転したり、厚木から淵野辺にキャンパスを移したりして、随分お金を使っているけれど、新学部だけを、都心に近い、一九六九年三月にこの世田谷区千歳台に完成した約四万九千平方メートルの世田谷キャンパス内につくるか、東横線沿線の綱島駅近くにあった、一九六一年四月に完成した約六万五千平方メートルの青学のグラウンドにつくるかしておけばよかったじゃない。全国大会に出場する体育会系の部活動のグラウンドだけは、厚木の山の中に移しておいてね……。ちなみに、かつての青学の綱島グラウンドも二〇〇一年九月に閉鎖されちゃって、その跡地は、今では、『グリーンサラウンドシティ』という、長谷工コーポレーションが施工主となった、大規模マンションになっているらしいよ」

と、光がつぶやいた。

そして、かつての青山学院大学厚木キャンパスの跡地には、「日産自動車」の「先進技術開発センター」ができていて、日々、ハイブリッド車や燃料電池車、新世代ナビゲーション、車線逸脱警報装置などの研究がされているという。

「僕の推理だけれど、消された青学の世田谷キャンパスや、青学の厚木キャンパスは、計画的に青学のOBの企業経営者たちが、巨額の金で買い取った陰謀の匂いがプンプン漂ってしょうがないんだよね」

と、光はさらにお慶に向かって、小声でささやいた。

また、かつて理工学部があった、

「青山学院大学世田谷キャンパス跡地周辺は、一方で高級住宅街でもありながら、また一方で自然豊かなエリアなんだよ」

と、光が言うのだ。現在、小田急線千歳船橋駅からも徒歩圏内にある、多摩川中流の川沿いには、「宇奈根多目的広場」「多摩川二子橋公園」「砧野球場、サッカー場」などが点在しているらしい。


「現在でも、『世田谷の秘境』と呼ばれている農地で、周辺は、高級住宅街の世田谷的な雰囲気は、微塵もないいんだよ」

と、光が言う。

ちなみに、世田谷区の宇奈根は、「水田用の水路」を掘る作業のことや、用水路の「溝渠《こうきょ》」のことを、古代に「海比《ウナイ》」と呼んだらしい。やがて「ウナニ」と呼ばれるようになったらしく、さらに、それが訛って、「宇奈根」という地名になったという。また、「宇奈根神」とは、穀物の神の名前だ。

令和の現代と違い、江戸時代は「暴れ川」としても有名だった多摩川。特に世田谷の宇奈根地区の、このあたりは、多摩川の中でも頻繁に洪水が起きていた支流の野川という場所らしくて、江戸時代から明治時代の初めまでは同じ世田谷にありながら、宇奈根の村自体も東京と神奈川に分断されていて、二つの都県の右岸地域の「本村」と、左岸地域の

「宇奈根山野」の間を「宇奈根の渡し」でつないでいたらしい。そして、世田谷の喜多見の住人が、溝の口の買い物に来る時などに、一九七三年まで「宇奈根の渡し」を利用していたと光が言う。

「へええ、同じ『宇奈根』なのに、世田谷区と川崎市高津区に分けられているんだ。変な地区」

と、お慶が自分の感想を、素直に口にした。

また、一九一二年に右岸地域は川崎市に属するようになって、宇奈根地区も県境に分断されるようになったそうだ。

そんなふうに、頻繁に洪水が起きていた多摩川の支流の野川は、一九六七年から一九六九年の流路を東側に寄せるような変更工事で改修されて、洪水が起こることもなくなったらしい。


この宇奈根地区で有名なのは、戦国時代の一五〇四年から一五二〇年にかけて、雲海僧正によって小田原に創建された、天台宗寺院の「観音寺」だと光が言う。ただし、元々は、「円正寺」という寺号だったが、一五六八年に織田信長の兵火により燃やされた後、一二三八年に創建されたという宇奈根の「氷川神社」の横に、元亀年間の一五七三年に移転、再建する際に、「炎上」という意味につながる「円正寺」という寺号を「観音寺」に改称したらしい。ちなみに、本尊の「十一面観音」像は、平安時代末期につくられたものだという。

自由が丘駅からは、大井町線で五駅先の二子玉川駅が、最寄り駅。

「宇奈根は、実質的には練馬区エリア最果ての西大泉と似た感じだよね。そもそも西大泉って、一八八九年のころは、まだ埼玉県新座郡榑橋村で、一八九一年に東京府北豊島郡大泉村になったんだからね。田舎なはずだよ」

ところが、安易な気持ちで二人が、その宇奈根の、抜け道に見える農地の小路を歩いていくと、今は住宅地になっていて、

「このあたりは、チャリンコや通行人の数が多いから、とっても危険なのよ」

と、通りすがりの主婦が、突然見ず知らずの二人にぼやいた。さらには、

「世田谷区と言いながら、ここは武蔵野台地の狛江市に隣接したエリア。宇奈根は、元々、あぜ道だったことがわかる、くねくね道が多いのも特徴なのよ」

と、その主婦は、初対面の二人に対してぼやき続けた。

ただし、光が言うには、このあたりは、東急田園都市線や大井町線、南武線、小田急小田原線沿線の中でも、駅から遠く、バスも頻繁には走っておらず、交通の便が悪い場所が

多いらしい。

「秘境も良いけれど、やっぱり私は、都心のおしゃれな街並みがいいわ」

と、お慶が独白すると、瞬きを一つする間に二人は自由が丘に舞い戻っていた。

「でも、私のトリップのいつものパターンからすると、宇奈根からマンハッタンに引き戻されるはずなのに、光君のホームタウンの自由が丘に戻ることができたから、一安心だわ」

と、お慶が口を開いた。

世田谷区宇奈根から、目黒区自由が丘に舞い戻ったお慶と光の二人。

自由が丘駅の周辺は、田園調布駅周辺のような、高級住宅街な面一色ではなく、結構庶民的な面もある。かつては、自転車があたりかまわず放置されていた、このあたり。ところが、自由が丘二丁目の正面口の百メートルほどの緑道沿いに、コンクリート素材の赤、緑のブロックを組み合わせた「出会いの道」のベンチを置いて、放置自転車を一掃し、憩いのエリアをつくり上げたのは、

「一九五五年三月二十九日生まれで、二〇〇四年四月から現在まで、五期も区長を務めている、慶應義塾大経済学部出身の、青木英二という目黒区長の功績だよ」

と、光が言う。当然現在は、ここが自由が丘を象徴する通りになっていることも光が教えてくれた。

ちなみに、お慶には話せないことだが、横浜市生まれの光が高校一年生の春に付き合うことになった彼女への愛しさから、衝動的に自由が丘駅で途中下車して、当時大井町で暮らす彼女に電話をしたのは、自由が丘駅の狭い正面口の駅前ロータリーからだった。

それから、光は自由が丘駅から大井町線に乗り換えて、彼女が住む、「伊藤博文公墓所」が近くにある、西大井六丁目の街に足を運ぶようになったのは、言うまでもない。


ちなみに東急電鉄は、一九二七年七月六日に、玉川電気鉄道の「溝ノ口線」を開業させて、大井町駅から大岡山駅の間を結びつけることによって、二子玉川駅で田園都市線とつながる大井町線の輸送力を増強して、都心までのバイパス機能を持たせようとしたらしい。

「東急大井町線は、大井町駅から二子玉川駅を結ぶ路線で、その先の二子玉川駅から溝の口駅を、田園都市線で結んでいる路線なんだね」

と、光がお慶に教えてくれた。

渋谷駅から二子玉川園駅間は、原則地下路線の新玉川線として一九七七年四月七日に開通したものだが、

「これは、渋谷駅と二子玉川園駅の間を一九〇七年八月十一日から走り始めた、路面電車だった玉川線が一九六九年に廃止されたものを、引き継ぐ形で生まれた地下鉄の路線で、玉川線とほぼ同じルートを走る路線だったんだよ」

と、光は言うのだ。

さらに、一九七九年八月十二日には、田園都市線の二子玉川園駅より西側と、新玉川線間の直通運転が開始され、また、二〇〇〇年八月六日に新玉川線と田園都市線が統合されて、新玉川線が田園都市線の一部となったことなどは知らない人も多いだろうとお慶は感じた。

さらに、大井町線が溝の口駅まで延伸されたのは、二〇〇九年七月十一日からだけれど、光が言うにはその延伸工事時の際、自由が丘駅に存在していた大井町線の車庫が邪魔になったらしいのだ。それで、二〇〇五年十月十九日に、駅で一時的に車両を停めておく線路である留置線の撤去工事を始めて、二〇〇七年十一月十五日に留置線を完全に廃止。

また、撤去した車庫跡に二〇〇六年十月二十六日には、十三店舗が入る二階建ての東急グループの商業施設「トレインチ」を開業させたという。その時、住民にとっても東急電鉄にとっても念願の駐輪場が整備されて、緑道がつくられたらしい。

光の話では、実は、「鉄道会社が鉄道を敷いた後、沿線に住宅を分譲する」という集客ビジネスを生み出したのは、小林一三《いちぞう》だという。その分譲ビジネスは、一九一〇年ごろから始まったらしい。また、小林一三は実業家だけにとどまらず、政治の道にも野心を抱いたという。小林一三は、一八七三年に山梨県巨摩郡の甲州でも五本の指に入る裕福な商家の「布屋」に生まれた。慶應義塾を出た後、「三井銀行」に入行し、その後、「北浜銀行」を設立した岩下清周に誘われて、「阪急」電鉄を創業し、阪急百貨店、東宝、宝塚歌劇団などの「阪急東宝グループ」をつくった人物だ。

明治維新後に創設された宮家は、伏見宮家の系統で、南北朝時代の北朝第三代天皇の崇光天皇の第一皇子である榮仁《よしひと》親王を祖としていたという。

ところが、第百七代天皇の後陽成天皇の第四皇子である近衛信尋を祖とする、後陽成天皇の十二世孫近衛文麿は、明治維新後に創設されたその伏見宮家よりも、当然、皇室に近かったという。「阪急」電鉄の小林一三は、そんな近衛文麿に接近して、一九四〇年以後、無所属倶楽部の所属議員として商工大臣や国務大臣を務め、貴族院議員も務めた人らしい。

一九二二年から、その阪急の商法を見習って、東急も東横線沿線におしゃれな住宅地を開発し、分譲し始めたらしいのだ。一九二三年に起きた関東大震災の影響で、都心は壊滅。

当然、その東横線沿線に、新天地を求めて、多くの富裕層が移り住んで来たらしいのだ。言うまでもなく、この時期はまだ、国鉄の目黒駅周辺でさえも、狸が出るような田舎だったという。

ところが、東横線が開通した影響は大きく、自由が丘駅の周辺は、すぐに商店街もできたという。元々、東横線ができるまで、現在の自由が丘駅があるあたりは、「衾」という名前の水田地帯で、坂を上った台地面は、衾村大字「谷畑」という、竹やぶや、大根畑が広がる農村地帯だったというから、関東大震災後住宅地になった時の、その街の大変身ぶりは驚きだったろうとお慶も感じた。

ちなみに、田園都市線が全線開通したのは、一九七七年四月一日。それに伴って、「東急不動産」による沿線の開発が行われ続けたのだ。一九八三年から八五年まで、ＴＢＳ系列で毎週金曜日二十二時から放送されたドラマ「金曜日の妻たちへ」は、自由が丘の街が舞台になっていたようだが、実際の撮影現場は、田園都市線の「たまプラザ駅」近くの、横浜市青葉区美しが丘三丁目だったことを光が教えてくれた。核家族間の交流と、不倫がテーマになったテレビドラマ。キャストは古谷一行、いしだあゆみ、小川知子、森山良子、奥田英二ら……。中の上ランクの主婦らを主人公にして、この街が舞台になり、「金妻」

の略称で知れ渡って大ヒットした。

意外なことだが、住所に「自由が丘」と付くエリアはとても狭く、「目黒区自由が丘一丁目から三丁目まで」の範囲で、自由が丘駅正面口から北側の、大きな駅前のロータリーがある目黒通りまでの地域一帯だけ。そこは当然おしゃれな街だ。

しかし、正面口の反対側の、南口の大井町線の線路を越えると、住所は「世田谷区奥沢」に変身するらしい。

最寄り駅は大井町線の九品仏駅なのに、自由が丘駅や田園調布駅とし、メジャーな街の住人のふりをしている人間も少なくない。

「『田園調布』の歴史を振り返ると、『世田谷区玉川田園調布』ができたのは、一九三二年十月一日のことで、『大田区田園調布』ができたのは、一九四七年三月十五日のことらしいね。さらに言うならば、実は『大田区田園調布』は、一九三二年十月一日から、一九四七年三月十四日までの間は、『大田区田園調布』じゃなくって、東京市『大森区田園調布』だったみたいだよ。一九四七年三月十五日に、大森区と蒲田区が合併して、大田区になったらしいんだね」

と、光がつぶやいた。

　また、住所表示で言うと「目黒区緑が丘」「世田谷区等々力」の住人も、本来最寄り駅は、マイナーな大井町線の緑が丘駅、尾山台駅、等々力駅のはずなのに、自由が丘駅を利用して、「自由が丘」の住人を自負している人もいるという。

「住宅街としての自由が丘のエリアは、この街で本当に暮らしている住民たちが一般的に考える自由が丘のエリアとは違うんだよ」

　と、光が言った。

　本来の自由が丘という街は、目黒区自由が丘一丁目～三丁目のエリアだけ。ところが、特に、東京工業大の学生の姿を多数見かける目黒区緑が丘一丁目～三丁目のエリアになると、

「理系の大学生の姿が増えるせいか、一変して、居酒屋や大衆食堂、中華料理屋や雀荘が目につくようになり、街の雰囲気がガサツになるんだよ」

　と光が言った。さらにそれが大田区に近づく目黒線、大井町線の大岡山駅周囲になると、住所表示が北千束に変わる。

　また、産業能率大学の学生の姿を多数見かける、大井町線の九品仏駅周辺になると、住所表示が等々力に変わるせいか、地価は下落し、アパート、マンションの家賃も急落するらしいのだ。

光がこう補足した。

「じゃあ、なんで大井町線の大岡山駅があるこのあたりが、平安時代から伝えられている『千束』という地名になったか。それは、東急池上線の『洗足池駅』に関係しているかららしいよ。本当は、日蓮上人が、鎌倉時代にこの池に立ち寄った時、足を洗ったという『洗足池』の最寄りの駅だったから、こんな地名になったらしいんだよ。本来は、高尚な地名なんだろうけれどもね。東京の人間が、『せんぞく』という地名で連想する場所って、ソープランド街で有名な、吉原がある台東区『千束』の方だもんね。でも、吉原の『千束』という地名自体に、大田区『洗足池』のような、高尚な由来はないらしいよ。じゃあ、なぜ、吉原周辺が『千束』という地名になったかというと、浅草天王寺町から千住大橋までの広範囲を、かつて浅草寺が、鎌倉時代の昔から寺領の稲田にして、そこを『千束郷』と呼んでいたかららしいね。『稲を千束にして、結びつけておいた』ことから、付けられた地名らしいね。そして、今の吉原周辺がなぜ遊郭街になったかというと、一六一八年にできた幕府公認の遊郭が、当時は葦が茂る湿地帯だったという日本橋の人形町交差点東側あたりの『葭原』という場所から、一六五七年三月に起きた『明暦の大火』の後、『千束』に移転してきたかららしいね。今のソープランド街の『吉原』は、この人形町にあった『葦原』という遊郭の名前の名残だということだよね」

　と光から言われても、艶街である吉原の景色がどんなものか見当もつかないお慶には、想像できるものは一欠片もなかった。


　田園調布同様に、自由が丘は超高級住宅街ゆえ、この街の近くには、身なりもまったく異なる、見栄っ張りの貧乏学生たちがたくさん暮らしていることも、光が教えてくれた。

「自由が丘の近隣にある、そんな貧乏人街の家賃相場は激安だよ」

　と、光は言う。

　ちなみに、かつての目蒲線である目黒線の奥沢駅、大岡山駅、洗足駅、西小山駅、武蔵小山駅、不動前駅周辺の家賃は激安……。同様に、大井町線の緑が丘駅、北千束駅、旗の台駅、荏原駅、中延駅、戸越公園駅、下神明駅、大井町駅周辺の家賃も激安らしいのだ。

　また、たとえば、九品仏駅、尾山台駅、等々力駅、上野毛駅、二子玉川園駅周辺などは、

「授業料が高い東京の私大に入学した、地方出身の大学生たちが、生活費を削るため、泣く泣く住むことになる悲しいエリアだよね」

　と光が言った。

　そしてまた、超高級住宅街の田園調布の中でも、「環八通り」「中原街道」「自由通り」

などの通り、街道を一つ越えたら、突然、その先が「田園調布一丁目から七丁目」までの住所表示ではなくなり、「東玉川」「奥沢」「尾山台」と住所表示が変わり、別の街になってしまうことと同じように、

「自由が丘の街の中でも、『環七通り』『駒八通り』『緑小通り』『等々力通り』みたいな、通りを一つ越えたら別の街になるんだよ」

と光が言う。そして、「自由が丘一丁目から三丁目」の住所が、「洗足」「南千束」「北千束」「洗足」「八雲」とエリアが変わるごとに、土地評価額が変わり、家賃相場が激的に安価なものに変わり、住むのにお手頃な街になるらしいのだ。

さらに言うならば、駅の南側エリアの、ファッションビルの敷地内でも、桜並木がある九品仏緑道の向こうは、目黒区ではなく世田谷区に属しているから、街の境界線の線引きが面倒らしい。そんな区境になればなるほど商店街が増えるが、

「区境エリアに目黒区や世田谷区が、区の施設をつくることをほとんどしなかったのも、この街の特徴なんだよ」

と光が教えてくれた。

自由が丘は都心でなく、近くにＪＲの駅がないこともあって、巨大なビル群がなく、こ

こに大きな商業資本が入ることもなかった。つまり、

「地元の人たちの手で、街は発展してきたんだわ」

と、お慶は思う。

車社会でなかった昭和初期に設計された住宅地だから、当然、都心にあるような巨大ビルがここにはない。目黒本町賃貸マンション「ラ・クール」前の道も例外に漏れず、狭い。

「玉川上水の品川分水にあたる、呑川の支流の一つに、等々力六丁目南交差点あたりを水源として、かつては、自由が丘の街を流れていた九品仏川があるんだよ」

と、光が言う。

「でも、今は他の都区内の、下水の上にふたが付けられたような感じで、一九七四年に自由が丘の九品仏川も暗渠になって、その流れを今は目にすることはできないんだよ。早い話、九品仏川はドブになっているんだね。そもそも自由が丘の街中に、蛇行して走る狭い車道や歩道があったら、その下はすべて暗渠化された九品仏川が流れていると考えていいんじゃないかな」

と、光から補足説明されて、お慶はびっくり仰天した。

目黒区から世田谷区まで続く、一・六キロメートルほどの、九品仏川緑道にある桜は確かに美しいが、緑道を整備した時も窮屈過ぎて、街を拡げることができなかったらしいの

だ。

道路を拡げ、新しい道路をつくるためのスペースが、もうどこにもない自由が丘という街は、当然、マイカーでショッピングをしたり、遊びに来たりするのに不適な街であることは、すぐにお慶には想像できた。

ただし、そういう欠点がある一方、マイカーなどは使わずに、幅員が四メートルに満たない細街路を散策し、小さな発見ができるという長所がこの街にはあるとお慶は思う。似たことだが、世田谷区の二子玉川という街にも同じ魅力があると思った。

「エクセルシオールカフェ」や「ドトールコーヒーショップ」といった、一部の店舗を除いて、自由が丘は、街全体が「禁煙の街」である。

路上や公園などでは全面的にタバコが吸えないのだ。たとえば、自由が丘駅正面口を出て、左方向に進んだところの「『三菱UFJ銀行』の先の、敷居に囲まれた、人目につかないような場所」を左折したところや、自由が丘駅南口を出て、「緑道にぶつかった先」を左折したところなど、四、五箇所にだけ喫煙場所は設けられているが、黄色い「路上喫煙禁止区域」のロゴが、街中に掲示してあり、ユニフォームを着た監視員が絶えず巡回をして、喫煙者を指導しているから、愛煙家には暮らしにくい場所のようにお慶にも感じた。

「噂じゃ、この街で一番ゆっくり喫煙できるのは、自由が丘駅北口にある、『すずかけ通り』近くの、パチンコ屋、パチスロ店『プレゴ自由が丘店二階』の喫煙所らしいね。まあ、僕の場合、タバコを吸わないから関係ないけれど……」

と光が微笑んだ。

その時、お慶は光との「時空旅行」を通して、

「ニューヨークは夏暑く、冬は寒い場所で、元々人間にとって、暮らしやすい場所ではないわ……」

と、改めて感じていた。

水だって、五大湖から延々と、人工の水路で引っ張ってきていて、飲料水としては不適なもの。オンタリオ湖とマンハッタンの中間地点にある、キャッツキル・デラウェア紫外線消毒施設や、ウエストチェスターの北を流れるクロトン川を堰き止めたことでつくられたオールドクロトン浄水場で、水道は確保していると言っているが、

「生水として飲んだら大変なことになる、危険な汚染水だ」

と、学習したことがあるのを、お慶は思い出していた。

さらには、戦争で負けていないことが災いして、ビルや店舗、道路、水道などは第二次

世界大戦前のものがそのまま使われていてボロボロ。

暖房などは電気ではなく、スチームで温めるものだから、日本と違って、室内が全然温まらない。だから、冬は室内で重ね着をして、アメリカ人たちはジーッとしていることを習慣としている理由が、改めてお慶には理解できた。

そもそも、ニューヨークの一月の平均気温は、最高気温が三度で、最低気温がマイナス四度。東京の一月の平均気温は、最高気温が十・二度で、最低気温が一・八度。二つの街の気温差がよくわかる。

「現代の日本人みたいな、床暖房で温かい冬を過ごすなんていうことを、ニューヨーカーは経験したことがないんでしょうね……」

と、お慶は言った。

九品仏川のことについて、ニューヨークの水道について、光と考察しながら、世田谷区と目黒区の、街と街の境目をお慶がチェックしているうちに、今度はマンハッタンではなく、ニューヨーク州の最果ての地であるナイアガラへ吹き飛ばされていた。

そして、G……、great depression

第六章　グレート・デプレッション（世界恐慌）……

お慶はその後、光と二人で初めて足を運んだナイアガラフォール周辺の景観を、数時間かけて堪能した。

日本国内で言うと、多摩川に架かる一九九七年八月三十一日に完成した、全長三百八十一・四五メートルの多摩川橋梁を東横線に乗って通過するならば、東京都と神奈川県の境界線を眺めることになる。ところが、ナイアガラフォールの手前に架かる、一九四一年十一月一日に完成した全長二百九十メートルのレインボーブリッジを車や徒歩で通過するならば、ナイアガラリバーを渡りながら、アメリカとカナダの国境線を眺めつつ、当然、入局管理局で入国検査を受けなければならないことを、光がお慶に教えてくれた。

しかし、パスポートを見せて国境線を渡ることは、面倒に感じたのかと言えばそうではなく、ある種の楽しい冒険のようにも感じて、お慶の心は踊っていた。


光の話では、今から、約三千年前から約三百年前のころに、このナイアガラフォールの周辺で暮らす代表的な部族として知られていたのは、北アメリカ東部の森林地帯で暮らしていた、イロコイ族というネイティブアメリカンの部族だったらしい。初めてお慶がその部族名を耳にした時に、イロコイ族という単一部族が存在するのかと思ったが、ところが光によると、単一の部族名ではなく、カユーガ族、オナイダ族、モホーク族、セネカ族、オノンダーガ族という五つの部族が十七世紀に同盟を結び、できた連合体名だという。さらに言うならば、「アメリカの独立戦争」を機に、イロコイ族の同盟は、アメリカ合衆国の勢力下に入ることになったというのだ。

そんな彼らイロコイ族たちからはよく知られていたこの滝だが、西洋人がこの滝の存在について知ったのは、

「一六〇四年の、フランス人の探検家で地理学者の、サミュエル・ド・シャンプラン率い

る探検団の発見によってのことらしいよ。シャンプランは、当時のフランス王アンリ四世の意向に従って、ケベック植民地の基礎を築いた人でもあるらしいんだね。シャンプランはナイアガラの滝だけじゃなくて、五大湖の周辺からニューヨーク北部にまで、足を延ばしている探検家らしいから、すごいね」

と光が言う。ちなみに、この滝の旅行や五大湖旅行を終えて一旦帰国した後、再度アメリカ大陸に足を運び、一六〇八年にはセントローレンス川中流域にケベック植民地をつくり、カナダのフランスの植民地の礎をつくったシャンプランだが、当然、お慶は彼の名前も、彼の活躍についても知らなかった。光が笑顔で補足してくれた。

「イギリスが北アメリカのフランス植民地を攻撃して、フランスの商船を拿捕したことで一七五四年、バージニア植民地からノバ・スコシアに至るイギリス人入植地で始まった、アメリカ大陸における『フレンチ・インディアン戦争』や、一七五七年、インドのベンガル地方で始まった、イギリスの東インド会社とフランスの東インド会社とベンガル太守の連合軍による『プラッシーの戦い、カーナティック戦争』という名称の英仏戦争だけれど、フランス軍が大敗した。それで一七六三年のパリ条約で、フランスの植民地だったカナダは、イギリスの植民地になったんだよね」

しばらくすると、ナイアガラフォールは幅三百三十メートルのアメリカ側よりも、幅六百七十五メートルのカナダ側の方が、滝の幅が格段に広いことや、「ヒルトンホテル・アンド・スイーツナイアガラフォールズ」「フォーポインツ・バイ・シェラトンナイアガラフォールズ」「オークスホテル・オーバールッキング・ザ・フォールズ」などに代表される、カナダ側のホテルの施設の数がはるかに多いことに気づき、お慶は驚いた。ただし、落差は五十八メートルのアメリカ側の方が、五十六メートルのカナダ側の方よりも大きいことも、お慶は光から、その日教えてもらった。

また二人が行き当たりばったりで、まさに思いつきのような旅を繰り返していることに、神様が腹を立てたのか、先刻まで快晴だった空が突然濁り、土砂降りの雨に変わってしまい、瀑泉と激しい雨音の中で、本来ならば観光地を賑わしているはずの、旅行客たちの明るい声が千切れ千切れになって、消えてしまった。

そのカナダ側の滝を真横から見下ろすのに最適な場所は、「テーブルロック」という岩。元々は、現在よりも景観がよく、テーブル状に突き出ていたからそう呼ばれていたという。光の話では、一八一八年に少し岩が崩れ始めたことをきっかけに、一八五〇年七月に岩の三分の一が崩れてしまったから、一九三五年に観光客の安全を考えてダイナマイトで爆破したらしい。

その後、安全になったのはいいが、以前のような見通しの良さがなくなったその「テーブルロック」。ここは、一九八〇年六月十九日にアメリカで、そして、一九八一年六月六日に日本で公開された、ワーナー・ブラザースの映画「スーパーマン２」で、主人公がハネムーンに訪れた場面で使われた場所としても有名だという。

景勝地「テーブルロック」に足を運んだお慶は、ヒールが高い靴を履いていたためによろめきかけ、慌てふためいてしまった。そのお慶を支えようと、手を貸す光。

自分たちの動揺から立ち直り、冷静になってみると、意外にも東京都心の、丸の内あたりの風景に投げ出されていたことに気がついた二人だった。

東京の皇居の周りは、東京都民の息吹を感じない、ある種の「異空間」だ。様々な大企業の本社ビルや、メガバンクの本店ビルばかりが建ち並ぶエリア。当然、そこにマンションや一戸建ての住居の姿などはほとんど見かけない。

二〇〇七年四月十九日に竣工した、高さ百九十七・六メートル、地上三十八階建ての、「三菱地所」所有の「新丸の内ビル」がある丸の内一丁目は、世帯数、人口はわずか十七。

二〇〇二年八月二十日に竣工した、高さ百七十九・二メートル、地上三十七階建ての、「三菱地所」所有の「丸の内ビル」がある丸の内二丁目は、世帯数、人口はわずか一。

一九六五年四月二十六日に竣工した、高さ三十一メートル、地上九階建ての、「三菱地所」所有の「新東京ビル」がある丸の内三丁目などは、世帯数、人口はともに〇という有り様だから驚いた。

ところが、光が感じることと違う部分で、

「でも、東京駅前の西側の丸の内エリアって、『三菱ＵＦＪ銀行』や『三菱商事』、『日本商船』っていう、『三菱地所』関係のビルばかりなのね」

と、お慶は驚いてみせた。

光が言うには、そもそも一五九〇年に、徳川家康が入府してこの江戸城を居城とする前の、現在は「都心」と呼ばれる丸の内から八重洲、新橋にかけての空間は、かつては、「日比谷入江」と呼ばれる東京湾だった場所で、徳川家康が関東に入国をする前までは、現在の神田川、当時の平川の河口だったという。さらに言うならば銀座あたりは、かつては、砂が堆積した「江戸前島」という半島のような場所だったらしい。また、

「そのころは、『日本橋』『築地場外市場』がある中央区と、『東京ビッグサイト』『東京都水の科学館』がある江東区のすべては、海だったんだよ」

と、光から聞かされて、お慶は驚いた。さらに付け加えるように、光はこう秘密めいた話を口にした。

「『日比谷入江』の話を口にしたから、せっかくだから、『日比谷』のお宝話をするならば、江戸時代の豪商『鹿島』の跡取りで、明治時代は写真家をしていた、鹿島清兵衛の埋蔵金の話は有名なんだよ。元々は、大坂市天満北富田町の酒問屋『鹿島屋』当主の、鹿島清右衛門の次男の鹿島政之助として一八六六年に生まれた鹿島清兵衛は、四歳の時、同族の『鹿島屋本店』の養子になって、成人後、東京府中央区新川の跡取り娘である乃婦と結婚して、八代目鹿島清兵衛になったけれど、本業の酒問屋の仕事をほっぽり出して、好きな写真術にのめり込み過ぎちゃった男らしいんだよね。僕が考えるには、それだけじゃなくって、鹿島清兵衛は写真家としてもセンスがなかったんじゃないかな。さらに悪いことには、美貌と才能で人気を博していた新橋の芸者だった、本名『谷田恵津子』こと『ぽん太』を身請けしちゃったことが知られてしまい、清兵衛は一八九七年に鹿島家からは離縁されちゃったんだね。その後、生まれ故郷の大阪に再び戻って、再起を図ろうとしたけれどうまくいかなくって、鹿島清兵衛は写真館を開いたんだけれど、元々才能がない男だったから、当然、事業も失敗しちゃったんだね。それで、鹿島清兵衛はまた東京に戻って来たんだけれど、不幸は重なるもので、明治時代初期から大正時代まで、文京区本郷三丁目の劇場『東京本郷座』前に、写真館『春木館』を開いた時、一九〇五年に鹿島清兵衛は当時ストロボ代わりに使われていたマグネシウムの爆発事故で、右の親指を切断してしまって、写真館を閉じなければならなくなったらしいよ。ちなみに、爆発事故の後、今、話した鹿島清兵衛は、能笛の奏者として暮らすようになって、嫁の元芸者の『ぽん太』は、長唄や踊りを教えたりして、鹿島清兵衛の暮らしを支えたらしいね。ああ、そうそう、森鷗外が、鹿島清兵衛と『ぽん太』をモデルにして、小説『百物語』を書いたのは有名な話だよ。ちなみに、『ぽん太』には『国子』という娘がいたんだけれど、六歳の時に、坪内逍遥の養女になったらしいから、驚きだね。付け加えるならば、鹿島清兵衛と『ぽん太』の娘である『国子』の夫は、弁護士の飯塚友一朗という男だったらしいけれど、『国子』は母親の『ぽん太』同様に苦労をしたみたいだね。なぜならば、飯塚友一朗は演劇研究に熱中してしまったから、生活は苦しかったみたいだよ。父親の鹿島清兵衛が写真術にのめり込み過ぎて生活が成り立たなくなったのと同じで、旦那の飯塚友一朗も演劇研究に熱中しちゃったんだね。ただし、その飯塚友一朗は、日大芸術学部の事実上の創設者になったみたいだから、父親の鹿島清兵衛よりはマシだったんじゃないかな。ああ、そうそう、大きな声では言えないけれど、鹿島清兵衛がらみの話で言うと、最も有名な話は、彼が残した埋蔵金の話らしいんだよね。東京都中央区新川の『鹿島屋本店』で暮らしていた時代の婿養子だった鹿島清兵衛が、こっそりと隠しておいたその埋蔵金は、京葉線の八丁堀もしくは、日比谷線の八丁堀、茅場町あたりが最寄り駅の場所に埋まっていたらしいよ。本当に埋蔵金が埋まっていた証として、一九六三年に『日清製油』本社ビル、今の『日清オイリオ』本社ビルの、増築工事の建設現場から、江戸時代の天保小判一九〇〇枚、天保二朱金七八〇〇〇枚。当時の時価で六〇〇〇万円、現在の貨幣価値で約十億円の、四代目もしくは五代目の鹿島清兵衛の埋蔵金が発見されたらしいね。しかし、この埋蔵金って、本当に、八代目鹿島清兵衛のお宝と呼べるのかね。『鹿島屋本店』の跡取り娘だった乃婦の先祖のお宝を見つけた八代目鹿島清兵衛が隠しておいただけなんじゃないの。ちなみに、現在の東京の中心部は、一五九二年から、今の駿河台にあたる神田山を切り崩した土を使って、さっき話をした『日比谷入江』という東京湾が埋め立てられて、江戸城が拡張された時に陸地になった場所なんだよ。そして、一六〇三年から、全国の大名に普請を命じて、『西ノ丸御殿』を築城した時の残土で、埋め立て工事が本格化されたんだね。わかりやすく言えば、現在の日本橋から新橋までの中央区のエリアにあった海は、『西ノ丸御殿』築城時の残土で埋め立てられて、やがて、東京の中心部になったということだね」

と、光が言うから、お慶は驚いた。

「えーっ、このあたりは、昔は海だったの……」

また、付け加えるならば、江戸時代が終わり明治という新しい時代になった後、江戸城があった場所から、現在の東京駅あたりまでの場所に建っていた大名屋敷の一等地は、参

勤交代も終了し、

「主だった大名たちが故郷に帰って、屋敷も壊されて、空爆たる空間になっちゃったんだね」

と、光が言う。

その結果、江戸時代からの歴史を持つ、たとえば、甲斐武田家がルーツで、土佐藩出身の地下《じげ》浪人の岩崎弥太郎が創立した「三菱財閥」の場合、幕末、明治維新時に、各藩が発行していた藩札を、新政府が買い上げることを事前に知っていたらしく、あらかじめ十万両の資金で手に入れていたから、その結果、莫大な利益を得て、現在の「三菱地所」関係のビルを建てることに成功したわけだ。特に、一八九四年に、ジョサイア・コンドルの設計で建てられた「三菱一号館」は、西洋風の外観を持つ、日本初のオフィスビルとして有名だったらしい。老朽化のために一九六八年に三菱地所が解体したけれど、二〇〇九年四月三十日に同じ場所に、地上三階建て、地下一階のイギリス風建築の、煉瓦組構造の美術館の形で復元されているそうだ。

また、太政大臣藤原道長がルーツで、平安末期の一一〇〇年に、藤原右馬之助信生が近江に移り、武士となった際に「三井」の姓を初めて名乗り、また、慶長年間に武士を廃業して伊勢商人をしていた三井高俊が、松阪に質屋兼酒屋を開いて創立し、その三井高俊の四男である三井高利が、後の「三越」となる「越後屋三井呉服店」を江戸で開いた。それが「三井財閥」で、幕末、明治維新時に、「三井銀行」と「三井物産」を設立し、「三井炭鉱」でも成功を収め、「三井コンツェルン」の組織整備に成功したらしいのだ。

ちなみに、「三菱地所」のビルが目立つ、東京駅前の西側の丸の内エリアとは対照的に、「三井コンツェルン」のビルが目につくのは、東京駅の北東側の日本橋エリア。光の話では、二〇一九年十一月二十五日に中央区日本橋室町三丁目十番地の「三井タワー」へ、「三井不動産」の本社を移転したという。

他にもこのエリアには、江戸時代の呉服屋「越後屋」を前身とする老舗百貨店で、一九〇四年、株式会社「三越呉服店」に商号を変更した、日本橋の顔として長い伝統と歴史を持つ「三越本店」。地上二十階建て、地下四階の高さ百二十メートル、二〇〇四年三月三十日に開業した「コレド日本橋」などが、存在している。

さらには、平家の末裔の備中守忠重が「住友姓」を称したのがルーツで、第五十代天皇の桓武天皇の曾孫である高望王の二十二代目で、世界財閥家系の中でも最も古い歴史を持つ「住友財閥」の場合、幕末、明治維新時に、一八五五年の安政大地震や一八六三年の江戸城の火事などで、大名屋敷もなくなり、廃墟のようになった広い大名屋敷跡の土地を買い占めることに成功したらしいのだ。

ただし、「住友財閥」の場合、明治維新後、諸大名に用立てていた御用金が回収できなくなり、新政府からの追及を受け、土佐藩による愛媛県新居浜市の「別子銅山」の差し押さえの問題などがあって苦境を迎えた。だが、群馬県富岡市の「富岡製糸所」、群馬県高崎市の「新町紡績所」「芝浦紡績所」、群馬県前橋市の「前橋紡績所」などの製糸工場の買い取りや、「大阪商船」の設立などを軌道に乗せ、何とか苦境を乗り切ったらしい。

ちなみに「三井財閥」の東京駅前の象徴的な建物である、「コレド日本橋」の真正面に、二〇一五年四月一日に、「住友不動産」が地上三十五階建て地下四階、高さ百八十メートルの「東京日本橋タワー」を開業して話題になった。「三菱財閥」「三井コンツェルン」「住友財閥」らがそうして、明治時代の初めに、着々と東京駅前の超一等地を手に入れた後、さらにその後、各財閥が買い占めた土地の隙間を縫うようにして、皇居前、東京駅前に残された超一等地の隙間に、いろいろな企業の本社が次々にできていったそうだ。

そんな光の「皇居周辺の財閥の歴史話」を聞きながら、

「でも、東京暮らしをしていると、なぜか急に海が見たくなっちゃうわね……」

と、お慶がつぶやくと、

「海が見たいのかい。もちろん、綺麗な海でなくてもいいのならば、『お台場』や『東京ビッグサイト』あたりまで足を運べばいいけれど、でも、紺碧の海を見るならば、相当遠くまで足を運ばなければいけないよ。東京駅から横須賀線に約一時間乗って逗子駅まで出かけて、『一色海水浴場』まで行くか、『逗子海岸海水浴場』まで行くかしないとね」

と、待っていましたとばかりに光が言葉を返した。

令和の今、東京駅前で目につくのは、たとえば、「読売新聞社」「産経新聞社」「日本経済新聞社」「毎日新聞社」のような新聞社の本社ビルや、新興の出版社のビルが多い。

ところが、光の話では昭和時代、東京駅前にあった新聞社のビルと言えば、一九六一年七月に竣工した「産経新聞」本社ビルと、一九七一年十月に竣工した「読売新聞」本社ビルの二社だけだったという。

また、東京駅前から皇居までの超一等地の空間というものは、かつて屋敷町だった影響からか、明治以後は官舎となって、東京裁判所、警視庁、司法省、大審院、陸軍省なども置かれていたという。

ちなみに、「国民皆兵制」に伴い、陸軍の兵舎を港区六本木に建設するために、莫大な予算が陸軍に必要となった。その際、二百二十八万円が払われて、岩崎弥太郎の弟の岩崎

彌之助率いる「三菱社」に、一八九〇年に払い下げされた十万坪七千坪の官有地だった土地があった影響で、

「今でも、丸の内には、『三菱地所』所有のビルが乱立しているんだよ。でも、元々、現在の丸の内一帯は、二十四の大名の藩邸が立つ、『大名小路《こうじ》』と呼ばれる場所だったんだけれど、一八七二年に起きた銀座の火事で類焼して、その後、陸軍の練兵場や兵舎になっていたんだけれど、ここから陸軍の兵舎を、現在の『国立新美術館』がある港区六本木へ移転させる必要に迫られて、一八九〇年に、丸の内は『三菱社』に払い下げられたんだね」

と、光が説明してくれた。

その結果、丸の内は当時「三菱ヶ原」と揶揄されるようになって、

「その後も、三菱を中心とする、旧財閥関係の会社の本社だけが建っていたんだよ。その結果、ロンドンの『イングランド銀行』を中心とする、銀行や保険会社が並ぶ三百メートルほどの長さの『ロンバード街』をモデルにしたオフィス街がつくられたみたいだね。その中心は、イギリス人の建築家のジョサイア・コンドルが設計した、三階建ての赤レンガづくりの、現在は美術館になっている『三菱館』だったみたいだよ。ただし、一九一五年に東京駅ができるまでは、『三菱ヶ原』の周りは、野原のままだったようだね。そして、

その野原に『三菱財閥』の『三菱社』の、二代目の総帥の岩崎彌之助が乗り出してきて、本格的な丸の内のオフィス街がつくられ始めたわけだね。ちなみに、初代総帥の兄の岩崎彌太郎は、弟の岩崎彌之助と、十六歳違いだったらしいんだね」

と、光が付け加えた。

また新聞社や出版社、旧財閥系の企業の本社以外でも、現代社会における銀行の「本店」は、東京駅の周りに集中していると、お慶は思う。

たとえば、日本橋本石町二丁目の「日本銀行」、丸の内一丁目の「三井住友銀行」、丸の内二丁目の「三菱東京ＵＦＪ銀行」、大手町一丁目の「みずほ銀行」など……。

付け加えるならば、元々「日本銀行」は、一八八二年十月に日本橋箱崎町の永代橋の近くで開業し、一八九六年四月に現在地に引っ越してきたものであることを、光がお慶に教えてくれた。

「三井住友銀行」の前身の「三井銀行」は一八七六年七月にスタートし、さらに「住友銀行」は一八九五年十一月一日にスタートし、一九九六年六月六日に「三井住友銀行」として合併した。

そして、「三菱東京ＵＦＪ銀行」の前身の「三菱銀行」は、一八八〇年に、「三菱倉庫」

の前身の「三菱為換店」としてスタートし、一九一九年八月十五日に「三菱銀行」という名称に変わった。

「みずほ銀行」は、一八七三年に、旧「第一勧業銀行」としてスタート。二〇〇〇年九月二十九日に、「第一勧業銀行」「富士銀行」「日本興業銀行」の株式移転をし、二〇〇二年四月一日に商号変更をした。

ちなみに、現在の「日本銀行」があった場所には、江戸時代の金の鋳造工場である「金吹所」や、金の事務局である「金局」が建っていて、世襲制の「御金改役」である後藤庄三郎光次の役宅があったそうだ。そもそも徳川家康が、京都の金匠だった後藤庄三郎光次に命じて、一五九五年に江戸で小判を鋳造させ始めたのが、ここの歴史の始まりだという。これらの建物を称して当時は「金座」と呼ばれていて、勘定奉行の支配下にあったことを、光がお慶に教えてくれた。

ちなみに、元々、一六〇六年に、徳川家康の隠居の地である現在の静岡市葵区両替町、当時の駿府に設立された幕府の「銀座」が、東京の「銀座」のルーツらしい。それが、一六一二年に「銀座役所」の形で江戸に移転してきて、現在の銀座の周辺に、「貴金属の役所」が建ち並んだわけだ。ただし、光から立て続けに、今まで耳にしたこともない日本史の用語について並べられても、お慶にはチンプンカンプンなことばかりだった。

　また、日本の金融の中心地がここならば、アメリカの金融の中心地である、ウォール街と似たような感じの場所のはずで、東京駅前のこのあたりから「世界恐慌」時に、日本でも不況の風が吹き荒れ始めたのだろうと、二人は想像し始めた。

「第一次世界大戦中、欧米諸国からの輸入が途絶えて、その分、国内では主に重工業を中心とした企業の勃興があったらしいよ。それで、絹糸を中心とする輸出業で日本の景気は右肩上がりになったらしいね」

　と、光が言う。

　また、実際に第一次世界大戦後、日本の場合も「大戦景気」の崩壊で「世界恐慌」は起きたらしい。

「世界恐慌」を引き起こす悪い前触れの一つとして、一九二三年に関東大震災が起きた日本。そのわずか六年後、一九二九年から一九三〇年にかけて、日本にも「世界恐慌」の波が押し寄せたわけだ。

　この後突然、光とお慶の二人は、今では地下道の網が張り巡らされているような東京駅周辺、大手町駅周辺の地下道で「隠れん坊」遊びを始めた。ただし、お慶から提案された遊びのルールは、純粋な「隠れん坊」ではなく、「鬼」に見つけられても引き続き逃げることが可能な「鬼ごっこ」の要素も含まれた遊びだった。

普通ならば、「鬼」になりたくないものだろうけれども、その時光はなぜか、お慶を追いかけたくなる青年の本能に追い立てられて、「鬼」になることを望んでいる自分に気づき、苦笑した。お世辞にも、隠れ方、逃げ方が上手でない少女を追いかけるのは、とても楽しかった。

光と「隠れん坊」をしながら、

「そもそも『世界恐慌』って、なんで起きたんだろう」

と、お慶は思ってもいた。

「経済」に弱い少女なりに、頭の中でお慶は仮定してみた。

「もしかしたら、日本にも起きた『バブル景気』のような好景気の波が、『世界恐慌』の前の世界全体で、特にアメリカで起きたんじゃないのかしら……」

と……。

ちなみに、光の話では、日本でも「バブル景気」が弾ける前の期間の一九八六年から一九九〇年までの間に、平均株価は約三倍に上昇していて、地価は約四倍も上昇していたという。

また、そもそも、第一次世界大戦の後、戦勝国であるアメリカは、世界のすべての繁栄を独占しているようだったのだから、あの「世界恐慌」は訪れるべくして、訪れたような気がしたお慶だった。

一九〇三年に新潟県長岡市で創業、一九一三年に二度目の移転をして開店した神田の古書店「一誠堂書店」でお慶が買った、アメリカの歴史について書かれた文庫本には、確か、「世界恐慌」が起きた原因が、複数書いてあったはずだ。

原因一、第一次世界大戦時から続いていた「企業の設備投資の過剰、生産過剰」が起きていたから。

原因二、第一次世界大戦後に始まった農産物の価格下落が止まらずに、「農業従事者の購買力の低下」が起きていたから。

原因三、第一次世界大戦後、ヨーロッパ諸国が戦後の復興を目指して、どこも「高関税政策」を取った結果、貿易が縮小され、「アメリカ国内の全産業が、次々と倒産」し始めたから。

さらに言えば、第一次世界大戦時、直接の戦禍の影響を受けなかった日本に、戦後、ヨーロッパ製品が入ってくるようになったことがきっかけになって品余りが起こり、その影響で日本国内でも「世界恐慌」が始まったようだ。

「そうか、やっぱり、戦争で物がなくなるから、不足するものをつくり出すために、新しい工場や、新しい人材が生まれてきたのよね」

と、お慶は推理した。

その株価暴落の始まりとなった場所は、一八一七年三月八日にウォール街に開設された「ニューヨーク証券取引所」で、

「そこで、一九二九年九月四日に株価の暴落が始まったんだよ」

と光が言う。

そのウォール街の「ニューヨーク証券取引所」は、ロンバード街にある「ロンドン証券取引所」（一七九二年五月十七日に開設）と並び、「世界恐慌」の中心になったことを、光がお慶に教えてくれた。

実は、一九九一年一月四日の「大発会」で暴落が始まり、その後、日本経済を襲った「バブル崩壊」。その時と同様に、「世界恐慌」の直前には、

「世界的な好景気の時期があったことを、忘れてはいけないんだよ」

と、光が教えてくれた。たとえば、一九二四年から一九二九年までの間に、「ゼネラルモーターズ社」や「USスティール社」などを代表として、アメリカのダウ平均株価が約五倍にも高騰していたらしいのだ。

そして、一九二九年九月四日の株価暴落の始まりから、約五十日後の十月二十四日、世

界的な株式市場の大暴落である「世界恐慌」、つまりは、「暗黒の木曜日」がついにやって来たという。一気に一二八〇万株の株式が売りに出されたことで、ウォール街を走り抜ける株価の暴落の波……。まだ、初日の一日の下落率は一〇パーセント程度のものだったらしいが、最終的に一九三二年の時点では、暴落前の高値と比べて、十分の一になったというから驚きだ。

その株価の暴落の具体例を挙げれば、まずは、一九二九年十月二十四日午前十時二十五分、過去数年間に高騰した反動で、「ゼネラルモーターズ社」という超一流企業の、自動車メーカーの株価が大暴落。続いて、「ＵＳスティール社」という鋼鉄メーカーの株価も大暴落。そして、その後は雪崩式に次々と、アメリカ中の企業の株価が大暴落。

アメリカ経済の暴落の底が見えず、銀行家、仲買人の心には戦慄が走ったようだ。その結果、銀行や工場、商店は次々に閉鎖、倒産したことを光が教えてくれた。

「十月二十九日には、大富豪のロックフェラー一族たちや、ゼネラルモーターズの創業者のウィリアム・Ｃ・デュラントたち、さらには、アメリカの大銀行たちは大量に株を買い支えようとしたけれど、株価の崩落は収まらなかったらしいんだよね」

第三十一代大統領フーバーは、深刻なヨーロッパ経済の状況を気にかけ、ドイツの戦債や賠償の支払いを猶予したが、時すでに遅く、効果なし。フーバー自身、「世界恐慌」に対して、原則として何も手を打たなかった結果、「世界恐慌」に歯止めが利かなくなってしまったようだ。

「でも、そもそもの原因は、戦場となったヨーロッパに対して、軍事物資や工業製品を大量に輸出して、アメリカだけがぼろもうけをしたツケが回ったからじゃないのかしら……」

と、お慶は思う。世界経済の中心はヨーロッパからアメリカに移って、アメリカ人は冷静さを欠き、国民が皆大きな家を建て、大きな車を買い、贅沢三昧していたことが容易に想像できたのだ。そう、「世界恐慌」前に、本来の企業価値と関係なく株価が急騰していたから、「世界恐慌」が起きたのだ。まさに日本のバブル景気と同じようなものが起こったわけだ。

第一次世界大戦開始から時間が経つにつれ、今までヨーロッパからアメリカにあった農作物の注文がこなくなる。それだけでなく、冷凍運搬のシステムが普及し始めたことで、「ラテンアメリカからアメリカへ、安価な肉や安価な農作物が輸出されたことも、アメリカ経済の大きなダメージになったはずだわ」

と、お慶は容易に想像できた。

工業製品も同じで、アジアの安い労働力で生み出される製品が、アメリカの脅威になっていったらしい。やがて第一次世界大戦から復興した世界の国々が、高い関税をアメリカからの輸入品にかけ始めた。

「それで、輸出不振に陥って、それが『世界恐慌』を起こす原因の一つになったんだよ」

と光が説明してくれた。

しかし、間もなく「世界恐慌」で打ちのめされたそのアメリカ経済は、フランクリン・ルーズベルト大統領の「ニューディール政策」によって、立ち直ることになったらしいのだ。

「でも不思議だわ。歴史を振り返ると、一定期間を置いて、必ず好景気と不景気が繰り返されているんだもの。もしかしたら、ごく一部のお金持ちの人たちが、お金儲けをするために、意図的に『大不況』や『世界恐慌』をつくり出しているんじゃないのかしら……。さっき、『世界恐慌』の時、ロックフェラー一族の人たちは、ウィリアム・C・デュラントたちと、『大量に株を買い支えようとしたけれど駄目だった』って、光君が言っていたけれど、実は彼らのようなお金持ちが中心になって、『世界恐慌』をつくり出したんじゃないかしら。ドイツ南部のプロテスタント一派に起源があって、スタンダードオイルの創始者のジョン・ロックフェラーを祖とする、ロックフェラー財閥。ドイツのフランクフルトのゲットー出身で、銀行家として成功を収めた、マイアー・アムシェル・ロスチャイルドを祖とするロスチャイルド家。そして、フランス革命後アメリカに亡命した思想家、サミュエル・デュ・ポン・ド・ヌムールを家祖に持ち、トーマス・ジャファーソン大統領の後ろ盾を得て、火薬製造業で巨万の富を得たデュポン財閥。付け加えるならば、オランダのユトレヒト州のデ・ビルト村にルーツを持ち、鉄道業や海運業を中心に、様々な産業に手を広げて、十九世紀末までは世界一裕福な一族で、また、「五番街」の建物は、一時期、ほぼすべてがこの一族のものだったというヴァンダービルト家。毛皮商を始めて、財を築き、ニューヨークの不動産投資で成功したという、ドイツからの移民の一族であるアスター家。また、父が起こしたモルガン・アンド・カンパニーを受け継いで、十九世紀末には世界一の銀行家になり、多くの鉄道の経営統合も行った、イギリスのウエールズをルーツにするモルガン財閥。これ以外にも、不動産信託事業を行ってきたけれど、二十世紀になり電力事業にも乗り出した、アイルランド系移民のメロン財閥。他にも有名どころでは、スコットランド生まれの移民で、鉄鋼業で成功を収め、教育や文化面に積極的に乗り出し、『事前活動家』としても知られるカーネギー財閥。さらには、イングランドからの移民であり、日露戦争の時、日本が獲得した南満州鉄道を加えて世界一周交通計画を進めようとした、『鉄道王』としても有名で、運輸関係業界で活躍したハリマン財閥というような、アメリカやヨーロッパの大富豪の人たちが、破産したなんて話は聞いたことがないもの……。絶対に『世界恐慌』は、一部の大金持ちが得をするために、作為的に生み出されているることなのよ。一九八七年十月十九日に起きた『ブラックマンデー』や、二〇〇八年九月十五日に起きた『リーマンショック』、あんな意味不明な『大不況』『世界恐慌』が世界から消えない代わりに、極端な好景気が起きなくても、市民の暮らしにダメージを与えないような景気の良さが永続できないものかしら……」

と、お慶はつぶやいた。

光がその時、「国債」とは何なのか、お慶に教えてくれた。

経済に疎い者は、「国債」についてよく知らない。恐慌が起きた時などの、「国債」のマイナス面だけのイメージが強いが、実は、日本でもバブル景気時に「国債」は、年利一〇パーセント超えをしていた優良な金融商品だったのだ。たとえば、諸外国の「国債」の中でも、カフカ山脈の南、カスピ海の西南岸の地域にある、十六世紀にサファヴィー朝がオスマン帝国と争い、自国領土としたアゼルバイジャンの「国債」は有名。十九世紀以後も領土をロシアに奪われた国として知られる、そのアゼルバイジャンの「国債」は、長年、数十パーセントの高利回りを誇る商品だったことを、光が教えてくれた。

「一九九八年の時点では、年利二二・〇二パーセント。二〇一五年の時点でも、年利二八・八九パーセントであることを謳い文句に、アゼルバイジャン国際銀行は『国債』で顧客を集めたけれど、日本人で得をしたのは『アゼルバイジャン・ジャパン』だけで、結局その日本の仲介会社の社長は、どこかにとんずらしちゃったから、一獲千金を狙った日本人たちは大損したみたいだからね」

と、光が笑顔で言った。

それでも、「経済」の基本的な概念がよく理解できないお慶は、もし光と自分との間に息子ができたら、難関国立大の経済学部に進学させたいと思った。次の瞬間、お慶と光は、東京駅周辺の大手町駅周辺の地下道から、横浜へ舞い戻っていた。

そして、G……、great detective

第七章　「名探偵カナン」……………

次の瞬間、マンハッタンから東京の景色の中に、躓いたようにして、光はお慶と二人でコロンと転げ落ちていた。

光が言うには、横浜の景色の中でも、ここは、横浜市民以外の人たちにはあまり知られていないエリアで、現在は「根岸台エリアX」という名称で呼ばれることが多い、かつての「根岸の米軍住宅地区」らしい。

「私も横浜に関しては、詳しい方だと思っていたけれど、とんでもない思い違いだったわ。

光君と知り合って良かったわ。『山下公園』や『中華街』、『ランドマークタワー』や『伊勢佐木町』、『赤レンガ倉庫』や『みなとみらい21』、『横浜マリンタワー』や『元町』を知っていることで、自分のことを横浜通だって思い込んでいたけれど、横浜ってやっぱり奥深いわね。でも、横浜の中に、まるでアメリカそのものみたいな、こんな場所が存在していたなんて、びっくりしちゃったわ……」

と、お慶はつぶやいた。

この「根岸台エリアX」の歴史をたどると、元々、ここは第二次世界大戦までは、キャベツやセロリ、トマトやにんじんなどの野菜畑などが広がる、日本人の民有地だったという。

横浜市の高台の中区、南区、磯子区にまたがる四十三ヘクタール、「東京ディズニーランド」約九個分の面積を持つ、港を見渡すこともできる高台の一等地。ところが、そこは、一九四七年十月十六日に「根岸の米軍住宅地区」として米軍に接収され、米軍人とその家族たち四百世帯が移り住み、実質的にアメリカ領土になった歴史を持つ、「根岸台エリアX」であることを光から教えてもらい、お慶は驚いた。

この場所の一部は、一八六六年に建設された、日本初の常設洋式競馬場である「横浜競馬場」の跡地らしいが、軍港を一望できるという立地条件ゆえに、一九四三年六月十日で閉場されたらしい。その後、日本海軍に売却され、終戦を迎えたというのだ。
日本競馬会は戦後間もなく、「横浜競馬場」の返還を国に要請したが、一九四五年九月三日、進駐してきたアメリカ軍に接収されて、競馬場は米軍のゴルフ場になるなどしたという。一九六九年に接収が解除された後、「根岸台エリアX」の一部は、一九七七年に根岸競馬記念公苑、根岸森林公園になったらしい。

現在の横浜市の住所としては、南区山谷、平楽。中区蓑沢、塚越、寺久保、山元町、大平町、大芝台、根岸台。磯子区馬場町、坂下町、上町、下町が、その「根岸台エリアX」にあたる場所だ。
地元の人たちによると、「根岸台エリアX」は、JR根岸線の北側約一キロメートルのエリア。そして、市営地下鉄吉野町駅の南側約一キロメートルのエリアで、隣駅の阪東橋駅からも徒歩十五分ほどのところ。かつては坂の途中にあって、現在は坂の麓に移転した「中村稲荷」の名前に由来する、稲荷坂を上り切った丘の上。また、「みなとみらい21地区」南側約五キロメートルのエリアで、大半が標高五十メートルの高台の一等地だ。

一九四五年八月三十日に連合軍最高司令官ダグラス・マッカーサーによる米軍の占領が

始まり、十万人もの連合軍が接収した横浜に、アメリカ第八軍司令部が残ったという。一九五二年四月二十八日に占領期間が終わり、「サンフランシスコ講和条約」が発効され、日本が主権を回復した後も、アメリカ軍は沖縄や奄美大島、宮古島、尖閣諸島などと同様に、ここ、「根岸台エリアX」には居座り続けたらしい。

「その時代の横浜に、生きるためにアメリカの兵士に近づく女性たちの姿が、数多くあったことを忘れてはいけないんだよ。太平洋戦争でご主人やお父さんを亡くし、生きる術をなくした女性たちが、在日米軍兵士に近づいたわけだね」

と、光がお慶にその悲しい日本の歴史について教えてくれた。

横浜市内に「根岸台エリアX」同様に存在していた「本牧エリア」がある。一九四六年十月一日、米海軍第一陣が入居住した七十ヘクタール、七百八十六戸の米軍住宅を含む土地は、一九八二年三月三十一日に返還された。「根岸台エリアX」の四十三ヘクタールは、ようやく二〇〇四年に日本への返還が日米間で合意。二〇一四年に区内の米軍家族の学校、教会が閉鎖されて、二〇一五年十二月に米軍人、軍属および家族を含む、全住民が退去したそうだ。

「このエリアは映画館、ボーリング場、野球場、教会、テニスコート、学校、銀行、物品直売所などが、すぐにつくられたんだよ」

と、光が言った。

ところが、米軍人が居座り続けた一九四七年から二〇一五年まで、その中で長年、二世帯七人の日本人だけが、周囲を米軍施設の「根岸の米軍住宅地区」に囲まれて、「陸の孤島のようにして、暮らしていたんだよ」

と光から教えてもらい、お慶は驚いた。実は、このように戦後米軍施設の中で日本人が暮らしていた例は、日本国内では他にはないというのだ。

たとえば、その「根岸台エリアX」で言えば、佐治実さん、みどりさん夫婦の自宅の場合。

「元々、この家は、妻みどりさんの祖父が、一九三六年に土地を所得した後、別荘を建てて、終戦前に引っ越してきた場所らしいんだよ。ところが、そんな日本人名義の住宅の多くが、一九四七年に、『根岸の米軍住宅地区』として米軍に接収されたわけだね。しかし、そのエリアの中で、なぜか二世帯だけが接収されなかったらしいんだ。当然、長年、日常生活が不当に制限されたことに対して、横浜地方裁判所に対しても、佐治さんは損害賠償を求めたらしいけれど、請求は棄却されたらしいよね」

と光が言う。理由は不明だが、連合軍に接収された横浜市の広大な土地のうち、前述のように、なぜか、佐治さん宅を含む五世帯だけが接収の対象にならなかったらしいのだ。

ただし当然、ここが米軍の土地になっていた以上、二〇〇三年三月二十日から、二〇一一年十二月十五日まで繰り広げられたイラク戦争の時は、特に警戒が厳重になり、佐治さん夫妻たち住民は、自宅の土地にさえ日中は「立ち入り禁止」を通達されたらしいのだ。日本国の領土内で暮らしながら、彼らは、深夜になって、ようやく自宅の土地に戻ることができたという。さらに言うならば、不条理なことに、接収されていた期間、国は、彼らの土地の購入にも応じなかったという。ある時、佐治実さんが民間業者に査定してもらうと、当然、土地の査定額は〇円。

それどころか、救急車を呼ぶのにも米軍の許可が必要。宅配便の配達も、車のナンバーと運転手の名前が事前にわからなければ、敷地内に立ち入り禁止というルールだったというから、まるで外国領のようなものだったらしい。

そして二〇二〇年十一月、横浜市南区、中区、磯子区にまたがる「根岸の米軍住宅地区跡地」に、

「横浜市は、浦舟町の『市大附属市民総合医療センター』、金沢区の『市大附属病院』などを再整備する案をまとめたんだよ」

と、光が言うのだ。

見慣れた景色があふれかえる様子に、無意識に表情を緩ませる光。

一方で、隣にいる自分の彼女が感じるような、おしゃれな観光地横浜に対しての心の踊り方とは、まったく異なる感情に囚われていた光でもあった。それはまた、少年時代から長年ここで暮らしてきて、横浜という街が、「影」が多い街であることを光が知っているからだ。光が言った。

「さっき、話をした中区『本牧エリア』の小港地区で、一九四五年八月十五日の太平洋戦争の終結から、一九五七年の『売春禁止法』の施行まで、僕の両親たちがよく見かけていたのが、英語で軽食屋を表す『チョップ・ハウス』という単語が訛った、チャブ屋という、米軍人目当ての風俗店だったらしいんだよ。チャブ屋の一階ではダンスをしながら酒を飲むことができる。ところが、店のメインは二階で、娼婦たちが顔を並べて、米兵たちを待っていたんだよ。そして、お慶。実は、『根岸台エリアX』のすぐ近くに広がるのが、中区山手にある、日本に移住した外国人の墓地として有名な『外国人墓地』なんだよ。山手という場所は、二本の尾根道を中心にしてできた、海抜四十メートルから海抜十メートル程度の丘陵地帯で、多くの坂道と合わせて、明治時代の初期に完成した街なんだよね。実はここは、開港期の横浜づくりに貢献した外国人が埋葬されている場所なんだよね。けれども、ここには定番の心霊スポットにふさわしい噂話があって、特に黒人兵の霊の目撃談が多く寄せられているんだよ。ちなみに、霊感が強い僕の中学、高校時代の知人も、この周辺で部活帰りに、黒人兵の霊を目撃しているんだよね」

と、光からホラー話を聞かされて、お慶は驚いた。

「でもね、お慶、今、ここが心霊スポットだと言ったけれど、なぜ、そんな噂が流されているのかと言えば、実は、この『外国人墓地』は、横浜という街の中でも、『宝の隠し場所』として怪しい場所の筆頭らしいからなんだね。だから、黒人兵の幽霊の話を評判にしたりするんだって、僕は考えるんだ。誰でも、墓や心霊スポットは物騒な場所だと思って近づかない。だから、ここは幽霊が出る場所だと脅しておいて、金持ちが『墓』と称して、そこに『宝』を隠し続けてきたわけさ。そもそも墓地だというのに、夜間に入ることができないというのが、『宝の隠し場所』として怪しい場所である根拠の一つだね。あのエリアの用途は、エジプトのピラミッドと同じだよ。そもそも、ピラミッドだって、本来、あんなにでかくて目立つ墓をつくる必要がないじゃないか。墓と嘘をついて『宝の隠し場所』をつくったわけさ。そして、ファラオの呪いだの、祟りだのと言って、人を近づけないようにするための話をでっち上げたのさ。だって、あんなに小さいツタンカーメンの墓の中身だって、黄金、財宝だらけだったんだからね。クフ王のピラミッドなんて、まさしく、宝箱……。あそこも、実は、王侯貴族の『宝の隠し場所』だったというわけだよ」

と、言われたので、お慶はさらに驚いた。

「えーっ、この『外国人墓地』って、『宝の隠し場所』だったんだ。そして、そもそも、エジプトのピラミッドもお墓じゃなかったんだ。小学生のころから、社会科や世界史の授業で勉強してきたことは、皆、表面的なものだったのね」


また、その日、光から教えられたことで、多くの日本人は知らないだろうとお慶が感じたことが、他にもあった。それは何かと言えば、「外国人墓地」以外にも、オリジナルの寺院は九世紀ごろにつくられたという、高野山真言宗の寺の「増徳院」の墓地内にも、「外国人墓地」が存在していたということだった。まさしく、

「これらの『外国人墓地』こそが、まさに『宝の隠し場所』なんだよ」

と光が言うのだ。

ちなみに、横浜の「外国人墓地」の始まりは、「黒船」で知られるミシシッピ号のマスト上から一八五四年に誤って転落死した、二等水兵ロバート・ウイリアムズだ。二度目に来航したペリー提督の意向を受けて、江戸幕府がアメリカ人用の墓地として、開港当時は中区元町にあった真言宗の「増徳院」に埋葬したことが始まりらしい。

「横浜の『外国人墓地』の影響もあって、アメリカ人の墓地って、『見晴らしの良い高台

につくられるもの』というイメージがあるけれど、実際アメリカ本土では、川の中州につくられているんだね。有名なのは、ニューヨーク州のロングアイランド湾に浮かぶペラム諸島の『ハートアイランド』の墓地だよね。そもそも、ネイティブアメリカンのシワノイ族が住んでいた島だったけれど、一六五四年にイギリス人医師トーマス・ベルが、シワノイ族から購入したらしいんだね。その後、所有者が転々とした後、一八六四年『ハートアイランド』には、アメリカ合衆国有色軍の訓練場がつくられたらしいんだね。ちなみにそこが墓地として本格的に使用され始めたのは、南北戦争で亡くなった北軍の兵士たちが、一八六八年に『ハートアイランド』に埋葬されたことがきっかけらしいよ。北軍の戦死者数は、十一万人を優に超えているらしいからね。それ以後、戦死した人たち、病死した人たち、処刑された人たちなど、様々な特別な理由で亡くなった百万体以上が、そこには埋葬されているらしいよ」

と、光が言うからお慶はその数の多さに驚いた。

中区仲尾台七丁目に、一八六一年に外国人専用の「根岸外国人墓地」ができたらしいのだ。墓地が本格的に利用されるようになったのは、横浜市に管理が移された一九〇二年から。その時の墓地の面積は、七千四百平方メートルだったらしい。

ところが、一九二三年に起きた関東大震災で、「増徳院」は全焼。山手にあった奥の西洋館も倒壊したが、震災後に建て直されたらしい。その結果、一九二八年に、横浜市中区元町から現在地の南区平楽に「増徳院」は移転され、再建されたというのだ。

ちなみに、現在、この「根岸外国人墓地」には、

「関東大震災で亡くなった、アメリカ総領事のキルジャソフ夫婦のお墓もあるんだよ」

と光が言う。

別の話としては、終戦後の一九四五年以後、「山手の外国人墓地」の敷地に、毎日のように米軍兵と日本人女性との間に生まれた、「GIベビー」の廃棄死体が、無縁仏の状態で遺棄されていたらしい。「GIベビー」の遺棄場所はその後拡大されて、たとえば、「根岸外国人墓地」の方にも捨てられるようになったらしい。

「その『GIベビー』の遺棄死体数は、一日に八〇〇体~九〇〇体ほどもあったらしいよ」

と光が言うから、お慶は驚いた。

一八六四年に「横浜居留地覚書書」が、日本と、米、英、仏、蘭の各国公使との間で締結されたという。当然、この覚書は四カ国の軍事的な圧力下で締結されたもので、横浜の山手の、各国の外国人の居留地は大幅に拡大されて、本来、各国が日本に納めるべき地代も二割は差し引かせたというから、ひどい話だ。また、横浜の高台に存在していた「外国

人墓地」もどんどん墓域が広げられて、現在のような広さになってしまったらしいのだ。

「うわーっ、『外国人墓地』って、全然おしゃれな観光地じゃなかったんだ。そんな、訳ありの場所だったなんて、もし、光君が横浜出身じゃなかったら、私、一生、知らないままだったわ」

と、お慶は、半ば悲鳴に近い声を上げた。

一八五九年の開港期の横浜に貢献した外国人が埋葬された、中区山手の「横浜外国人墓地」そして、前述の「根岸外国人墓地」。中区大芝台の「大芝台の中国人墓地」。保土ヶ谷区狩場の「英連邦戦死者墓地」という、四つの外国人墓地があったと光が言う。元々は、日本人の墓地も混在していたらしいが、一八六一年に外国人専用の墓地を定めるために、日本人墓地は他のエリアに移されたというから、ひどい話だ。

ちなみに、神奈川県内で最も危険な心霊スポットは、中区山手町の、

「一九二八年八月九日に竣工した、全長三十八・三七メートルの『打越橋』のあたりなんだよ」と光が言う。元々、国道でも県道でもなく、市道である「横浜駅根岸道路」が走る、その周辺の高台は「牛島山」と呼ばれていて、あまり住む人はいなかったらしいが、関東大震災後、繁華街から多くの避難民が避難してきて、「打越橋」が完成した後、住む人が

現れるようになったらしい。

　一見、おしゃれな架橋のように見えるが、丘の上の生活道路は、横浜では不便な場所が多くて、分断される生活空間が増えたから、やむをえず架けられた跨線橋が、少年時代から光が見慣れた、その「打越橋」だったらしいのだ。

　その橋をつくるために、一八七三年に、外国人技師デービスの手で、丘の上への交通を確保しようと、「打越が丘」を削り取って「切り通し」にする切り下げ工事が行われたという。また、関東大震災復興時に、幹線横浜駅根岸道路をつくるために、そして、山元町を終点とする横浜市電を通すために、「切り通し」はさらに深く掘り下げられた。また、関東大震災の復興事業として、横浜市内につくられた百七十八本の橋梁のうちの一本が「打越橋」で、「切り通し」工事が行われた際に、「牛島山」の下に「牛島坂」がつくられたらしいのだ。

「あの横浜港の『山下公園』の表面の土である「上土」は、『打越橋』の『切り通し』の土砂と、関東大震災のがれきでできたものらしいから、驚きだよね」

　と、光がつぶやいた。

　現在では、ランドマークタワーをはじめ、みなとみらい21地区の高層ビル群の夜景を眺めるのに最高のスポットだとも言われている「打越橋」周辺。ただし、一九二八年八月九

日につくられた「打越橋」の上には、高さ三メートルの「飛び降り防止」の高いフェンスがあり、

「それが、自殺の名所であることを物語っているんだよ」

と光が言う。霊感が強い人には、バラバラになった死体の一部が浮遊している様子を、橋の上から目にすることがあるという噂も耳にするらしい。また、橋の下には、霊魂を供養しているかのように見せて、実は、自殺志願者を死の世界へ誘っている地蔵があるという、怖い言い伝えもあることを、光が教えてくれた。たとえば、霊感が強い人が運転する車があると、「打越橋」の下を通過する車の上に自殺者の霊が飛び乗って来ることが、あるらしいというから驚きだ。光の話では、

「昔は、この橋の下に公衆電話があって、そこからどこかに電話を掛けようとすると、霊の声が聞こえた」

という不気味な言い伝えがあったそうだ。


また、保土ケ谷区仏向町の、横浜新道の藤塚ＩＣ付近にある「藤塚トンネル」は、一九五三年に掘られたトンネルで、ここも江戸時代の武士の霊、全身焼けただれた兵士の霊、少女の霊などが現れることで有名な心霊スポット。トンネルを通過中に、車の計器が壊れ

ることで有名な心霊トンネルなのだと光が言う。

　さらに言うならば、戦時中につくられた、旧日本軍最大規模の爆弾製造貯蔵施設も横浜市内にあったという。その貯蔵施設は、戦後は米軍の「田奈弾薬庫」として米軍に接収されたらしい。さらには、朝鮮戦争のころまで爆弾製造貯蔵施設だった「田奈弾薬庫」だが、今は正体を横浜市民に隠し、一九六五年五月五日開園した「こどもの国」という遊園地に姿を変えていると光が言う。

　一九五九年の明仁親王の結婚を記念して、一九六一年五月五日、米軍の「田奈弾薬庫」が日本に返還され、その後、雪印乳業や日本船舶振興会からの支援もあって、「こどもの国」ができたらしく、光も家族と一緒によく遊びに行っていた。

「でもここは、戦時中に爆弾が誤爆して死んだ子供の霊が出る場所としても有名で、また、その近くには、戦時中に亡くなった兵士の魂を鎮めるための慰霊碑や卒塔婆が建てられているんだよ」

　と、光から教えられてお慶は驚いた。

　横浜らしい観光地のガイドをするふりをしながら、光がお慶にこう話しかけた。

「お慶、横浜観光に来た他府県民が、喜ぶ場所の一つの、『港の見える丘公園』がここだよ。北側は英語で『切り立った崖』の意味を表す『ブラフ』こと『フランス山』だよ。さっき、ここ、横浜市山手は、神奈川県の最も危険な心霊スポットでもあると説明したけれどね。山手は、フェリス女学院や横浜女学院。横浜共立学園や横浜雙葉学園。横浜山手女子というお嬢様学校が密集している、おしゃれな文教地区でもあるんだよ。このあたりは、元々は、古刹『持明院』の谷戸の奥から、坂の上の尾根道まで続いていた丘陵地だったんだね。ところが、明治時代になると港が見える眺望の良さもあって、フランス人が不法に居留し始めたエリアなんだよ。あの有名な『生麦事件』を代表とする、侍が外国人を殺傷する事件が連続して起きたから、『フランス人居留地保護』という建前で、一八六三年に、フランス人たちが自国の軍隊をフランス山に駐留させ始めたらしいよ。それが、不法な居留の歴史の始まりだね。ここは、一八七五年から『フランスの領事館』のままだったらしいんだけれど、一九二三年に起きた『関東大震災』で、たとえば周囲にあった、山下町の『イギリス領事官』や『中国領事館』と一緒に、『フランスの領事館』は倒壊しちゃったらしいんだよね。そして、『関東大震災』の後、一九三〇年にスイス人建築家のマックス・ヒンデルの手で再建されたらしいよ。ヒンデルは、『カトリック神田教会』や『上智大学一号館』『南山学園ライネルス館』などの建築でも知られているね。ちなみに、そのエリアにあった有名な『ブラフ十八番館』は、元々、大正末期に建てられた、オーストラリア人貿易商のバウデンの住宅だったらしいけれど、第二次世界大戦後、今度は『カトリック山手教会』の司祭館になった。ただし、その司祭館は、一九四七年に火事で燃えてしまって、一階の部分だけ焼け残ったんだね。ようやく一九七一年に四億円もの市税を使って、横浜市がフランスからフランスの領事館を、買い取ったらしいんだ。元々、開国の時期に、どさくさに紛れてフランスが日本からぶんどった場所だというのに、なんで自国の領土を取り戻すために、日本がお金を出さなければいけなかったのかね。今は、二階、三階部分どころか天井もすべてなくなって、一階の基礎部分と、側壁、花壇の一部分だけしか残されていない廃墟の『領事館』跡だけれど、その廃墟跡は『フランス山公園』に、おしゃれなまま残されているんだね」

光の話では、彼の自宅からこの山手町の『フランス山』までは、少年時代にチャリンコを転がしても、大して時間がかからずにたどり着けた距離だったという。

ただし光の説では、この「フランス山」もまた、開国時の外国人の宝の隠し場所として使われたことが疑われる場所の一つらしいのだ。

「焼け跡をそのまま残してあるなんて、怪しい建物だということを自己申告しているようなものじゃない。廃墟の跡に、『宝』が隠してあるなんて、誰も思わないもんね……。噂の一つに、一八六七年に開かれた『パリ万博』で展示された財宝が、『フランス山』の土中に隠してあるということがあるらしいね……。具体的にその財宝が何かというと、宝石でも何でもなく、『パリ万博』の目玉の展示物である、『エッフェル塔』のオリジナルのアンテナらしいんだよ。今、パリの『エッフェル塔』の上で輝いている、十字架にも見えるアンテナは『パリ万博』の後につくられたらしいんだよ」

という話を耳にして、またしてもお慶はびっくり仰天した。

お慶は、今まで彼氏の光が話してくれた、たとえば、新橋駅から横浜駅までの鉄道建設の話や、横浜駅建設の話。横浜の「港崎遊郭」の「岩亀楼」の歴史について楽しく振り返りながら、今度は、新しく目の前に広がった景色を眺めつつ、「フランス山」の歴史物語も楽しく聞いていた。

ちなみに、この「フランス山」を左手に見ながら、谷戸坂を上り切った先にあるのが、「港の見える丘公園」だ。ここを起点にして、山手通りに建つ、関東大震災後に建てられた、「イギリス館」「山手百十一番館」「山手二百三十四番館」「ベーリックホール」「エリスマン邸」「外交官内田定槌邸」「ブラフ十八番館」という七つの洋館は、そして、「神奈川近代文学館」や「横浜コスモワールド」や「横浜ランドマークタワー」などは、横浜観光に来た人たちの絶好の散策コースになるだろうと、お慶も考えた。

「横浜は面白い街だよ。根岸線沿線の『山手』駅周辺には、当然、観光客に大人気の『高級住宅地』や、おしゃれな『フランス山』があるよね。ところが、その真横の『外国人墓地』近辺の、丘陵地が侵食された谷状になったエリアには、かつて百世帯以上が密集した、国内最大規模の貧民窟があったんだ。『乞食谷戸』は、元々は、一八八一年に横浜に浮浪して来た菅原虎吉を中心に集まり始めた、紙くず拾いを生業とする、板葺きの長屋で暮らす数十人の貧困層がつくり上げた町で、その後、南太田の久保山の麓あたりに、千人ほどの極貧の人たちが暮らしていたらしいよ。関東大震災時に、『乞食谷戸』の被害も大きくて、『同潤会アパート』が大量に建てられたらしいけれど。実際は、昭和時代の初めまで、長い間、『乞食谷戸』の建物は残っていたらしいね。しかし、一九五三年につくられたこの町の商店街の名前は、『ドンドン商店街』っていう名前らしいんだから、凄まじいネーミングだよね。その商店街には、令和の今でも、相変わらずトタン葺きのバラック家屋が、ズラーッと軒を連ねているからね。紙くず拾いの仕事が成り立っていたのは、一九六四年の東京オリンピックのころまでだったようだね。他に、『沖仲仕』という船の荷揚げや、港湾労働者としての船の荷下ろし。日雇いの『土木業者』や、祭りの日に参道で露店を出す『香具師』の仕事、様々な芸をして見せる『役者』が、乞食谷戸の人たちの仕事だったらしいんだよ……。僕が住んでいた町は横浜の別のエリアだったけれど、僕の近所のオジサンたちの話を聞くと、小学校でも高学年に上がるにつれて、オジサンたちの行動範囲も広がって、様々な楽しい友人が増えていったらしいね。実は、港や川沿いの児童公園や広場で知り合った人の、少年時代の友人の親に、『乞食谷戸』で暮らしている人たちが就くような職種の人が結構いたらしいよ。でも、『乞食谷戸』で暮らしていようが、面白い奴は、面白い奴。すぐに彼らは、オジサンたちの心の宝物になったらしいね。オジサンたちの親は、そんな友人たちや、親のことを蔑んで見ていたけれど、実はとても、人情味にあふれていた人たちだったらしいよ。そのチープタウンの姿は、他府県民からはまったく見えない横浜の真の姿だったんだろうね……」

と併せて光が解説してくれた。

また、そんな横浜の最大の観光名所は、「横浜新田」エリアに、横浜開港とともにつくられた「横浜中華街」だと光が解説した。

「日本が開国した時に、上陸して活躍した西洋人と、日本人の仲介役として活躍したのが、漢字がわかる広東系の中国人だったんだね」

と光が言う。彼らの多くは、香港や広東、上海の西洋商館で働いていた。それゆえ英語を理解している人も中にはいて、同時に日本人とは漢字を使い筆談を通じて意思疎通もできたから、通訳代わりになったという。

こうして広東系の中国人は通訳として重要視されるようになり、北海道産の昆布や鮑などの海産物を中国に輸出し、逆に台湾から日本に砂糖を輸入して、横浜は輸出入の基地として栄えるようになったという。その結果、自然と、現在の「横浜中華街」がある山下町あたりにチャイナタウンが形成されるようになったらしいのだ。

「実は、ツアーガイドの中には、明治時代以前から、横浜に『中華街』が存在していたと思い込んでいる人がいるみたいだけれどね……」

と、光が苦笑いしてみせた。

その「横浜新田」エリアには、当然西洋人の居留地もつくられて、また、通訳として外国商館に必要不可欠な華僑の居留地が、現在の山下町あたりに自然発生したわけだ。

その「横浜新田」は、現在の横浜市中区と横浜市南区のエリアに存在していた、元々は入海だった土地で、江戸時代初期の一六五六年から六七年までで埋め立てられた土地だという。その任を担ったのが、摂津国能勢郡生まれの吉田勘兵衛だ。寛永年間に、大阪から江戸に出た吉田勘兵衛は、材木商、石材商として暮らしていたらしいが、まず手始めに、

「葛飾郡の猿が又」エリアの新田開拓を行ったという。その後、江戸から横浜に、新田開

拓の場を移した吉田勘兵衛。

光の話では、「横浜新田」はその後、一六五六年七月からは、居住区としても整備するための埋め立て工事が行われ、当初は「野毛新田」と呼ばれたエリアが、「吉田新田」と呼ばれるようになったらしいのだ。

「でも、『横浜中華街』の周辺には、一八七九年から一八九九年までの間の二十年間は、『薩摩町』や『加賀町』なんていう、日本の旧国名が付く町名が残っていたんだから、傑作だよね。僕からすると全然、『中華街』の周辺らしくない町名のように感じるね。ちなみに、今、二つの町名自体は残っていないけれど、現在の『日本大通り』にそんな藩の屋敷があった影響で、薩摩と加賀の二藩から取った、『薩摩町中区役所前バス停』や『加賀町警察署バス停』がまだ残っているのは、『横浜謎解きパズル』を読み解くようで、ある意味楽しいよね」

と、光が一つ笑い飛ばしてみせた。

横浜の「中華街」の街の構造で特徴的なのは、

「なんといっても、伝統的な『牌楼《はいろう》』、もしくは、『牌坊《はいぼう》』という名前の、東西南北の四門に守られた街の有り様なんだよ。日本で言うと、神戸の南京町の『中華街』も、同じような街だね。そして、種明かしするならば、ここ、横浜の『中華街』もまた、華僑たちがつくり出した怪しい宝の隠し場所だというわけさ。フランス人が宝物を隠した『外国人墓地』や『フランス山』同様にね」

と、光が言う。

さらに、光が付け加えるには、山下町の場合は、「繁栄をもたらす青龍神」が守る「朝《ちょう》陽《よう》門」という青色の東門。「災厄をはらい、福を招き入れる朱雀神」が守る「朱雀門」という赤色の南門。「平安と平和を招き入れる白虎神」が守る「延平門」という白色の西門。「子孫の繁栄をもたらす玄武神」が守る「玄武門」という黒色の北門。そんな四つの門に囲まれた街だ。

そして神戸の「中華街」南京町の場合も、たとえば、「長安門」という東門。「西安門」という西門。「海栄門」（南楼門から改称）という南門。そんな三つの門に囲まれた街だ。

「ただし、街の北側に、ＪＲ神戸線、阪急神戸線があるせいだろうけれど、神戸の場合、横浜の中華街と違って、なぜか北門が存在しない。不思議だよね」

と、光が笑顔で首をかしげた。

「本当ならば、四つの門で守られているはずなんだけれどね。もし、南京町の北門が意図的につくられていないのであれば、曰くありげだよね。そのあたりに、宝物が埋まっている可能性は大だよ」

と、光が続けて話した。

中国の伝統的な様式の門に囲まれた、東西約五百メートル、南北約四百メートルの空間に、二百五十軒ほどの中華料理店や様々な種類の小売店が並ぶ、日本最大規模の中国人街が、横浜「中華街」だ。

しかし、疑心暗鬼になっている今のお慶には、やはり、この「中華街」の存在自体が、「外国人墓地」「根岸台エリアX」「フランス山」同様に、「秘宝の隠し場所」のように思えてならなかった。

「そうよ、光君。私の推理じゃ、開国時に西洋人同様に、中国人が外国から秘宝を持ち込んで、多分、この中華街の隅々に隠しておいたのよ。その中でも、怪しいのはお寺だわよね。中山路に一八七一年建立で、『三国志』に登場する関聖帝君が祀られている、細かい装飾が施された『横浜関帝廟《びょう》』。そして、山下町公園にある、『清国領事館』の跡に建つ、色鮮やかな門が目を引く、二〇〇六年に建立された『横濱媽祖廟《よこはままそ》』。横濱媽祖廟は漁業、航海の守護神として、中国沿岸部を中心に信仰を集める、道教の女神『媽祖《まそ》』が祀られているわ。秘宝が隠されたのは、『横濱媽祖廟』が建てられた二〇〇六年じゃなくって、中国人がここを手に入れた開国時期でしょうけれどね。こんな寺社って、治外法権の場所だから、絶対に華僑たちの宝の隠し場所になっているはずよ」

と、お慶から推理を突き付けられて、光は驚きつつも強い口調で言葉を返した。

「よし、お慶。横浜のことならば、浜っ子の僕に任せておけよ。今日から気合を入れて宝探しをするぞ」

と……。

ところが、そんな港町の噂話を光が話しているうちに、次の瞬間、今度は渚の風に誘われるように二人は弾き飛ばされた。気がついたら、横浜「中華街」から、ニューヨーク湾内に浮かぶスタテン・アイランドに建つ、三階建ての倉庫の一つに光とお慶は迷い込んでいた。

レナペ族が先住民族である、ウナミ区域のこのスタテン・アイランドへの、西洋人の定住は一六六一年のオランダ人によるものだったが、一六六七年の第二次英蘭戦争後はイングランドのものになったという。

スタテン・アイランドはブルックリン側から見ると、一九六四年十一月二十一日にまず上層階が開通し、そして、一九六九年六月二十八日に次に下層階が開通した、全長四千百七十六メートルのヴェラザノ・ナローズブリッジを渡った先に浮かぶ島だった。

ただし、二〇二〇年五月に、ニューヨークのスタテン・アイランドで働く「アマゾン」の物流、配送センターの従業員が、新型コロナウイルスの感染で死亡したという話を聞いたばかりだったから、そこが綺麗な観光地のように思えなかった光とお慶だった。

また、「マンハッタン」という言葉を聞くと、きらびやかな高層ビル街をイメージする若者も多いだろうが、その言葉から「マンハッタン計画」を想起し、「原爆」をイメージしてしまった、光とお慶だった。


光が突然つぶやいた。

「第二次世界大戦へのアメリカ参戦の真意は、結構根深いものがあるんだよ。多くの日本人は、『一九四一年十二月八日に、ハワイのパールハーバーの空母と巡洋艦と、航空基地へ、日本軍から奇襲攻撃を仕掛けられて、そのことにアメリカ軍は気づいていなかった』と勘違いしているけれど、実は、日本の機動部隊がハワイに向かっていることを、アメリカ軍は事前に暗号解読していて、そのことはフランクリン・ルーズベルト大統領にも報告されていたらしいんだよね。それじゃあ、なぜ、反撃もせずに、日本の攻撃をアメリカは受けたのか……。当然、そうすることで、アメリカの太平洋戦争への参戦を、アメリカ国民に認めさせたかったからさ。

数時間の、パールハーバーへの日本軍の攻撃で、二四八八人の米軍人の死者が出たというアメリカ側の報道だけれど、全部『嘘』。沈没した戦艦アリゾナ、戦艦オクラホマ、標的艦ユタ、戦艦ウエストバージニア、戦艦カリフォルニア、機雷敷設艦オグララ。座礁した戦艦ネバダ、駆逐艦ショー、駆逐艦ダウンズ、駆逐艦カッシン、工作艦ヴェスタルらに乗船していた者の中に、米軍の兵士は一人もいなくって、身代わりに、アメリカ人の死刑囚や終身刑囚、他国の軍人の捕虜が乗っていたという噂さえあるぐらいだからね。

また、その沈没した戦艦や座礁した戦艦は、実は、スクラップにする予定だった別の古い艦に、事前にすり替えられていたという噂もあるらしいよ。こうなると、国家ぐるみの陰謀ということになるから恐ろしいね。

でも、『太平洋戦争』開戦に関する間違った記述は、今でも、日本の地歴の教科書にも載っているから、問題だね」

ちなみに、開戦二カ月後には、サンフランシスコやロサンゼルスなどの、アメリカの太平洋沿岸の街で暮らしていた日系人約十二万人の強制立ち退きの悲劇が起きていたということも、光はお慶に教えてくれた。

太平洋戦争開戦後、そのようにして強制立ち退きをさせられた日系人は、主に、カリフォルニア州マンザナーの収容所やトゥーリーレイクの収容所、アリゾナ州ポストンの収容所やヒラ・リバーの収容所、アイダホ州ミニドカの収容所やワイオミング州ハートマウンテンの収容所、ユタ州トパーズの収容所やアーカンソー州ローワーの収容所に収容されたらしい。また他にも、アーカンソー州ジェロームやコロラド州アマチの強制収容所、テキサス州クリスタル・シティーやハワイ準州キラウエアなどの荒野や山奥の中につくられた強制収容所にも、収容されたらしいのだ。

さらに、ハワイ州ホノウリウリの収容所に代表される、日系の指導者だけが入る四箇所の司法省直轄の施設もつくられて、そこで彼らは生活することになったらしい。お慶に光がこう話をした。

「一応、一般の日系人と、指導者レベルの日系人の収容先に差が付けられたようだね。この時に、ニューヨークでは、エリス島の移民者強制収容施設に、日系人、日本人合わせて約八千人が収容されたらしいよ。たとえば、ブロード・ウェイの『レッドキューブ』で有名な、一九〇四年生まれの彫刻家イサム・ノグチは、アリゾナ州の日系人強制収容所へ収容されたらしいけれども、『グラウンドゼロ』に建っていた『WTC』の設計者で、一九一二年生まれの近代建築家のミノル・ヤマザキは、エリス島の移民者強制収容施設に収容された」

と……。

ようやく一九八八年に、「全米日系市民協会」の長い取り組みが実って、太平洋戦争時に、日系人が自由を奪われ財産も奪われたことは、憲法違反による収容だったことが認定。「一人二万ドルの補償金が支払われ、将来同じ愚行を二度と繰り返されないようにと、親族には教育資金も支払われることになったらしいよ。まあ、それでも、雀の涙のようなわずかな補償金だよね」

と光が言う。

また、光の話では、「アメリカは、ソ連より先に、日本占領の主導権を取りたかったから、故意に日本に真珠湾攻撃をさせて、太平洋戦争に参戦しようと思ったらしい」のだ。その背景には、「来たるべき、米ソ冷戦に備えての最初の作戦」という意味合いもあったらしい。

一九四五年二月四日から十一日の間に、アメリカ大統領のルーズベルト、ソ連首相のスターリン、イギリス首相のチャーチルが集まって、黒海を臨むソ連有数のリゾート地、クリミア半島のヤルタ近郊のリヴァディア宮殿で話し合いが行われたが、その「ヤルタ会談」以後、米ソの対立が明白な形になったことも、光からお慶は教えてもらった。リヴァディア宮殿は一九一一年、ロシア皇帝ニコライ二世の離宮として建造され、今は博物館だ。

「ヤルタ会談」の具体的な内容は、第二次世界大戦の戦後処理、国際連合の創設問題、日本と中立条約を結んでいたソ連の対日参戦問題、ドイツを東西に分割する問題などで、当然ここで、

「千島列島は、ソ連の帰属になることが決定されたんだよ」

と光が言う。実際にソ連は、一九四一年四月十三日に締結し、同年四月二十五日に発効していた「日ソ中立条約」を、一九四五年四月五日に突然破棄。その四カ月後の一九四五年八月八日に、突然、日本に宣戦布告をして、八月九日から満州国に侵入。樺太南部や朝鮮半島も占領し、日本が連合軍に対して無条件降伏をした八月十五日以後も、日本とソ連は新たに千島列島でも戦闘を開始し、九月四日まで戦闘を続けたわけだ。

「なんでも、ソ連の最終占領目的地は北海道だったらしいからね。北方領土を返還する気がないのは当たり前の話じゃないかな。だいたい、一年の大半を寒い場所で震えている国民は絶えず、他国民が持っている温かい領土を欲しがっているものだよ」

と光は言葉を続けた。

また、

「原爆投下をせずに戦争を継続していれば、数百万人の米兵が犠牲になっていた」

というジェームズ・フランシス・バーンズの言葉は、「原爆投下を正当化するための、方便だよ」

と、光が言った。ジェームズ・フランシス・バーンズは、アメリカ国内で唯一の原爆投下強硬派といわれ、一九四五年七月から一九四七年一月まで国務長官を務めた人物だ。

「なぜならば、たとえば、第二次世界大戦でアメリカは戦死者を三十二万人しか出さず、アメリカ本土は戦場になっていなかったから。ところが第二次世界大戦では、独ソ戦の影響でソ連の国土は戦場になっていて、ソ連の戦死者数は六百万人強にも上っているんだよ」

と光は言うのだ。

お慶は、ロバート・オッペンハイマーのことを、「二十世紀の悪魔」の一人だと思った。しかし、オッペンハイマーの父親は、十七歳でアメリカに渡ったユダヤ系ドイツ人の移民であることを光から知らされて、お慶は驚いた。

また、一九四五年七月十六日、ニューメキシコ州アラモゴードで、史上初めての原爆実験に使われたウランは、アリゾナ州コロラドの、「フォー・コーナーズ」と呼ばれるエリアの、アリゾナ州レッドロック鉱山で採掘されたウランだという。ちなみに、そのレッドロック鉱山がある場所は、ネイティブアメリカンのホピ族やナヴァホ族の居住地で、そこでウラン採掘が行われた結果、数えきれないほどの先住民たちの肺癌患者の死者数が確認されただけでなく、四百人の鉱山労働者からも、気体化したウランによる肺癌による七十人もの死者数が確認されたらしい。

また、有名な「キューバ危機」の話が挙げられると、お慶は考えた。一九六二年十月十六日の朝、ケネディ大統領が朝食を取っている時に、アメリカ写真解析センター所長の、アーサー・ランデールから、アメリカ空軍の偵察機ロッキードU‐2の偵察写真に基づき、「アメリカまでわずか二百十キロメートルという近距離にあるキューバの、ハバナ南方のサン・クリストバルに、ソ連製の核ミサイル基地が建設中で、中距離弾道ミサイルがアメリカの人口密集地を射程圏内に収めています」

という重大な連絡通報が入ったらしい。ケネディはフルシチョフに対して、ソ連船によるキューバへの武器移送停止を求め、それに応じなければ、

「二十四時間以内に、ソ連に宣戦布告する」

と脅したらしいのだ。ソ連は武器移送を停止することの交換条件に、ソ連に隣接するトルコのインジルリク空軍基地に配備したアメリカの核ミサイル・ジュピターの撤去を要求し、交渉は成立する。

この時、フルシチョフは、カストロの愚かさにようやく気づいたという。なぜならば、ソ連が自国製のミサイル基地をキューバのサン・クリストバルにつくろうとしたのは、キューバをアメリカの攻撃から守るためだったのに、カストロはアメリカに核ミサイルで先制攻撃を仕掛けようとしていたことが、フルシチョフにもわかったからららしいのだ。この結果、「キューバ危機」は回避されたらしい。

一九六三年六月二十日、この事件をきっかけに、ワシントンのホワイトハウスと、モスクワのクレムリンをホットラインで結ぶ協定書に調印がなされ、六三年八月三十日に実施されたという。

「一九八〇年代後半に発見された、フルシチョフが残した音声テープで、今話したような事実は、明らかになっているんだよ」

と光は言った。同時に、フルシチョフはケネディの賢明さに敬意を抱いたらしい。

また、もし、キューバからソ連がアメリカに攻撃を仕掛ければ、ソ連もアメリカからミサイル攻撃を受けることになるのはわかり切ったことで、最終戦争が始まっていたに違いないとお慶は感じた。

一九三六年五月二十日から実質的な政治的権限を握り、ゴメス・アリアス大統領の下、アメリカ経済と密接な関係を持っていたキューバの将軍フルヘンシオ・バティスタの独裁政権。その実態は、アメリカ政府、アメリカ企業、マフィアがキューバの富を独占しているようなものだったらしい。

実は、一九五三年七月二十六日に、百二十三人の若手の「反フルヘンシオ・バティスタ独裁政権」メンバーが、クーデターを起こしたが、失敗。クーデターを起こしたことで、その時キューバの西端にあるピノス島の、モデロ刑務所に投獄されたメンバーの中には、若き日のフィデル・カストロがいたらしい。

彼はスペインに出自を持つガリシア人移民で、キューバ南部のビランで生まれ、ハバナ大学では法律を学び、一九五〇年から一九五二年までは弁護士として活動した。カストロの父親のアンヘルは、「米西戦争」でアメリカと戦うためにスペインからキューバにやって来た移民。カストロの母親のリナも、スペインからキューバにやって来た移民で、父親よりも二十五歳も若い後妻だったという。

「ちなみに、紀元前三千年ごろに北アフリカから移り住んで定住した歴史を持つ、イベリア半島の先住民族のイベリア人と、南西ドイツや東フランスやスイスの青銅器文化の担い手で、中央アジアの草原で暮らしていたケルト人が混ざって形成されたのが、ガリシア人という民族らしいんだよ」

と、光から説明されても、お慶には、チンプンカンプンな話だった。

光が言うには、その後一九五五年五月に恩赦されてメキシコに亡命したカストロは、弟のラウルに誘われて、メキシコシティにあったキューバ人マリア・アントニアの自宅に出かけて、そこで、後の同志となるアルゼンチン人医師チェ・ゲバラと出会った。

チェ・ゲバラの両親は、父親は、フランスのピレネー山脈周辺にルーツを持つ、バスク系アルゼンチン人のエドワルド・ラファエル・ゲバラで、母親はアイルランド系アルゼンチン人のセリア・デ・ラ・ジョサという。お慶は、民族問題の複雑さを、今さらながら思い知らされた。

そして、一九五九年一月一日に共産主義を目指すフィデル・カストロの革命政権が樹立されたことが、二十世紀の半ば以後の、世界の平和に暗雲を垂れ込めさせたといえる。

アメリカに敵視されることになるカストロの革命政権は、この後ソ連に急接近して、正式に国交を樹立することになった。カストロはその後、それまでキューバ国内にあったアメリカ資本の精糖会社、石油精製会社、銀行などの大企業をすべて国有化した。お慶はつぶやいた。

「結局、みんな、自分の金もうけのためじゃないの……、いやらしいわね」

この革命時に主にフロリダに亡命していたキューバ人は、アメリカに移り住んだ後、C

ＩＡの援助を得て、カストロ政権の転覆を目指したという。一九六一年四月十七日にキューバのピッグス湾に上陸したのが彼らだったらしいが、ケネディは直接、キューバの政権転覆に介入することを避けたから、作戦は失敗したらしい。

「もし、その時に、本気でケネディが動いていたら、キューバは共産主義国家になっていなかったんじゃないの」

と、お慶はつぶやいた。

一九六一年一月三日、アメリカとキューバの国交は断絶し、このことがきっかけになって、翌一九六二年十月十六日から十一月二十九日にかけての、米ソ間の核戦争開始寸前につながる「キューバ危機」を迎えたことは、お慶も知っている。

また、戦後の「強いアメリカの象徴的」存在だった、第三十五代アメリカ大統領Ｊ・Ｆ・ケネディは、一九六三年六月十日に、ワシントンにあるアメリカン大学の卒業式で、「世界平和」を訴える記念講演を開いた。キング牧師らの「非暴力大衆直接行動」が、ピークに達した時期の、このＪ・Ｆ・ケネディの名演説は、全米中の黒人だけでなく、白人リベラルにまで人種の平等を訴えたものだ。

ホワイトハウスへ黒人指導者たちを招いたケネディ大統領は、やがて、一九六三年八月二十八日に「人種差別撤廃」を訴えた二十万人超のワシントン大行進を成功させたという。リンカーン大統領の「奴隷解放宣言」から、ちょうど百年目に行われたのが、そのワシントン大行進だ。

　ところが、「人種差別撤廃運動」を支持したケネディ大統領は、この記念講演を行った、わずか五カ月後の十一月二十二日、テキサス州ダラスで、元海兵隊員で日本の厚木基地での勤務歴もある、リー・ハーヴェイ・オズワルドによって暗殺されてしまうのだ。

　しかし、オズワルド自身もその二日後の十一月二十四日に、ユダヤ系ポーランド移民であるナイトクラブのオーナーのジャック・ルビーによって暗殺されているのだから、ケネディ大統領が殺されたことはすべて、何やら陰謀の匂いがしたお慶だった。

「ＣＩＡ（中央情報局）やマフィア、キューバ人亡命者とジャック・ルビーは、深い仲だったらしいね。だから、ＣＩＡとマフィアがグルになって、ケネディ大統領は暗殺されたというのが、一つの説になっているらしいよ。ケネディがキューバのカストロ政権転覆に失敗して、マフィアがキューバでのカジノを再開できなくなったことが、暗殺された原因だというわけだね」

　と光が言うから、お慶はさらに驚いた。

「それじゃ、ケネディ大統領は、本来自分を守ってくれるべきＣＩＡに殺されたということなのね」

実は、オズワルドは、厚木基地での米軍除隊後の一九五九年にソ連旅行に出かけて、そのまま亡命。その後、一九六二年に母国アメリカに帰国後、ケネディを暗殺したことになっているが、実行犯は他に複数いて、オズワルドは身代わりとして行動したという説もある。

「お慶、他にはたとえば、こんな説もあるらしいんだね。実は、ケネディを暗殺した主犯格は、キューバのカストロ首相だという説だよ。大統領暗殺事件の二カ月前にオズワルドはメキシコシティを訪れていて、ソ連大使館、キューバ大使館にも足を運んでいたらしいんだよね」

と光から教えられて、お慶は驚いた。


ケネディの仕事を引き継いだ、第三十六代アメリカ大統領ジョンソンは、それまでは、ただ提出されたままで成立していなかった、人種差別を禁じる法律である「公民権法」を、一九六四年七月二日に発効した。

その結果、白人と黒人の生活のあらゆる面まで分離してきた南部各州では、「ホワイトオンリー」という表示や、「カラード」という表示をやめる。

それで、ようやく、ホテル、レストラン、教会、学校などすべての場所に、黒人は自由に出入りできるようになったことも、その日お慶は初めて知った。

「ケネディさんと比べて、存在感がない大統領みたいに思っていたジョンソンさんだけれど、意外に頑張っていたんだわ……」


イスラエルという国の独立をめぐり、第二次世界大戦後、長い間続いている「パレスチナ問題」については、お慶も世界史の教科書で学習していた。

「カナン」の地と呼ばれるパレスチナ。ところが光の話では、パレスチナはユダヤ人だけの占有地でも何でもなく、元々そこは、ギリシャのミケーネ文明を担った、海洋民族のペリシテ人が暮らしていた場所だったことをその日知り、お慶は驚いた。

パレスチナという国は、紀元前十三世紀から紀元前十二世紀にかけて、そのペリシテ人の領土だったという。ところが、紀元前十世紀ごろ、十二の部族の集合体として、イスラエル王国が成立する際、パレスチナは、初めてユダヤ人の領土になったわけだ。

紀元前一〇二一年～一〇〇〇年に栄えた、イスラエル王国の初代王サウル。そして、紀元前一〇〇〇年～紀元前九六二年に栄華を極めた、イスラエル王国の二代目王ダビデ……。紀元前九六二年～紀元前九二二年の、イスラエル王国の三代目王ソロモンの時代に、ユダヤ人のイスラエル王国は滅亡したらしいのだ。

旧約聖書によると、ユダヤ人の始祖アブラハムが、現在のイラク南部のメソポタミアのウルから、自分たちの部族を引き連れて、約束の地『カナン』に移住した。そう、ユダヤ人の元々の居住地は、メソポタミアのウル。それ以後、先住民のカナン人や、先住民のペリシテ人が暮らしていた『カナン』の土地をユダヤ人が乗っ取ったのはいいが、残念なことにそこに安住できず、ユダヤ人は他民族の侵略を次々と受けたそうだ。

「でも、ユダヤ人がこの地に侵入して以後、アラブ人との争いが始まったことが、『カナン』の地をめぐる大きな問題じゃないのかしら……」

と、お慶は推理した。こうなったら、「名探偵コナン」じゃなくて、「名探偵カナン」とでも呼んでいいような、推理劇になってしまう……。

その他の民族の「カナン侵略の歴史」としては、まず、紀元前一三五年にローマ皇帝ハドリアヌスが、この地を治めるという名目で侵略。次に、紀元六三六年にアラブのイスラム帝国が侵略。さらに、一〇九九年に十字軍がやって来てこの地を奪還し、エルサレム王国を建国。その後、一二九一年にイスラムのマルムーク朝が侵略。一五一七年から一九一七年までオスマン帝国が侵略と、「カナン侵略の歴史」が続く。

「この地の問題をより複雑にさせたのは、第一次世界大戦における、イギリスの『三枚舌外交』のせいなんだよ」

　と、光がお慶に教えてくれた。オスマン帝国への攻撃を目的に、同盟国だったフランス、ロシアという国に、それぞれ終戦後、「イスラエル」の地を占有させるような思わせぶりをして、実は、イギリス自身がイスラエルを統治したから、この地の問題がさらに複雑になったらしいのだ。

「この問題で、イギリスが最も悪用したのは、神聖ローマ帝国のフランクフルト出身の、ユダヤ民族の大富豪のロスチャイルド家なんだよ。一八一六年六月十八日から、イギリス、オランダらの連合軍と、フランス軍の間で繰り広げられたナポレオン戦争のワーテルローの戦いの時に、『イギリスが負ける』というデマを流したことで、暴落したイギリス国債を買い集めて財を成し、一七六〇年代に銀行業で財を成した、ユダヤ系ドイツ人のマイアー・アムシェル・ロートシルトの時代に、ロスチャイルド家は隆盛を極めたみたいだけれどね。でもイギリスは、『ユダヤ人国家建設』を支持すると見せかけて、実際はまったく協力する気持ちはなかったみたいだね」

　と光が言った。ちなみに、ロートシルトは、英語読みでロスチャイルドだ。

　ちなみに第一次世界大戦後は、イギリスがこの地を統治していたという。しかし、ユダヤ人の「イスラエル」への帰還運動が激化する一方、平和的にユダヤ人と共存しようとするアラブ人の姿もあったことを光から教えてもらい、お慶は驚いた。

ところが、第二次世界大戦後、ユダヤ人とアラブ人によって、パレスチナは分割統治されたけれど、それ以後も民族問題は根強く残り、一九四八年から四九年の第一次中東戦争、一九五六年から五七年の第二次中東戦争、一九六七年の第三次中東戦争、一九七三年の第四次中東戦争と、戦争は繰り返されたことを聞き、お慶は悲しい気持ちになった。

さらには、アメリカのクリントン大統領が仲介し、一九九三年に「パレスチナ暫定自治協定」が結ばれ、一九九六年、ヨルダン川西岸とガザ地区に暫定自治政権が誕生し、「パレスチナ暫定自治政府」として、二〇一二年、国連のオブザーバー国家として承認されたけれど、

「その後も、イスラエル国とパレスチナ自治区との対立、緊張が続いているんだよ」

と光は言う。

また、二〇〇一年からは、アフガニスタンへの米軍の空爆がスタートしたという。国際的なテロリスト集団「アルカーイダ」を結成したビン・ラディンを、二〇一一年五月二日には、潜伏先のパキスタンでアメリカ特殊部隊が発見し、殺害していることはお慶も知っている。ビン・ラディンは、建設業で財を成したサウジアラビア有数の富豪の一族で、一九五七年生まれだ。

一方で、二〇〇六年にはイラクへの攻撃がスタート。サダム・フセイン大統領が逮捕され、処刑された。

当然、最近の、中東問題の最大の脅威は、イラクとシリアにまたがる地域で活動する、スンニ派アラブ人の、「ＩＳＩＬ《アイシル》」、「イスラム国」の存在だと、お慶は思う。二〇〇六年十月十五日から本格的に活動を開始したのが、この「イスラム国」だ。

考えているだけで息苦しくなるような民族問題に疲れて、ニューヨークの南西部の、スタテン・アイランドの倉庫の扉を開けると、東京に戻っていた二人だった。

そして、D……、Diving beetle

第八章　ゲンゴロウ

次の瞬間、光とお慶は国立の街の、大学通りを歩いている自分たちに気づいていた。

光の話では、一八八九年生まれの西武グループ創業者、堤康次郎は、十八歳で両親と祖父母を失ったという。その後二十歳の一九〇九年三月、先祖伝来の田畑を担保に五千円の金を借り、上京して、早稲田大学の政治経済学部に入学した。一九一三年に早稲田大学を卒業した堤康次郎だったが、大隈重信が主宰した政治評論雑誌「新日本」の経営に社長として取り組んだり、名古屋でたった二隻の木造船で海運業に取り組んだり、鳥羽で「大日本円形真珠」という会社の取締役として真珠の養殖に取り組んだりしたが、うまくいかず、不動産開発事業に着手したという。

不動産事業においては、まず、一九一五年から本格的に信州に足を運び、次に、一九一七年からは、かつて中山道の沓掛宿があった沓掛村一帯の土地、六十万坪の買収を行い、軽井沢の千ヶ滝の開発を行った。その次に、中産階級向けの別荘地開発という新しい構想で、一九一八年から箱根、強羅、芦ノ湖の土地十万坪の買収などを行い、一九二〇年に「箱根土地株式会社」を設立し、エリアの開発を行ったという。

そして、それらの別荘地開発、温泉地開発を行った後、堤康次郎は「山林百万坪買収計画」を住民にも説明しながら、武蔵野の国立学園都市開発、練馬区の大泉学園開発をした話を聞いて、お慶は驚いた。

また、堤康次郎は、甲武鉄道の関連会社が一八九四年十二月二十一日に開業させた川越鉄道を、一九〇六年に吸収合併後、現在の西武国分寺線にしたという。

さらには、旧武蔵野鉄道である現在の西武池袋線を、一九一五年四月十五日から走らせて、小平の学園都市開発をしたという。

付け加えるならば、一九二七年には、東村山駅と高田馬場駅間の西武新宿線も、一九二八年には国分寺駅と萩山駅間で西武多摩湖線を走らせ始めたというのだ。

「つまり、新宿線、池袋線以外にも存在している、拝島線、西武園線、国分寺線、多摩湖線、多摩川線、豊島線、山口線、秩父線、狭山線なんて路線の中には、元々西武鉄道の路線じゃなかったものを買収した路線が存在しているということだね。だから、西武線の路線図は、あみだくじのように、ぐちゃぐちゃなんだよ」

と光が微笑んだ。

ちなみに、国立の土地が一九二四年当時、一反あたり百円から二百円が相場のころから、堤康次郎が率いる西武王国の西武は、一反あたり千円という五倍から十倍もの破格の値段で土地を買い占め始めたらしいから、お慶は驚いた。

なぜそこまでして、堤康次郎が国立の土地を買い占めようと思ったのかといえば、広大な山林を切り開き、今の国立の街に、ドイツ南西部のハイデルベルクのような学園都市を築こうと、思ったからららしい。ハイデルベルクには、一三八六年に創立されたドイツ最古の公立大学『ルプレヒト・カール大学ハイデルベルク』が存在する。

また、美しい国立の街は、堤康次郎によって、

「ドイツの中央部のニーダーザクセン州にあるゲッティンゲンという、美しい学園都市をモデルにしてつくられているらしいよ」

ということも、お慶はその時初めて光から聞いた。ゲッティンゲンも、一七三七年創立

の『ゲオルク・アウグスト大学』が街の中心部にある。

さらに、国立がそのような「学園都市」になる可能性があるからと街づくりを勧めたのは、大隈重信だった。大隈と堤は、堤が早稲田大学を卒業した後、政治評論雑誌「新日本」の経営に取り組んだ時に知り合った。ご存じのように、早稲田大学をつくった、第八代と第十七代内閣総理大臣が大隈重信だ。

ちなみに、堤康次郎は不動産開発事業だけでは満足せず、政治の道にも進み、一九二四年には衆議院議員の滋賀五区で初当選し、その後十三回も当選している話を光から聞いて、お慶は驚いた。

そして、一九五一年四月一日に東京都北多摩郡谷保村が東京都北多摩郡国立町になった。堤康次郎は一九六四年四月二十六日に七十五歳で、心筋梗塞で亡くなった。その後、一九六七年一月一日に、東京都北多摩郡国立町が、現在のような都会の国立市になった。光がこうつぶやいた。

「実際に、国立の大学通りに滑走路はつくられたのかな……。そもそも、大学通りは飛行機を飛ばそうと思ってつくられたのかな……。ところが、現在の国立市の富士見台には、東京電力多摩変電所から高幡変電所に至るようにつくられた高圧送電線が通っていたから、国立の大学通りは飛行機を飛ばすのは難しかったという学者の説があるらしいよ。ただし、国立の大学通りが滑走路として使われていたのが一九二七年から、二九年ごろの話だとするならば、国立市の富士見台の高圧送電線は、まだ存在していなかったと考えられるもんね。それならば、十分に滑走路として、使えたと考えられるよね」

　と光が言ったから、お慶は驚いた。

　現在の国立市南部に位置する谷保。東側は府中市西府町、日新町と接し、南西側は日野市石田、万願寺と接し、西側は矢川、青柳、立川市の錦町、羽衣町と接し、北側は富士見台に接している。

　ちなみに、光の話では、その谷保の青柳村に建っていた藁葺き屋根の古民家が複数軒、国立市の城山公園の南側の泉五丁目に移築されて、展示されているらしい。

「西東京市の保谷《ほうや》で暮らしていた人たちが、農作物の不作が続いたから耐えられずに移り住んだのが、国立の谷保《やほ》地区みたいだね。だから、『保谷』地区の記憶を忘れないように、地名に『谷保』という漢字を残したみたいだね。国立の歴史を知らずに旅行に来た『国立ファン』が、大学通りを南進して、都立国立高校の先で遭遇するのが、ＪＲ南武線の先の谷保エリアらしいよ」

　と光から言われたので、お慶は驚いた。

「そもそも、国立の大学通りの舗装が完成したのは一九六六年だって言うけれど、もし、大学通りがそれ以前から滑走路として存在していたとしたならば、この話は嘘になるよね。滑走路が土でできているわけないもんね」

と光は言って、微笑んだ。

ちなみに、光の話では、この大学通りの滑走路神話には余談があって、現在国立駅がある場所から甲州街道を真っ直ぐに進み、大学通りは突き抜ける形でつくられる予定だったというのだ。そして、東日本にある天満宮の中では最古の九〇三年に、菅原道武（菅原道真の三男）によってつくられた「谷保天満宮」や、一九二九年に浅野財閥の首領、浅野泰治郎によってつくられた谷保駅の方向に向かって、大学通りはつくられる予定だったというのだ……。

ところがその邪魔をしたのは、谷保で暮らしていた「へそ曲がりの源五郎」という男で、彼が土地を売らなかったから、通りは行き止まりになり、そこから先は曲がってしまったらしい。それで、曲がってしまったその道は、今でも「ゲンゴロウ曲がり」と呼ばれているらしい。

綺麗な桜並木に彩られた大学通りの行き止まりの箇所を通り過ぎると、一九六八年に完成した「国立富士見台第一団地」あたりから道路は一回り細くなり、谷保駅に向かって

「大学通り」を代表とする国立の道らしくなくなり、少し右曲がりに蛇行し始める。

しかし、光の話では、東京には他にも、谷中の「へび道」や、十条から赤羽周辺の「クネクネ道」のように似たような曲がり道があるらしいから、昔はいろいろな場所に頑固者が存在した証だとお慶は思った。

「大きな道路や、公共の交通機関をつくりたいと思っても、頑なに自分の土地を売ろうとしなかった地主が、いろいろなところに存在していたんだろうね」

と言い、光は微笑んだ。

カクカクと曲がりながら南西方向に進んでいく道。二人は、その「ゲンゴロウ曲がり」の路地を歩きながら、人目がなくなったことを良いことにして、二十歳の大学生のカップルらしく、可愛くキスをしてみた。


光がこう口を開いた。

「お慶。立川駅と川崎駅の間を結ぶＪＲ南武線の谷保駅から三駅西進すると、六分で終点の中央線の立川駅に着くんだよ。そして、逆に谷保駅から二十二駅東進すると、四十八分で終点の東海道線の川崎駅に着くんだよね。ああ、そうそう。ＪＲ南武線の谷保駅から十六駅東進すると、四十一分で東急東横線も乗り入れている武蔵小杉駅に着くんだよ。当然、青学生の利用客も多い駅だね。ちなみに、武蔵小杉駅から渋谷駅までは、東横線を使うと十五分で到着するから、谷保駅周辺の家賃の安さを考えれば、国立駅周辺よりも、谷保駅周辺で暮らす方がお得かもね。だって、上智大のクラスメートで、地方出身者が結構いるじゃない。でも、彼らは、親が、『高い家賃のアパートでは、一人暮らしさせられない』って、子供を脅すせいなのかな。彼らが住んでいる場所って、目黒線の西小山駅や、東武伊勢崎線が走る足立区の竹ノ塚駅、東武伊勢崎線が走る南埼玉郡の姫宮駅、足立区の北千住駅、京成線が走る荒川区の町屋駅あたりが多いんだよね。普段、国立に住んでいる山手の大学生の中でも、南武線に乗ったことがある奴らって、本当に少ないんじゃないかな。もし、国立駅から川崎駅に用がある時でも、南武線を使わずに、中央線の快速電車に乗るよね。だって、たった四十六分で東京駅に着くからね。そこから、また東海道線に乗れば、わずか三駅、十八分で、すぐに川崎駅まで着いちゃう。もちろん、国立駅から谷保駅まで京王バスで移動しようとする場合も、六、七分で谷保駅に着いちゃうし、谷保駅にやって来る南武線も、通勤通学タイムには十分に一本ぐらいの間隔で電車が来るから、交通の便は良いと思うけれど、朝夕のラッシュ時じゃない時は、なんとも言えないわびしさを味わうことがある。だって、ラッシュ時じゃなければ、谷保駅はホームに人影がないことがあるからね」

と、光がつぶやいた。しかしわざと谷保駅が魅力的じゃない駅のように遠回しに話し続けた後、ようやく光は、ネタをばらすような感じで、口を開いた。

「お慶。でもね、国立の街に眠っているものは、もっとすごいものなんだよ……」

と……。


国立の多くの人たちが気づいていないことがある。それは、国立、谷保エリアに隠された「宝」についてだというのだ。実は、お慶、光が「魔港街」を旅していた時に見つけた最も価値があるものとは、マンハッタンという島に、大金持ちや冒険者たちが隠しておいた宝だというのだ。同様に、国立、谷保にも「宝」が隠されていることを、光はようやく、種明かしし始めたのだ。

「お慶、この国立は実は、マンハッタン同様に、『宝』を隠すために計画的につくられた街だったんだよ」

と……。

旅立つ前までは知らなかったことだったが秘宝が、この国立の、それも都内でも田舎と呼んでいい谷保のような大自然の中や、そこに存在する「谷保天満宮」のような古い寺の中にも隠されていたことを光から初めて教えられて、お慶は驚いたのだ。

「谷保天満宮」の宝の中には、たとえば、「谷保天満宮の社宝」として、重要文化財になっている第九十一代天皇の後宇多天皇の「天満宮」勅額。同様に、重要文化財の、第六十二代天皇の村上天皇奉献「狛犬一対」。同様に、法華経を書いた菅原道真の「菅公御染筆」など数多くあるが、それよりももっと価値がある財宝があって、

「谷保エリアに隠された宝の中では、十世紀に『後撰和歌集』を下命したことで有名な、第六十二代天皇の村上天皇の秘宝や、十三世紀に『中世、最高の賢帝』と称された、第九十一代天皇の後宇多天皇の秘宝なんかが有名らしいね」

と光が言ったので、お慶は驚いた。

ベニスで暮らしていたマルコ・ポーロの口述に基づいて、共同著者であるルスティケロ・ダ・ピサが書いた『東方見聞録』の中には、有名な、「ジパング」「黄金の国」の話が書いてあることは、お慶も知っている。たとえば、『東方見聞録』の中でジパングは、

「『カタイ（中国）』の東の海上千五百マイルに存在する島国」

「黄金が無尽蔵にあり、島の国王が保有する宮殿は黄金でできている」

「人々は礼儀正しく穏やかである」

「埋葬の方法は土葬か、火葬。火葬の時は、必ず死者の口の中に真珠を置いて弔う風習が

ある」

「島の人々は、食人の習慣がある」

「真珠を大量に産する」

などが書かれていたことを光が補足するようにして教えてくれた。

「これらの黄金の国である、『ジパング』の話は、平安時代末期に日本第二の都市として栄えた、平泉の『中尊寺金色堂』がモデルになっているらしいんだよね。当時の奥州は莫大な砂金を産出していたことで、有名だった。現在の宮城県遠田郡涌谷町《わくやちょう》箟岳《ののだけ》は、七四九年に日本で初めて金が採れたところとしても有名で、『東大寺大仏』の表面を覆う金として、奥州の砂金十三キロが使われたみたいだね。聖武天皇が大仏鍍金用の金を切望していた時に、それまで海外からの輸入に頼っていたが、九四一年に『花勝山金山』から日本で初めて砂金が見つかって、七四九年に献上されたらしいね。

また、マルコ・ポーロが元王朝に仕えていた十三世紀ごろ、陸奥、出羽で勢力を誇っていた豪族の安東氏は砂金を使って、現在の青森県五所川原市の十三湖畔にあった十三湊《とさみなと》経由で、独自に中国と交易を行っていたらしいんだよ。

蝦夷地の管轄も行っていた時代がある安東氏の本姓は、実は安倍氏だったらしいけれどね。安倍貞任の第二子の高星が、安東氏の始祖らしいね。

当然、奥州藤原氏は、ここで採れた金で、『中尊寺金色堂』をつくったわけだね。安東氏と中国との砂金の交易話が海外に伝わって、そこからまた、この『中尊寺金色堂』の話が大げさに広がって、黄金郷『ジパング』の話として伝わったらしいんだね」

と光がお慶につぶやいた。


発想を転換すれば、実はインドや中国あたりにあった、スバルナ・デーシャという『黄金郷』の話が日本に流入して、奥州の『黄金郷』で採れた金でつくられた平泉の中尊寺のような、そして、京都の鹿苑寺金閣寺のような形に変化したと言えると、光は考えた。光はまた、こう口を開いた。

「日本の歴史をたどると、『金』と言えば、京都の鹿苑山『金閣寺』をイメージする奴らが多いんじゃないかな。鎌倉時代の公卿、西園寺公経の別荘を、三代将軍足利義満が一三九四年に譲り受けて、自身や夫人が暮らす『山荘北山殿』をつくったのが『金閣寺』の始まりなんだよね。それが、足利義満や夫人の死後に、義満の長男の四代将軍足利護持の手で開山して『鹿苑寺』になって、一三九七年に建立した『金閣寺』だけれど、一九五〇年七月二日午前三時ごろ出火して、建物もろとも、国宝の義満の木像などが焼失しちゃったんだよね。実は、この燃える前の金閣寺は、ほとんど金箔が剥げて、簡素な建物になっていたらしいよ。金閣寺を放火で焼失させたのは、大谷大学の学生だった、京都府舞鶴市出身の林養賢であるのは有名だよね。この日、鹿苑寺の関係者の中で、住み込み学生僧だった林養賢だけが行方不明者であったことから、捜索が行われた結果、夕方になって、『大文字焼き』が行われることで有名な北山の山中で、不眠症の薬であるプロバリンを飲んで、林養賢が切腹自殺未遂しているのが見つかったんだね。彼の放火は衝動的なものと思われているんだけれど、放火をする前の二週間の間に、江戸中期に発生したお茶屋が九十三軒もあった、京都西陣の五番町の『夕霧楼』遊郭に三回も出かけて、丹後の樽泊の娘の夕子という娼妓を買ったことを林養賢が自白しているらしいから、衝動的な犯行じゃなくって、計画的な犯行だったと僕は思うけどね。救命処置が施され、林養賢は一命を取り留めている。三島由紀夫は、小説『金閣寺』の中で、金閣寺に対する美への憧れが放火の原因としているけど、実際は、流ちょうな話術が求められる僧侶という職業に憧れながら、重度の吃音があったことでコンプレックスを持っていたことが、彼が死を意識した大きな原因らしいね。禅宗西徳寺で僧侶をしていた父親は、林養賢が大谷大学に入学した時点で、すでに他界。寺を継いで欲しい母からの大きな期待がプレッシャーになって、林養賢は放火と自殺を決意したらしいね。ただし、可哀想に、この息子の自殺未遂事件の後、林養賢の母親は山陰線の列車から、保津峡に身を投げて自殺をしたらしいよ。そして、懲役七年を言い渡された林養賢も、服役中に結核と総合失調症が進行して、事件後わずか六年後の一九五六年三月七日、二十六歳で他界したんだね。林養賢の手で燃やされた『金閣寺』は、一九五五年に再建。ちなみに『金閣寺』が建立された時は、三層目のみが金箔貼りだったのを、この再建時には、三層目だけではなく、二層目も金箔貼りになったそうだね」

と言い、その後も、まるで寺社の専門家のような口ぶりで、光は話し続けた。

「一九五五年の『金閣寺』再建時に、二万枚の金箔を使用したらしいね。使用された金は二キロ。当時の貨幣価値で約三千万円、現在の貨幣価値で七億四千万円。でも、時空旅行をした時に、僕が初めて見た『金閣寺』は、お世辞にも、金色に輝いているように見えなかったなあ。一九八七年に貼り替えを行った時には、金箔をそれまでの五倍の厚さにして、金の量は十倍にして二十万枚の金箔を使用したせいか、金閣寺は金色に輝いた。使用された金は二十キロで、当時の貨幣価値で約十億円。その後『金閣寺』は、二〇〇三年の平成の改修でも二十万枚の金箔を使用して、二十キロの金を使ったらしいね」

と光が言った。ちなみに、平成の改修の時に使われた金箔の成分は、金九四・四三パーセント、銀四・九パーセント、銅〇・六六パーセントだという。純金でないことに、お慶は、何やら理由があるような気もした。金箔は、厚さ〇・〇〇〇一ミリに伸ばしたものだというから驚きだ。

「一九五五年の時代と比べると、二〇〇三年の時点では、金箔の加工の技術も格段に進歩したんだろうね。少ない金を使って、より輝かせる技術って、本当にすごいよね……」

　と言い、光が笑った。

　国立の「谷保天満宮」の話をしていたのに、なぜ、急に光が京都の金閣寺の話をし始めたのか、よくわからなかったお慶だったが、その次の光の話を聞いて、合点がいった。

「お慶。誰も気づいていないことだけれど、九〇三年に菅原道真が亡くなった時点で、道真の三男道武が建てた東日本最古の天満宮の、この『谷保天満宮』こそが、実は真の『中尊寺金色堂』だったらしいんだよ。我々が知っている、平泉の『中尊寺金色堂』は、それを真似してつくられたものに過ぎないらしいんだよね。今、『菅原道真の三男道武』って僕は説明したけれど、よく調べると、実は菅原道真の子供に、菅原道武という者は存在しないみたいだからね。ますます怪しいんだよ。そもそも、『谷保天満宮』に黄金を隠したのは、平家の人々という噂もあるらしいよ。『ジパング』『黄金の国』は何かというと、まさに『谷保天満宮』だったというわけだね。ただし、『中尊寺』のように、いかにも『寺の中に黄金があります』と宣伝しているような外見の神社と違って、ここの場合は、何やら、秘宝を隠している寺の匂いがプンプンと漂っているんだけれどね。ただし、谷保の場合には黄金だけではなくって、様々な宝物が、『谷保天満宮』だけにじゃなくって、谷保の町のいたるところに潜んでいるみたいだから、楽しいよ。だから、谷保という町の地味さを強調するために、国立なんていう派手な人工の街がつくられたんじゃないかな。赤い三角屋根の国立駅も、大学通りの桜並木も、いろいろな曰く付きの一橋大学も、皆、地味な田舎町の谷保の秘宝をごまかすためだったとしたら、お慶どうする。そもそも、こんなにのどかな谷保に宝物があるなんて誰も考えていない。そこが平家の人たちの狙いだったし、平家の秘宝をネコババした連中の狙いだったわけだよね。そうなると、この谷保の町自体がミステリー小説に思えてしまうから、面白いよね」

と光から言われて、お慶の好奇心は、さらに揺さぶられた。

また、光の話では、平家に関係した人々が、今でも谷保で暮らしているという。

「つまり、人工的につくられたこの国立の街自体が、まるでマンハッタンのように黄金を隠す『蔵』そのものになっているということだね。中には、この街が『黄金郷』であることに気づいて、全国から集まって来ているインテリもいるらしいね。ある意味、国立暮らしをしている僕らも、そんな奴らと同じ人種なんじゃないかな」

光はまるで推理小説の犯人を読み解くことができた読者のような笑顔を見せて、こうつぶやいた。

「お慶。以前、君に僕がこんな話をしたことを覚えているかい。第二次世界大戦までにヨーロッパ諸国の植民地政府が、ビルマを中心としたアジアから集めておいた金貨を金塊にして、日本軍がフィリピンのジャングルの中に隠したという話を。あの山下財宝の隠し場所として、鹿児島の山奥の薩摩布計金山が有力視されていると言ったことがあるけれど、実は、国立の谷保もまた、隠し場所として有力視されているらしいんだよね」

　と光から言われて、お慶はびっくり仰天した。もし、一橋大学が移転してくる以前の国立市谷保の周辺ならば、十分、宝の隠し場所になると感じたのだ。

「でも、お慶、僕らが上智大学に入学する時に、数多くある東京、神奈川、千葉、埼玉の中から国立という街を住まいに決めることができたのは、すごいひらめきだったね。今からコツコツと宝探しを継続したならば、もしかしたら、国立や谷保の人たちに気づかれる前に、『国立大学通り』の桜並木の下や、『府中多摩川かぜのみち』の土手、一橋大学の学舎の奥や、ＪＲ国立駅の赤い屋根の下、谷保の『ママ下湧水』のあたりや、国立市東三丁目の『たまらん坂』の下周辺で、お宝を僕らが見つけ出すことができるかもね」

　と光が言うと、お慶は、

「うん。その『マンハッタンの宝探しゲーム』みたいな、続編の『国立の宝探しゲーム』

をするのは、楽しみね。光君、チャレンジしてみようよ。もしも、何も見つからなくてもいいんだ。だって、今日までの光君との毎日の中で、そして、マンハッタンへの旅行の中で、私は数多くの宝をもう発見することができているんだから、いいんだもん」

と笑顔で答えた。そんなお慶の話に、光は笑顔で答えた。

「お慶ね、アフガニスタンのイスラム過激派組織『アルカーイダ』が起こしたと言われている、『9・11』の真の理由は何かと言えば、『消えた山下財宝』がＷＴＣの地下金庫に隠されていたから、それをこの世から消した形に見せて、ネコババするためだったらしいよ。陸軍大将の山下奉文は、本当は第二次世界大戦時に金塊を日本に輸送しようとしたけれど、急激に戦況が悪化したから、財宝をフィリピンに隠しておいていたらしくて、その後、金塊の在り処がわからなくなっちゃったらしいんだよね。そして、一九四六年二月二十三日に、フィリピン、マニラのモンテンルパ刑務所で、陸軍大将の山下奉文は処刑されたんだね。ところが、この金塊の在り処がわからなくなったという話を、さらに詳しく調べてみると、どうも、アメリカの政財界のトップと日本の皇族がＷＴＣの中に隠ぺいしたという説があるね。もちろん、第二次世界大戦時に山下奉文を手引きしたのは言うまでもなく、昭和天皇。そして、アメリカ側の首謀者は、第三十二代アメリカ大統領のフランクリン・

ルーズベルトと、第三十三代アメリカ大統領のハリー・トルーマンの二人。日米が、太平洋戦争中のどさくさに紛れて、莫大な財宝を隠すために動いたということだよね。元々、あの二棟のＷＴＣが、一九七二年と一九七三年につくられた理由は、金の隠ぺいのためらしいんだよ。そして、『９・11』事件の時に、金をＷＴＣから運び出すように指示したのは、現上皇とアメリカ大統領のブッシュの二人だったらしいよ。ちなみに、一九七三年にＷＴＣが完成するまでは、一九一四年につくられたロウァー・マンハッタンにある『ニューヨーク連邦準備銀行』の地下金庫や、一九三〇年につくられたレキシントン街にあった『クライスラービル』や、一九三一年につくられた五番街にあった『エンパイア・ステートビル』の、秘密の地下金庫に一時的に金塊は隠されていたみたいだね。ああ、そうそう、あの『９・11』事件の前夜の、九月十日の深夜に、アメリカ軍のトラックが大量にマンハッタンに現れて、ＷＴＣの地下金庫に隠されていた金塊が運び出されたらしいよ。その様子を、フルトンストリートあたりで酔っ払っていたヤンキー連中が、結構目撃していたらしいから傑作だね。待てよ。その『山下財宝』の一部が、日本の鹿児島の、山の中の薩摩布計金山に隠されている可能性もあるぞ。金鉱脈が枯渇したから閉山したんじゃなくて、『山下財宝』を隠ぺいするために、薩摩布計金山が閉山したものとして、使われているんだよ。お慶……」

と光は微笑みながら、自分の仮定話によって、そう言った。まさしく、この話は、イタリア人作家のルスティケロ・ダ・ピサが、独房でマルコ・ポーロの話を『東方見聞録』として記録し、「黄金郷」の話として書き上げたものと似ていると、お慶は感じた。

「かつての金山の跡だった、『布計金山』の地下や、現在世界で一番、金塊が集まる『五番街』に金塊があるのならば、誰もが納得するだろうけれどね」

と言いつつ、意味深に光が微笑むと、お慶がこう微笑み返してみせた。

「マンハッタンや、鹿児島の金山の跡で私たちが探していたはずの宝物だったけれど、何のことはない、私たちが暮らしている、国立の谷保に宝物が隠されていたなんて、びっくり仰天ね。でも、これも、時空旅行を続けてきた私たちへの、神様の贈り物かもしれないわ……。まずは、谷保天満宮でお宝探しをしましょう……」

光はもちろん知っている。そもそも、宝探しをしなくても、国立という街には、国立の人たちが気づいていない財宝が、数多く眠っているのだ。

九〇三年に菅原道真の三男、菅原道武が創建したものが、東日本最古の天満宮である「谷保天満宮」。「昌泰の変」で九州の大宰府に流された菅原道真同様に、その子たちも流罪になり、武蔵国の国府があった武蔵国多摩郡分倍庄栗原郷、現在の府中に流された第三子の菅原道武が、廟をつくって谷保に父の尊像を祀った場所が、「谷保天満宮」だという。

ちなみに、九〇三年三月に菅原道真が亡くなった時、その天満宮内に、子息の道武も合祀されたらしい。その後、子孫は、菅原姓ではなく、津戸姓を名乗ったという。平清盛が没した後、菅原道武の裔孫の津戸三郎為守が国立に遷し、社殿を築いたらしい。

「谷保天満宮」の国指定重要文化財である、像高五十三・五センチの「木造獅子狛犬」は、檜づくりのように見せかけて、実は純金製だというから驚きだ。本来、田舎の神社の狛犬は、純金製でないのは当たり前の話だけれど、この狛犬は純金製らしい。

また、本来、田舎の神社の扁額は、純金ではない。だが、「谷保天満宮」の国指定重要文化財である、一二七五年に第九十一代の後宇多天皇の勅命でつくられた縦六十八・二センチ、横五十・〇センチの木造扁額の額文「天満宮」も、外側だけ木製で中身は純金製だと光が言うから驚きだ。

狛犬勅額や、扁額は、地味な存在のように見せかけた秘宝で、実は見事な財宝だとお慶は感じた。

それ以外にも、国立、谷保の近所の西元町に所在する、第四十五代の聖武天皇の勅命でつくられた、武蔵国分寺の「国分寺跡」も、実は立派な財宝であることに、お慶はすぐに気づいた。その「国分寺跡」は、元々、純金製の「武蔵国分寺金堂」の跡らしいのだ。

一三三三年に多摩川河畔で、北条泰家率いる鎌倉幕府勢と、新田義貞率いる反幕府勢である後醍醐天皇勢との「分倍河原の戦い」が起きて、後醍醐天皇勢が勝利を収め、その際、「武蔵国分寺金堂」は燃えてしまったと言われているが、真っ赤な嘘で、

「お宝が地下室の空間に現存していることを、令和の日本人が知らないだけだわ……」

とお慶は思った。

また、それらの建物の中でも、最も訳ありに思えたのは、「武蔵国分寺、七重塔跡」だ。「続日本後紀」に書かれている通り、八三五年落雷によって焼失したと言われている。建物こそ残っていないが、七つもの礎石がある大きな七重塔の基礎工事部分の地下には、

「黄金の宝物が埋まっているに違いないわ」

とお慶は思った。

木造獅子狛犬、木造扁額、国分寺金堂の基礎部分跡、七重塔跡の基礎部分跡など……。いずれ劣らぬ立派な財宝のように見えるが、光が種明かしをするように、こうつぶやいた。

「お慶、国立や谷保、国分寺の宝だけれど、実は、秘宝は地下に眠っているものなんだよ。

そもそも、この武蔵野の地には、現在みたいに国立という街はなくて、国分寺、谷保しか存在していなかったんだからね。『一橋大学』をつくるために、国立がつくられたという説もあるけれど、その読みは甘いよね。この街をつくったわけは、街全体を『宝の隠し場所』にするためだったんじゃないかな。さらに言うならば、この街の地下に眠っている最高の宝物は、天満宮や国分寺の地下に大昔に隠された宝物だけじゃなくって、あの時価百兆円の『山下財宝』の一部なんだよ。

たとえば、その隠された『山下財宝』を隠ぺいするために、一橋大学、津田塾大学をはじめとする、都内にあった多くの大学が移転させられて、国立の近くにやって来たとしたならば、国家ぐるみの陰謀としか思えないよね。今でも多くの研究者たちが、大学の近くで研究するふりをしながら、せっせと宝探しをして、見つけた宝を自分たちのものにしているならば、相当悪質だよね」

と、光が言うから、お慶は驚いた。さらに、光は大きな声を出して、お慶にこう促した。

「よし、お慶、マンハッタンで僕らが続けてきた宝探しを、今日から、また再開しよう」

と……。

この谷保天満宮は、江戸時代に、「湯島、亀戸」と並び、関東三天神と称せられたものだと光は言う。

「そう、誰しもが、国立の谷保の静かな天満宮の建物の地下や、国分寺の西元町の地下に、『山下財宝』が隠されているとは思わないでしょうね。そこで、狛犬のどこかをいじったら、自動的にその財宝が眠る地下の洞窟に続く、トンネルが姿を現したりして」

と、お慶が笑顔でつぶやいた。

罰が当たりそうだが、軽い気持ちで「谷保天満宮」の狛犬をいじっているうちに、ふとした拍子に狛犬が動き出して、彼女の空想通りに謎のトンネルが姿を見せたから、お慶は驚いた。

「鋭い、お慶。ほら、お慶。また、新しい僕たちの旅が始まるね。でも、もしかしたら、これは、今まで通りのマンハッタンへの旅の始まりかもしれないね。そう、国立の谷保で眠っている『山下財宝』って、僕らが続けてきたマンハッタンへのトリップで探し続けてきた、数多くの財宝の在り処を解く鍵に違いないぞ。発見できたお宝は、すぐにマンハッタンの僕らの隠れ家に隠しちまおうぜ……」

と光が言うと、お慶は恋人の光に、ご褒美代わりの口づけをしてあげた。

著者プロフィール

宇並 優一（うなみ ゆういち）

本名 宇並雄一

（略歴）
1959年（昭和34年）神奈川県横浜市生まれ
熊本学園大学付属高校卒業
青山学院大学文学部日本文学科卒業

（職歴）
産経新聞東京本社校閲部記者
千葉秀明八千代高校教諭
熊本学園大学付属高校教諭
熊本市立必由館高校講師
熊本市立千原台高校講師
熊本県立熊本商業高校講師
熊本中央高校講師
熊本真和高校講師

（著書）
『魔港街《マンハッタン》をアルファベットで隠れん坊』（文芸社）
『魔港街《マンハッタン》をアルファベットで鬼ごっこ』（文芸社）
『グランドゼロで始まった交換日記』（第20回新風舎出版賞入賞）
『青山学院の三十六色の色えんぴつ』（第2回新風舎文庫大賞入選）
『真田荘ブルース』（新風舎）
『山鹿「茂賀の浦」の奇跡』（小学館スクウェア）
『ノスタルジック二本木』（第1回碧天舎文芸大賞入選）
『白春』（碧天舎）
『一三一教室』（彩図社）
『プロレスライター』（彩図社）
『ワールドバザールの迷子』（第10回健友館文学賞入選）
『イリア・フォルモサ―麗しの島―』（創栄出版）

魔港街《マンハッタン》をアルファベットで宝探し

2025年３月15日　初版第１刷発行

著　者　宇並 優一
発行者　瓜谷 綱延
発行所　株式会社文芸社
〒160-0022　東京都新宿区新宿１－10－１
電話　03-5369-3060（代表）
03-5369-2299（販売）

印刷所　株式会社フクイン

ISBN978-4-286-26288-8